나는 새도 발자국을 남기는데……

들꽃누리

高芳 정수조

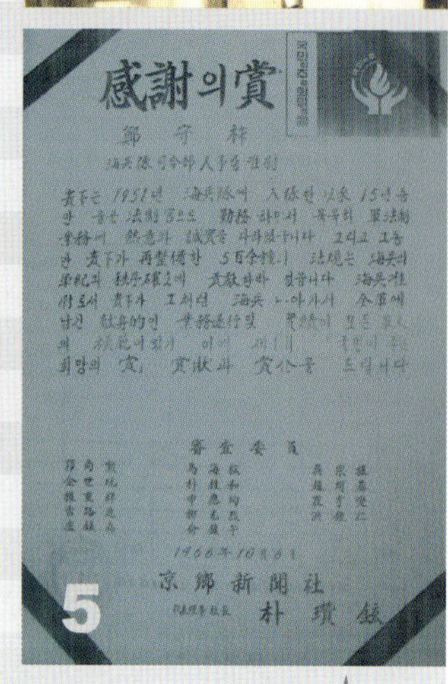

1 국민이 주는 희망의상 수여후
가족과 함께

2 표창장 수여 장면
(이병문 해병대 사령관)

3 국민이 주는 희망의상 수여장면

4 해병대 시절

5 희망의상 상장

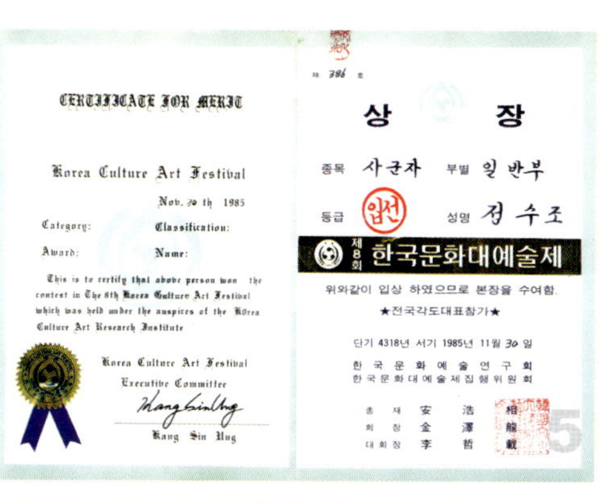

5 제8회 한국문화대예술제 입선상장

6 해병대 군기 기증식

7 해병대 군기 기증 후 기념 사진

8 반야심경 병풍(제12회 불교미술전 입선작)

9 손수 제작한 반야심경

수 조 선 생
정 출 여 사

1996.11.8.

11 가족사진(칠순잔치)　12 가족사진(육순잔치)　13 생일 사진

14 롱비치 해안의 정원에서　15 롱비치 해변에서　16 엔시나다 문화원에서

17 YOSEMITE 공원에서　18 YOSEMITE 폭포 앞

나는 새도 발자국을 남기는데……

高芳 정수조

들꽃누리

머리말

　4년 전 당당한 한여름의 화려함을 간직한 채 다난한 생을 마감하신 아버님께서 72년 인생을 살아오시면서 이 땅에 던져진 존재의 이유를 찾아 혼신을 불사르며 가정과 문중에 크게는 국가와 사회에 헌신하며 던져주신 메시지를 마음에 새기고자 이 책을 펴내는 것입니다.

　아버님께서는 참된 삶의 가치를 끝없이 추구하며 남다른 자긍심과 불굴의 의지로 사회의 한 분야에 선구자적인 역할을 하셨고, 정직하고 정의로운 성품은 진리도 방향도 없는 무질서를 바로잡고자 고뇌하셨습니다.

　지극히 평범한 가정에서 평범하지 않은 인생을 사신 아버님 뒤의 어머님의 숨은 내조도 삶의 지혜로 느껴졌습니다.

　어렵고 힘든 사람에게는 모든 것을 주고 싶어하는 정이 많으신 아버님!

　마지막 순간까지도 사랑하는 아내와 자식들에게는 절망하거나 자신감이 없는 모습은 끝내 보이지 않으시고 조용히 자신의 생을 정리하신 의연하신 모습은 일체의 속박 속에서 벗어나는 자유로움마저 느낄 수 있었습니다.

갑작스럽게 아버님을 보내드리면서 생전에 못다 해 드린 크고 작은 일들이 마음을 억누르지만 윤회의 업보로 아버님의 생을 이어가는 자식들에 대한 기대감을 갖고 계시리란 작은 위안을 해 봅니다.

특히 문중의 일에 남다른 애착을 가지시며 암세포가 육신을 침범하여 저희들 곁을 떠나기 직전까지도 못다 하신 일을 당부하신 아버님의 뜻을 다시 새기며 92년도 5월, 휘 은파 대종회 정기총회 때 하신 인사 말씀을 옮겨 봅니다.

오늘에 사는 나는 역대의 조상님과 시조 할아버님이 나의 연원(淵源), 즉 뿌리임을 자각하게 되고, 오늘에 사는 우리들은 시조 할아버님과 역대의 조상님의 음덕(陰德)과 지극하신 보살핌으로 생(生)을 유지하고 있다고 보았을 때, 그분들의 유현(有顯)한 은덕(恩德)에 감읍(感泣)하지 않을 수 없으며, 언제나 그분들의 은공에 대해 조금이라도 보답하지 않으면 안 되겠다는 각성(覺醒)을 일시라도 잊어서는 안 되겠습니다.

즉 선대 조상님의 유덕(遺德)을 기리며 떠받드는 숭조(崇祖)와 문중(門中)을 중하게 여기는 상문(尙文), 물려주신 귀중한 유산(遺産)을 선량하게 보존, 관리하는 것, 일족간(一族間)에는 유별나게 화친돈목(和親敦睦)해야 할 책무(責務)를 양어깨에 짊어지고 이 세상에 나왔다고 말씀하시면서, 특히 천부적 사대책무(天賦的四大責務)를 실천하기 위한 일들을 오늘에 사는 우리 행암파 일족(一族)들은 하나씩 해 나가야겠다고 하셨습니다.

첫째는, 교서랑공파 대동보의 간행사업,
둘째로, 양산의 은(誾)자 할아버님과 사자 순자(師字舜字)
할아버님의 묘역(墓域)을 가꾸는 일
셋째는, 만자 용자(萬字龍字) 할아버님의 선영(先塋) 진입
로와 재실(齋室)을 세우는 일 등

3대 과제(課題)가 우리들에게 짐 지워지고 있다고 하시면서
이러한 일들이 완수되었을 때 이곳 행암에서 450여 년간 세거
해 오는 우리 행암파 문중은 타의 추종을 불허하는 명문거족
(名門巨族)의 긍지를 후세에 남길 수 있다고 말씀하셨습니다.

신사년 올해 4년 남짓 경기도 광주에 안장되었던 유체를 대
전 국립묘지로 옮겨 드리고 생전에 아버님께서 뜻하신 참모습
을 남기고자 남기신 글을 사실 그대로 정리하여 옮기게 되었
습니다. 모든 것을 다 나타내기에는 너무 많은 내용이기에 간
추려서 수록하였지만 부족한 부분도 많으리라 생각됩니다.
이렇게 조그마한 저희들의 뜻이 아버님께 생전에 문중 여러
분께 간청 드렸던 숭조상문(崇組尙門)과 화친돈목(和親敦睦)의
실천의 계기가 되기를 소원하며 생전에 갈망하시고 눈을 감으
시기 전까지도 왕성하게 활동하셨던 문중의 3대 과제 중 못다
하신 두 가지의 과제는 이 글을 읽으신 문중 여러분들의 짐으
로 여기시어 서로의 아낌없는 성원과 격려가 있어 반드시 이
루어졌으면 하는 마음입니다.
끝으로 혹시나 아버님의 뜻과 달리 모아지지 않았는가 하는
두려움이 앞서지만 넓은 마음으로 헤아려 주시리라 믿으며 문

중의 모든 분들과 아버님을 아시는 모든 분들께 진심으로 깊
은 감사의 말씀을 이 지면을 통해 전합니다.

2001년 10월 15일
아들 봉한, 봉진, 봉석
딸　봉순, 봉임　　　올림

생신 기념 사진

육순잔치 때 가족과 함께

차 례

✿ 아버지 영전에 바치는 글

維歲次 丁丑年 1997년, 7월 16일 불기 2541년 아버지께서 운명하신 그 날로부터 오늘이 49일째 되는 날입니다.

태산이 무너지는 듯한 그 날의 애절함을 잠시 진정하고, 아버지께 삼가 이 잔을 올리면서 애도의 마음 전하고 싶습니다.

아버지께서 서울대학교 병원에 입원하신 후 보훈병원으로 옮기신 2,3일 후일까요. 창문 너머 물끄러미 산을 보시며 “生老病死라!”고 하시며 당신의 불치의 병을 눈치챈 듯하셨습니다.

그러나 왜 그렇게도 일찍 저희들 곁을 떠나셔야 했습니까?

집안 구석구석에서 아버지의 숨결과 흔적을 느낄 때마다 他界에 계시다고 생각하니 실로 망극하고 애통할 뿐입니다.

주무시듯 고운 모습으로 죽음의 순간까지도 한치의 흐트럼 없이 그렇게도 고고하게 투병하신 아버지의 모습에 저희들은 그렇게 몹쓸 병이라는 것을 상상도 할 수 없었습니다.

아무리 진통제를 맞아도 견딜 수 없는 아픔에 부여잡는 손가락에 피가 맺힌다는데…….

아버지!

어떻게 그런 고통스러운 몸을 이끌고 그렇게 어려운 일을 하셨습니까?

젊은 사람도 하기 힘든 무거운 짐을 어깨에 짊어지고 그 기인 시간을 견디셨습니까?

아버지!

아버지! 아버지에 대한 사무친 그리움과 함께, 그토록 아픈 고통 헤아리지 못하고 단 한 번도 병원에 모시고 가보지 않았던 저희들의 무심했던 행동들을 자책하면서, 여기 삼가 무릎 꿇고 사죄하며 불효한 저희들 용서를 비옵니다.

물론 매사에 우리들보다 더 꼼꼼하시고 당신의 모든 일을 스스로 처리하시는 아버지를 믿었던 부분도 없지 않았지만, 그러나 자식된 도리를 못한 저희들 다시 한 번 이렇게 아버지께 천번 만번 머리 조아리며 용서를 비옵니다.

아버지께서 작고하신 후 유품을 정리하면서 아버지의 삶의 가치관을 각인 시켜준 빛 바랜 종이 한 장에 쓰여진 그 내용에서 아버지의 전부를 이해할 수 있었습니다.

나는 새도 발자국을 남기고 날아가는데
남아 일생 어이 연기처럼 날아갈쏘냐.
이 몸 죽어 세상을 떠날지라도 이름만은 남기리.

이렇듯 아버지의 삶의 목표는 분명하고 단호하셨습니다.

아버지께서는 평범한 삶을 사시는 것보다 자신의 몸을 희생하며 나라를 위해 큰 뜻을 품은 애국지사와 같은 삶을 사시기를 원하셨습니다.

그토록 크고 높은 뜻을 이해하지 못한 저희들, 부끄럽고 가슴저린 후회와 아쉬움만이 가득 합니다.

한 그루의 나무를 보는 것이 아닌 큰 숲을 보시며, 내 자신의 이익과 영달보다는 정의구현을 위해 온몸을 불태우신 삶이셨다고 봅니다.

이제 불러보고 싶어도 부를 수 없는 아버지를 그리워하며 아버지께서 남기신 빛나는 업적을 회고해 보려 합니다.

고인은 경남 창원군 웅천면 명동리, 전형적인 시골마을에서 태어나 초등학교 시절부터 두각을 나타내어 전 郡에서 한두 명밖에 못 가는 진주 사범대학에 진학 졸업한 후 일찍이 교육계에 투신, 그때부터 "무"에서 "유"를 창조하시는 선구자적인 일을 하셨습니다.

편안한 여건에 안주하지 않고 학교가 없는 고향에 학교를 세우시며 2세 교육에 헌신하셨고, 병역의 의무를 위해 1951년 해병대에 입대하시어 20여 년 동안 군의 법제관으로서 군의 제도정립과 민주군대의 초석을 다지는 법적 제도적 장치를 마련하여 살신성인 멸사봉공의 업적을 남기셨습니다.

해병대 창설 당시 군 장교 명부밖에 없었던 시절, 군의 작전명령을 제외한 모든 군의 제도정립에 기여한 공로로 대한민국 "국민이 주는 희망의 상"을 받게 되셨습니다. 국가를 위해 헌신한 공로자중 전국에서 추천된 2,500여 명의 공로자 중에 뽑힌 국민이 주는 값진 상입니다.

그 외에도 대통령 표창을 비롯 화랑무공 훈장, 보국훈장, 국방부장관 표창, 초대 해병대 사령관으로부터 8대에 걸친 사령관상을 받으며 국가사회에 이바지한 공로는 실로 대단하셨습니다.

그 후 전역하시어 사회생활에도 최선을 다 하셨고 작품활동도 활발히 하시며 서예 공예부문에 입선작 외에 다수의 작품을 남기셨습니다.

또한 아버지께선 불교에 심취하시어 살아 생전에 1,000여 장에 달하는 반야심경을 붓으로 손수 쓰시어 전국의 중생들에게 깨우침을 주시는 일에도 소홀하시지 않으셨지요.

아버지!

아직도 참된 삶의 가치를 모르고 있는 그 불쌍한 사람들에게, 그들을 불쌍히 여기시어 그들이 죽기 전이라도 깨달음을 삿노록 하여 주세요!

그리고 작고하시기 10년 전부터는 동래 정씨 16세 휘 은파 문중의 회장직과 동래 정씨 휘 보파 대동보 편찬위원회 편집위원직을 맡아 족보 간행에 힘쓰게 되었습니다. 그 일을 위해 바친 희생과 땀의 대가는 아버지를 실망시키는 일들이 많았지만 오로지 잘못된 문중의 일을 바로잡기 위해 불굴의 정신력으로 외로운 투쟁을 하시었습니다.

집안 식구들에게서 마저 괜한 일 하신다고 눈치 받으시며 아무도 도와주는 이 없이 전국 방방곡곡을 누비며 자료와 근

거를 찾고 역사를 바로 세우기 위한 사명감으로 마지막 정열
을 불태우셨습니다.

이제, 저희들은 아버지께서 그토록 애착하셨고 힘들게 이루
어 놓으신 종사에 관계된 모든 자료들을 정리하여 아버지께서
20여 년 동안 생전에 써 놓으신 일기를 토대로 아버지께서 못
다하신 자서전을 만들 것입니다.

마지막 병상에서 삐뚤삐뚤 쓰신 일기까지 아버지께서 평생
에 쓰신 글은 몇 트럭이 되는지요. 한자 한자에 담긴 얼과 혼
은 결코 헛되지 않고 자손만대에 교훈으로 남을 것입니다.

형제지간에 우애 있게 지내라는 유언을 받들며 아버지께서
주신 가훈처럼 "곧고 굳게 바르게" 살아갈 것입니다.

이제, 아버지께서 고안하고 만드신 부대기와 소중한 자료들
이 아버지의 이름 석자와 함께 해병대 역사관에 소장 될 것입
니다.

그렇게도 소중하고 귀한 자료이기 때문에 역대의 사령관만
이 들어가는 역사관 속에서 아버지의 자랑스러운 업적은 자손
만대에 길이길이 빛날 일이며 해병이 이 땅에 존재하는 한 영
원히 역사 속에서 찬란히 빛날 것입니다.

해병대에 직접 가서 역사관을 둘러보니 아버지의 업적 없이
는 뿌리 없는 역사가 될 뿐입니다.

아버지의 유품은 이미 해병대에 전달되어 너무나 자랑스러
운 아버지를 둔 저희들이 아버지를 대신하여 기증식도 가질
예정입니다. 또한 해병 50년사에도 비중 있게 다루어질 것입니
다.

"이 몸 죽어 세상 떠날지라도 이름만은 남겨 놓으리."

아버지는 해내셨으며 生과 死에 이르는 인생의 긴 여정 속에서 아버지는 분명 한 부분의 역사 속에 큰 획을 긋고 鄭자 守자 祚자라는 이름 석자 분명 남기셨습니다.

이제, 이 세상의 일은 조금도 걱정하시지 마시고 부디 극락 왕생하시어 병든 몸 벗어 던지시고 건강한 몸 다시 얻어 태어나시어 못다 이루신 일 꼭 이루시옵소서!

태어나서 죽는 것은 모든 생명의 이치이거늘 이제, 아버지의 영가 위해 저희들 일심으로 합장하고 머리 숙여 부처님께 원하오니, 대 자비를 베푸시어 영가 극락 왕생하시도록 굽어 살펴주시옵소서.

아버지!

해탈 반열 성취하시어 부처님의 품에 안겨 극락세계 왕생하시옵소서!

1997년 9월 2일 49제에서
자식들 올림

가 훈

곧고(흔들림 없이), 굳게(굳세게), 그리고 바르게(정직하게)

두려움 앞에서 자신을 잃지 않는 사람.
정직한 패배에 부끄러워하지 않는 사람.
승리 앞에서 겸손할 줄 아는 그러한 사람이 되게 하소서.
깨끗한 마음과 높은 목표로서 스스로를 다스리게 하소서.
그리고
참으로 위대한 것은 소박함에 있다는 것과,
참된 힘은 너그러움에 있다는 것을,
내 아들로 하여금 마음에 새기도록 하소서.

부모에게 효도하고 어른을 공경하며,

형제간에 우애 있고, 친지와는 화목하자.
생각은 길게 하며, 행동은 크게 하며,
용기와 신념으로 뜻을 세우고 중도에 포기하지 말자.
봄에 씨앗을 뿌리지 않으면 가을에 거둘 것이 없고,
어려서 배우지 않으면 늙어서 아는바 없으며,
아침에 일찍 서둘지 않으면 할 일 다 하기 전에 어둠이 온다.
오늘은 다시 돌아오는 내일이 아니며,
주어진 하루에 최선을 다하며 후회 없는 생활을 하자.

큰아들(봉한이와 며느리) 내외 보아라

마침 어머니가 군포에 간다고 하기에 내 마음 한구석에 새기고 있는 생각의 一端을 적어 보내니 잘 살펴 읽고 생각과 각오가 새로워지면 아버지로서 그 이상 바랄 것이 없겠다.

아직 머리와 내 몸에 익혀진 일이라면 남보다 낫게 능히 해낼 수 있겠지만 요즈음의 세상사가 이러하니 근간의 나의 경과가 안타깝기만 하다.

내 일찍 전국에 걸쳐 우수한 학교를 졸업, 예정자 600명 중의 한 사람으로 선발되어 당시 뜻 있는 모든 사람으로부터 부러움을(내 국교 22년만에 정규중학에 진학) 살 학교에 들어가서 수학한 바 있다만 가장 불행한 세대에 태어났고 (해방전의 2차 대전, 해방후의 6·25 등) 나를 밀어주고 끌어줄 배경이라고는 찾아 볼 수 없는 입지에 있기도 했고, 또한 마음이 여리어 어려움을 호소하는 주변이 있으면 전후좌우도 살피지 않고 무조건 모든 것을 주고 마는 어리석음으로 오늘의 나를 만들고 말았다.

집안의 어른 중에서 세상에 돌아가는 물정을 잘 알아 의논하고 결정할 수 있는 사람이 있었으면 하는 아쉬움과 후회가 나의 자식들이라도 같은 시행착오를 갖지 않도록 하는 마음으로 이 아버지의 삶을 거울삼아 삶의 지혜를 찾기 바라면서 몇 자 적어 보낸다.

이 아버지는 참다운 삶의 가치는 돈이 아닌 인간 본성의 성취임을, 현실에 쫓기고 집착된 제자리걸음의 생활 태도가 아닌 끊임없이 발전 시켜 나가는 노력의 연속이 되어야 하며, 그리고 자녀관은 자식들의 성공하는 삶을 위해 화목한 가정 속에서 修學을 위한 부모로서 모든 것을 아낌없이 바쳐야 한다는 신조로 살아왔지만, 그러나 역부족으로 오늘날에 이르렀으나 앞으로 아비로서 내가 할 수 있는 일은 성실한 생활로 이 집안의 정신적 지주가 되는 일이라 여겨진다.

젊은 시절에 그토록 이루고자 뜻을 세웠던 목표점이 차차 그 빛을 잃어가며 희미해져 가는 현실을 직관했을 때, 이러한 바람이 내 시대에서 이룩하지 못할 것이라 느껴지기에 너희들 내외가 아버지가 못다 이룬 꿈을 기필코 실현해 주기를 염치없는 언급과 아울러 遺志를 삼도록 하는 바이니 깊이 새겨 명심해 주기 바란다.

앞에서 언급한 "바람"이란 다름아니라 "집안의 중흥"을 말한다. 앞에서 말한 바와 같이 내가 중학을 입학할 당시 내 고향 사람들은 말할 것도 없고 우리 가문(약 20촌 내외)에 우수한 두뇌를 가진 인재가 없었기 때문에 기필 내가 우리 고장을 빛내고 우리의 가문을 중흥시킬 것을 크게 기대 했기에 그 중흥의 정도는 이조 말기 나의 조부(너의 증조부)께서 공조참판(지금의 상공부장관)으로 지내면서 벼 5,000석을 수확하는 명문 (당시 창원 봉암, 마산, 진해지방)이었던 정도는 이루지 못한다 하더라도 적어도 고향에서 정수조의 집안이라면 자타가 공인하는 모범적인 집안이 되어야 한다는 말이다.

다시 말하면 3남 2녀의 자식 내외가 해로하고 많은 돈을 버는 것보다는 道伯 정도의 관직의 위치에서 국가와 사회를 위해 헌신할 수 있는 가문을 말함이다.

자녀들은 적어도 대학이상 교육시켜 사나이로서 큰 뜻을 이룰 수 있는, 조금 욕심을 내면 결혼시켜 집 한 칸 정도는 마련해 줄 수 있는 적당한 경제력이 뒷받침된다면 더욱 바랄 것이 없겠다.

그러나, 내 꿈이 좌절되고 수많은 사람들의 기대와 촉망을 저버리고 내 스스로가 전술한 오류를 범하고 말았으니 지난날이 후회스럽고 내 무슨 낯으로 선친과 조상님들을 대할까? 생각하니 죄스럽기 짝이 없구나.

그렇지만 이제 후회한들 무슨 소용이 있겠는가? 너희에게 이 무거운 짐을 지우려는 생각은 없다만 이 세상의 살아 있는 윤회의 업보로 받아들여 이 아버지의 뜻을 받아 주기 바란다.

아버지가 살아 생전에 할 수 있는 일은 최선을 다하려 하지만 혹여 이 아비가 못다 한 일이 생길 때라도 나의 유지를 받아 반드시 바로 잡아 주길 바라면서 아버지의 삶을 조명 해보며 똑같은 시행착오를 밟지 않는 훌륭한 후손들이 되도록 장자인 너희 내외가 이 집안의 튼튼한 기둥이 되기 바란다.

1982년 7월 8일

아버지가 보낸다

제 1 장
출생과 성장

1. 성장 과정

정 수조(鄭守祚 ; 字는 高芳)는 경남 창원군 웅천면 명동리 산 135번지에서 선친인 정성률(鄭成律 ; 字는 自益) 씨의 4남 1녀 중 막내로 태어났다. 공조참판을 지내신 조부의 은덕으로 정성률(鄭成律) 公과 김인분(金燐分) 여사의 4남1녀 중 막내로 비교적 안정되고 부유한 가정에서 성장하면서 6세 때 명동 서당에 다니면서 명심보감과 천자문을 익힌 다음 보통학교에 입학했다.

▲ 보통학교시절

上敬下愛의 수범은 물론 정의롭고 성실한 성품이었으며 두뇌 또한 명석하여 50여 명의 학생 중에서 항상 1,2등을 벗어난 적이 없고 習字도 전교에서 首位를 차지하였고 음악시간 또한 언제나 앞에 나가 지휘자가 되곤 하였다.

약 30여 명의 아이들을 10여 리의 학교까지 줄을 세워 달리며 이끌면서 씩씩하게 성장하였고 친구들과 우의를 돈독히 하며 신의를 지켰다.

▲진주사범동기생들과

▲명동보통학교 교사들과

▲대학동기생과 함께

소학교 5학년 때에는 전군에서 선발된 35명 중 한 사람으로 15일간에 걸친 일본순례 여행도 한 바 있다. 이렇듯 소학교 때부터 두각을 나타내어 全郡에서 한두 명밖에 못 가는 관립 진주사범학교에 진학, 졸업 후 교육이 천직임을 각성하고 일찍이 교육계에 투신, 편안한 여건에 안주하지 않고 교장의 반대를 무릅쓰고 학교가 없는 고향에 명동 초등학교의 전신인 명동분교를 세웠다.

  향리 학교의 창설을 전제로 본교 학생보다 많은 5학년 이하의 초등학교 학생을 이끌고 학교 교사가 세워 지기까지 2년간은 야외 모래밭에서, 동산에서 수업을 하면서 학생들과 같이 학교 교사를 지으며 갖은 고생을 겪으면서 정직, 근면, 성실을 교훈으로 삼으면서 2세 교육에 헌신하여 그때부터 무에서 유를 창조하는 선구자적인 삶을 살면서 장래가 촉망되는 청년으로 성장해왔다.

  그리고 병역의 의무를 위해 6·25 전쟁 때 해병대에 입대, 약 20여 년간 군의 법제관으로 군의 제도 정립과 민주군대의 초석을 다지는데 법적 제도적 장치 마련에 살신성인하여 대통령 표창을 비롯 각종 국가의 훈장을 받았고, 드디어는 "국민이 주는 희망의상"까지 받은 군의 초석적인 공헌자로 국가와 민족을 위해 헌신하는 삶을 살았다. (그 공으로 현재 대전 국립현충원에 봉안되어 있다.)

◀ 군 복무 시절

▲ 불국사에서

▲ 동료들과 뱃놀이

▲ 월남에서

▲ 강화도 헌병대 시절

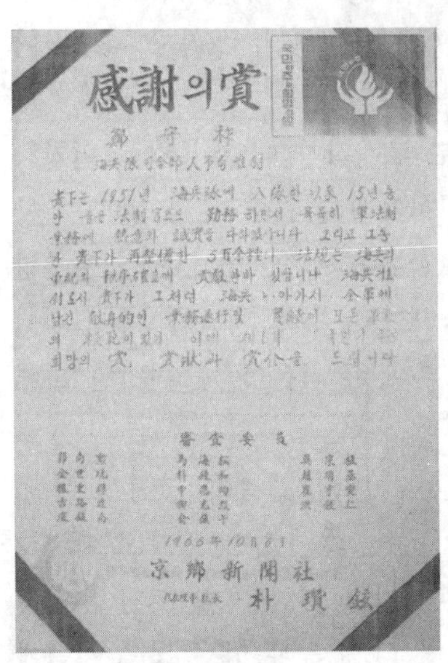

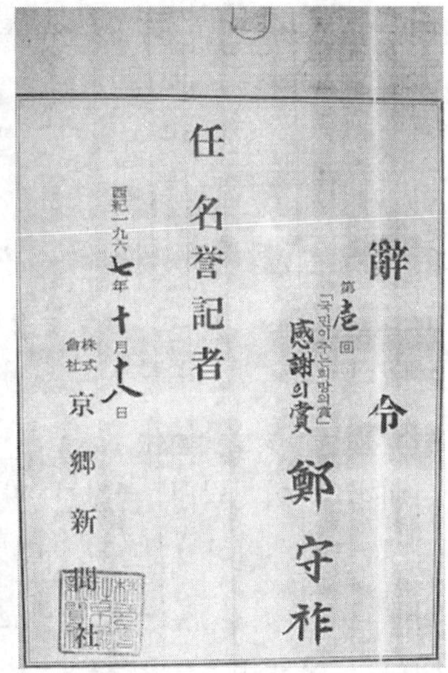

2. 부모님을 그리는 마음

(1) 어머님에 대한 그리움(1987. 11. 28 일기 중에서)

오늘이 61회 생일이다. 지금의 기억으로는 6살 때쯤인가 웅천면 우도리에서 죽곡리로 이주해 온 기억밖에 나지 않는데 그 당시엔 아마도 빈집이라 생각된다. 방이 두개이며 마당은 꽤나 넓은 편이었다.

생모가 돌아가시고 계모가 새로 들어오신 후 삼촌 세분의 횡포와 부채로 아버님의 가재가 열두 번이나 강제 집행 당해 온 집안이 쑥밭이 되어 바가지 서너 개만 가지고 이사를 온 집이다. 식구로는 아버지, 의붓어머님, 큰형과 형수, 그리고 일찍 타계하신 수복 형님, 그 밑에 수천 형님, 그리고 나 7명이었다.

그 후 두 형님이 아버지를 도와 시작한 어업이 날로 번창하여 아래채도 있는 큰집으로 이사하게 되었고 논과 밭도 사들여 집안의 살림이 안정되기 시작했을 무렵, 내가 11살(보통학교 3학년)인 1936년 장질부사 악질로 수복 형님을 이 집에서 잃었다. 각별히 나를 사랑했던 수복 형님을 잃게 되었던 그때의 기억을 잊을 수가 없다.

아버님 어머님의 극진한 간호로 거의 회복이 되어갈 무렵, 당시는 여름철이라 모든 식구가 농사일을 하러 들판에 나가고 나는 10여 리가 넘는 보통학교에 가고 없었을 때 형님이 답답하다고 대문 밖에 바람을 쏘이러 나가 앉아 있는 것을 저녁에 돌아오신 어머님이 보고 "큰일나겠다 바람 쏘이면 절대 안 되는데……." 하고 방으로 데리고 들어가셨는데, 결국 그 날 저녁에 하혈 토혈을 시작하더니 결국 운명을 하셨다.

내가 학교에서 돌아와 보니 아버님과 어머님은 "수복아! 정신 차려라!"고 비통해 하시면서 어머님은 문 밖으로 나가시어 돌멩이로 자신의 손가락을 찢어 피를 내시어 형님의 입안으로 넣어 주는 등 최선을 다했지만 끝내 형님은 회생하지 못했다.

조석으로 하루도 거르지 않고 형님의 묘소를 찾아 이름을 부르며 울부짖고 거의 실신한 상태까지 이르도록 슬퍼하시던 생전의 어머님의 모습이 지금도 선명하게 떠오른다.

의붓어머님은 본래 거제도 태생으로 1929년(내 나이 4살, 아버님 40세 때) 생모가 돌아가신 한달 후 그 해 음력 12월 중순경 우리 집으로 개가해 와서 불면 불휴 아버님을 보필하며 가정의 재건에 갖은 고생을 다 감내하였고, 자기가 낳은 자식 못지 않게 사랑하고 온 정성을 다하여 키운 자식이 다 성장하여 이제 장가까지 보내게 되었는데 자식을 잃은 슬픔이 오직 하셨을까?

그 후 가세는 융성해 갔지만 형님을 잃은 흉가라고 하여 1939년 겨울, 현재 수천 형님이 사시는 집으로 이주하여 그야말로 서부 웅천에서 부호라는 소리까지 듣게 될 만큼 집안은 날로 번창해 갔었다.

(2) 아버님께 바치는 글

∼아버지 영전에 곡하면서

무릇 이 세상에 태어난 자식들 중에 아버지와 어머니가 없는 이 없겠지만 그 어느 사람의 아버지 보다 사랑과 자상이 넘치며 이 불효 자식에게는 유독 아버지의 존재의 의미가 남달랐다고 생각하였습니다.

뜻하지 않은 부음(訃音)을 접하고 는 애통한 심정 가눌 길 없습니다.

3일만 더 살아 계셨더라도 면전에 부복하여 불효의 백만 분의 일이라도 속죄코자 마음먹고 있었습니다만 정녕 가시려면 꿈속에서나마 알려주시지 않으셨습니까?

이렇게 멀리 살고 있는 막내아들은 어떻게 하라고요.

아버지께서는 재작년에 서울 저의 집에 오셔서 저에게 하신 말씀은 "아무에게도 발설하지 않은 초여름 어느 날 꿈이라 하시면서 염라대왕께서 너는 98살 되는 생일 가까운 날에 이곳에 오게 된다고 하시기에 자식 걱정을 했더니 너의 삼 형제는 먼저 죽지는 않는다고 하더라 하시면서 깜빡 잊고 며느리를 물어보지 못했다"고 분명히 말씀하셨는데 염라대왕께서 계시하신 것보다 12년이 앞선 오늘 이르러 벌써 가시다니 이것이 웬말입니까?

그때 이 우매한 이 자식은 아버님의 그 꿈을 은연중 믿어 왔기에 수명의 고손자까지 보시게 될 것이므로 집안의 경사요 즐거움이라 여겨 왔습니다.

자식들 키우며 정신없이 바쁘게 살아오면서도 문득문득 아

버님 생각하면서 자식된 도리를 다해야겠다는 생각뿐 이렇게
되고 보니 가슴 저리어 죄스럽고 한스럽습니다.

또 한편 아버님께서 평소에 건강하시었고 수년 동안 건재하
셨기에 오늘 못한 불효를 내일에, 이 달에 못한 것은 형편이
좀 낳아지면 다음달에 하자 이렇게 미련한 불효자식 다시는
돌이킬 수 없는 불효를 하고 말았습니다

이곳으로 이주한 후에 연일 꿈자리가 어지러웠기에 일어나
자마자 진해에 전화를 했습니다만 이렇게 허무하게 가시다니
요?

▲ 희망의상 시상 후 고인의 아버지와 함께

어제 저녁 12시가 지나서 잠자리에 들었습니다만 쉿소리, 나
사못 돌리는 소리 등 요란한 소리가 고막을 두들겨 혹시나 하
고 불현듯 일어나 현관문을 열고 밖으로 나가보니 지붕에 내
린 빗물이 물받이 옆으로 세어 나와 그 밑에 놓여진 세숫대야

를 내려치는 소리였습니다.

대야를 바로 놓고 들어오는 길에 집사람에게 몇 시냐고 물은즉 바로 전에 4시를 쳤다고 했습니다.

이제 생각해 보면 아버님의 영혼이 밤새 내리는 빗속을 타고 저를 일어나라고 부르신 것이 분명합니다.

月余 전부터는 몹시 보고픈 마음 애절했기에 7월 말에는 기필코 만사를 제치고 가서 뵙기로 작정하고 내심 들뜬 마음으로 있던 차인데 가시기전에 한 번이라도 뵈올 수 있었다면 이렇게 애절하지 않았을 것입니다.

어젯밤 오늘 새벽에는 몹시도 비가 내리어 아버님 저 세상 가시는 길에 어떻게 가셨습니까?

이 불효 자식은 아버님 영전에 엎드려 무엇을 어떻게 사죄해야 좋을지 모르겠기에 간장을 애는 슬픔은 더욱 애절합니다.

어려운 중이라도 아버님을 서울 저의 집으로 모시어 조석으로 모시려고도 생각했습니다만, 위의 두분 형님들을 욕되게 하는 일이라 생각되어 대신 매년 일 년에 두 달만이라도 서울에 오셔서 지내신 후 내려가시라고 한 것입니다. 그런데 아버님의 몸도 쇠약해 지셨고 종전에 있던 진해까지 비행기편이 없어진 터라 이것 또한 여의치 않았고 또한 저의 성의가 부족한 탓도 있어 3년 전부터는 이 도리마저 못하고 있던 중입니다.

6·25전쟁이 발발한 직후인가 제가 피신해 있었던 합포리 물가까지 조그만 전마선을 몰고 오셨다가 갑자기 몰아친 강풍에 떠밀려 배가 칠흑 같은 暗夜에 저 멀리 떠나가는 배를 붙잡았다고 했습니다. 오직 그 배가 없으면 자식을 구할 수 없다는 일념 하에 수영도 못하시면서 무아무중 물 속을 헤쳐 만신

을 다해 오직 내 몸은 희생되더라도 자식만은 구해야겠다는 아버님의 숭고한 희생정신에 오직 감읍할 따름입니다.

목숨과도 바꾸려 했던 아버님의 사랑을 받아온 이 불효자식 아버님 앞에 엎드려 감히 용서를 구하옵니다.

부디 고이고이 잠드소서! 먼저 가신 어머님을 뵈오시면 수조는 51세가 되는 오늘날까지 잘 지내고 있다고 전해 주십시오 너무나 정신이 혼미하여 이루다 할말 못하고 그치려 합니다. 아버님 부디 편히 잠드소서!

1976년 8월 5일 아침 10시 출발
마산 고속버스 안에서 불효자 수조

＊　＊　＊　＊　＊

∿ 아버지 영전에 곡합니다

아버지, 아버지, 아버지 그간 평안히 주무시고 계시는시요?

지난해 영전에 뵙고는 만 일년만에 찾아온 이 불효자식을 용서해 주십시오.

아직까지 아버님이 이 세상에 계시지 않다는 생각이 들지 않고 언제든 내려오면 뵈올 수 있을 것 같은 착각 속에서 1주년을 맞이하며 아버님 유택 앞에 엎드리고 보니 다시 한 번 실감을 하며 아버지를 기리고 사모하는 마음 달래고 있습니다.

저의 집에는 아버님의 영정과 진배없는 것으로 생각되는 봉순이가 마련해 준 초상화를 저희가 기거하는 방에 모셨는데

아버님은 알고 계시는지요. 아버님이 안 계신 지난 일년에 이 세상은 눈부시게 발전했고 저의 집안에도 변화가 있었습니다.

양력으로는 금년 1월 15일에 봉순이 식을 올려주었고 다니고 있던 직장도 경기여고에서 뜻한 바 있어 대학으로 옮겼습니다. 봉한이는 지난 8월 1일부터 현대양행 기계부에서 열심히 맡은바 성실히 일하고 있으며 이제 제법 어른스럽습니다.

봉임이는 별다른 일없이 동아제약 실험실에 잘 다니고 있으며 어려서부터 몸이 약해서 걱정을 많이 했는데 지금도 항상 걱정입니다.

봉진이는 아시다시피 서울대학교 농학과를 졸업하고 이제는 육군소위로 군에 복무하고 있어 지난 19일 면회도 다녀왔는데 이제는 의젓하게 사내다운 면모를 가졌습니다.

그리고 봉석이 말입니다.

저의 기대에 조금 어긋나고 있지만 그리 실망할 정도는 아니라고 봅니다.

누구보다도 기지가 있는 아이이기에 장래 훌륭한 청년으로 성장되기를 기대하고 있습니다.

올해 시립산업대학에 입학하여 면학 중에 있으며 지금부터라도 열심히 한다면 머리가 있는 아이니 얼마든지 잘 하리라 봅니다.

아무튼 아버님 편히 계시옵고 저희 온 집안 식구들이 몸 건강히, 그리고 하고자 하는 일이 성취될 수 있도록 부디 보살펴 주시옵소서!

1977년 丁巳年 음 7월 23일

*　　*　　*　　*　　*

　유세차 *甲子年 7월 9일*
　아버지 유택 앞에 엎드려 고합니다

　이제 아버지 앞에는 저의 내외와 아버지의 손자 봉한이의 내외가 50평생 처음으로 얻은 손녀 유경이가 아버지를 뵙고자 엎드렸습니다. 이제 만 7개월이 지났습니다. 건강하게 잘 자랄 수 있도록 굽어 살펴 주시옵소서.

　봉진이는 군복무를 무사히 마치고 뜻한 바 있어 서울대학교 농과대학 대학원에 진학하여 학업에 열중하고 있습니다.

　봉석이는 해병대에 입대하여 성실히 군복무를 하고 있으며 지난날 잠시 불성실한 시간을 보낸 것을 뉘우치고 있사오니 무사히 임무를 마치고 돌아 올 수 있도록 보살펴 주시옵소서.

　봉순이는 결혼하는 그 해 10월에 외손자를 생산하였는데 둘째 아이가 만삭이 되어 조금 후이면 외손자를 한 놈 더 보게 될 것이며 봉임이는 결혼한 지 만 2년이 되 오는데 아직 태기가 없어 걱정입니다.

　하루속히 아이를 가질 수 있도록 보살펴 주시기 바라오며 그 동안의 저의 집안의 변화된 일들을 아버님께 고하나이다.

　부디 아버님 평안히 계시옵소서.

1980년 음 7월 9일
애자 수조가 드립니다

＊　＊　＊　＊　＊

╲유세차 戊辰年 음 7월 3일
　불효자 수조는 아버님 유택 앞에 엎드렸습니다

세월이 유수 같다고 하였습니다만 오는 10일이면 아버님께서 유명을 달리 하신 지 12개 성상이 됩니다. 매년 한 번도 빠짐없이 뵙고 아버님께 고하였사오나 펜대 하나로 살아온 제가 회사를 운영하다 지난 9월 말 폐업조치를 하였습니다. 송충이는 솔잎을 먹어야 하듯 저는 사업에는 소질이 없나 봅니다.

—(중략)—

이제는 불제자로서 반야심경을 쓰며 서예 및 작품활동을 해야겠다는 생각입니다. 작년부터 써 오던 반야심경을 써서 2, 30장에 이르면 사찰에 주지스님을 찾아 갖다주어 그곳을 찾는 불제자들에게 나누어주는 일을 하고 있습니다.

이것이 불제자로서 가장 큰 보시가 된다고들 하기에 결심하고 불경 보시를 하고 있습니다. 그리고 저희들이 살고 있는 구로구 독산동 925번지의 1호 집을 지난달 23일에 팔기로 계약을 맺었고 27일에 송파구 잠실 본동 307의 6호 집을 사기로 계약을 맺었습니다.

지금 형편으로는 무척 무거운 짐을 졌지만 아이들 뜻이 무리해서라도 늘이지 않으면 발전할 수 없다고 하여 자식들의 뜻을 따르기로 하였습니다. 모쪼록 이 집으로 이사 가서 항상 웃음꽃이 피고 집안이 번창할 수 있도록 보살펴 주시옵기를 바라옵니다. 큰아이 봉한이는 여전히 금성전선(주) 사업부에 봉직하고 있습니다. 아직 딸만 있을 뿐 아들이 없어 딱하기만 합니다.

봉진이 역시 결혼한 지 6년이 되었는데 후사가 없어 걱정입니다만 봉진이는 내년 봄에 서울대학교에서 박사학위를 받을 예정이오니 유종의 미를 거둘 수 있도록 끝까지 살펴 주시옵고 막내 봉석이 말입니다. 현대건설 새시 사업부에서 윗사람의 신임을 받아 해외건설도 몇 차례 하였습니다만 얼마 전 뜻을 같이한 친구 둘과 함께 사당동 네거리에 회사를 차려 특수 설계분야를 하고 있습니다.

부푼 희망을 품고 있사오니 그 애의 뜻이 조기에 실현 될 수 있도록 해 주시옵고 큰애 봉순이는 상도동 집에서 잠실 장미 아파트로 이사하여 살고 있으며 외손자 종원, 종환이도 충실히 잘 자라고 있습니다. 무엇보다도 봉순이가 대학에 전임이 될 수 있도록 보살펴 주시옵고 봉임이는 사위의 사업이 날로 번창하여 얼마 전 좀 더 나은 공장을 하나 사들였습니다.

둘째 사위는 나름대로 그 분야에서 인정받고 탄탄하게 쌓아가고 있습니다.

어느 집안이든 큰자식이 잘 되어야 집안이 편안한데 부모에게 효도하고 이 세상에 둘도 없는 귀한 며느리 되게 거듭 보살핌 주시옵고, 끝으로 제가 살아가는데 불굴의 힘과 지혜를 주시옵기를 간절히 바라면서 극히 간소하오나 강림하사 흠양하여 주시옵소서.

＊　　＊　　＊　　＊　　＊

　유세차 *庚午年(1990)* 음 *7월 8일 수조는*
　아버님 유택 앞에 엎드려 고하나이다

　지난날 아버님 앞에서 굳게 다졌던 형제 간의 약속이 큰 형님의 물욕으로 형제 간에 남보다 못한 사이로 되어가고 있는 현실이 너무나 안타깝습니다.

　일일이 말로서 설명 드리지 않아도 아버님께서는 아시고 계시리라 믿습니다. 아무리 이해를 하려 해도 이해할 수 없는, 집안의 장자로서 온 집안을 두루 우애 있게 평정해야 할 형님의 위치에서 오히려 집안을 시끄럽게 하고 있어 아랫사람으로서 이 일을 어떻게 해결해야 할지 가슴이 답답하여 아버님 생각이 더욱 간절합니다.

　아버님의 생전의 뜻이었고, 형제간에 우애 있게 지내는 것이 아버님을 편히 계시게 할 수 있다는 생각에 선뜻 마음이 내키지 않으나, 경화동 큰 형님 집에 찾아가서 아무 말할 것 없이 옆에서 자고만 나와도 형님께서 뭔가 생각을 달리 하시지 않을까 하는 생각도 해 보았습니다. 단지 3형제밖에 없는 이 집안이 이렇게 되고 보니 아버님 생각이 더욱 간절합니다. 모쪼록 큰 형님이 잘못을 깨우칠 수 있도록 꾸짖어 주실 것을 간절히 바랍니다.

　그 동안 저의 집안의 대소사를 말씀드리면 막내 봉석이가 1년 전에 먼저 첫손자를 안겨 주었을 때 그 기쁨을 말로 표현할 수 없이 기뻤습니다. 이름을 “우창”이라 지었고 그런데 지난 음력 6월 9일에 큰며느리가 아들을 생산했습니다.

　오전 11시가 조금 넘어 병원에서 봉한이의 전화를 받는 집사람의 “아들”이란 말을 듣는 순간 “수고했다”는 소리 없는 말과 함께 저는 눈물이 글썽 했습니다. 그간 봉한 내외는 딸을 둘을 두고 있는 처지에 약 5년간 얼마나 애태우며 정성을 다했는지 그 사정을 잘 알고 있기에 더욱 감회가 컸습니다.

그런데 막내 봉석이가 지난 6월 14일 또 아들을 얻었습니다. 이것은 정말 큰 경사가 아닙니까?

나이가 60이 넘어 장자에게 손녀 둘밖에 없었는데 이제 큰아들한테서도 손자를 두게 되었고 손자를 셋이나 보았으니 아버님도 축하해 주시고 기뻐해 주실 줄 믿습니다.

아버님의 후손들이 건강하고 날로 번창하는 가정 될 수 있도록 보살펴주신 것을 고개 숙여 감사 드리며 이만 그치렵니다.

*　　*　　*　　*　　*

서울에 수조는 증조 할아버지, 할머니 유택 앞에 엎드려 고하나이다

오늘은 단기로는 4321년 서기로는 1988년 戊辰年 음 10월 13일입니다.

저는 아버님의 뼈와 어머님의 살을 받아 현세에 나온 지 63년이란 긴 세월을 돌이켜 보면 조상님의 은덕에 감사하지 않을 수 없습니다.

제가 성장할 당시의 상황으로 보아 다른 아이는 감히 생각할 수 없는 사범교육을 받을 수 있었으며 대학의 문도 드나들

수 있도록 해주심으로써 2세 교육에 지혜를 알게 해 주신 조상님, 부모님의 은덕에 고개 숙여 감사를 드리옵니다. 그러한 조상님 부모님의 은덕에 천만 분의 일도 보은하지 못해 부끄러울 따름입니다.

허나 평소에 크게 부유하지는 못해도 아들딸 낳고 남부럽지 않게 커가고 있는 자식들을 갖게 해 주신 조상님들에게 문득문득 감사하는 마음으로 살고 있습니다.

일 년에 한 번 저도 증조할아버님 할머님의 유택을 찾아 뵙고 있습니다만 경화동 백씨의 기제에 참석치 못함을 퍽 죄스럽게 생각합니다.

이곳은 향리와 멀리 한 객지이다 보니 뜻과 같이 이룩되지 못하는 형편상에 어려움이 겹친 저의 무성의를 어여삐 여겨 주시옵소서!

우리들 집안은 이곳이 터전이었고 당시의 상당한 富도 지닌 명문의 집안이었다고 들었습니다. 그런데 동네에 원인 모를 일로 해마다 건장한 장정들이 죽어 가는 화복을 당하다보니 가정을 지키겠다는 일념 하에 모색한 것이 동서남북으로 뿔뿔이 흩어지는 수밖에 없다는 결론으로 한 집안은 경북 상주로, 한 집안은 함안으로, 우리들 집안은 웅천으로 옮기게 되어 오늘날 거주 터전이 되었다고 봅니다.

새삼 할아버님께 엎드려 고하는 것은 저의 집안의 문제를 풀어 가는데 도와주시기를 간곡하게 청하옵니다.

할아버님 할머님이 계신 이 땅에 경화동 백씨와의 위화상태를 반드시 해결 되도록 도와 주시옵소서. 즉 이 땅은 지난날 아버님께서 朴山祚라는 사람으로부터 매입하여 여기에 증조할아버님을 모시게 되었는데 이곳의 관리 책임을 이곳에 거주하는 鄭相洙의 아버지에게 맡겼는데 토지 개혁령을 악이용한 그들의 흉계에 의해 이 땅에 접한 밭은 어이없게 잃게 되었고, 요행히 남은 이 땅도 우리 삼 형제가 뜻을 모아 당시 수다한 비용을 들여 되찾게 되면서 명의를 경화동 백씨의 이름으로 해둔 것이 오늘날 불씨가 되었습니다. 당시의 형제간에 합의한 내용은 무엇보다 등기 이전이 급선무이니 우선 큰형님의 명의로 등기하되 후일 삼 형제의 자식들 각 2명씩 하여 6명의 연명으로 하여 영구히 선영으로 보존하자는 것이었습니다.

사정이 위와 같음에도 불구하고 경화동 백씨는 지난날의 약속을 저버리고 이를 이상하게 처리하려 하며 봉생이는 죽곡의 큰 형님에게 불측한 폭행과 폭언을 자행하고 있습니다.

할아버님 할머님!

원하옵건대, 물욕에 어두워 집안의 질서를 어지럽히는 그들에게 깨우침을 주시어서 우리 삼 형제의 사이가 옛날과 같이 우의가 논독한 집안 되도록 도와 주시옵소서!

그리고 저는 조상님과 아버님의 유지를 받들어 집안을 바로 세우는 일에 최선을 다할 것을 약속드리면서 부디 편히 계시옵기를 바라오며 이만 물러나옵니다.

제 **2** 장
군(해병대) 복무시절

군에 1951년에 입대하여 해병대 창설 당시 군 장교명부밖에 없었던 시절부터 20여 년 동안 군의 법제관으로서 작전 명령을 제외한 모든 법적 제도적 장치를 마련하는 데 살신성인하였고, 그 외 군기, 사단기, 군복, 군모, 훈장 등을 직접 도안하고 제작하여 민주 군대의 초석을 다지는 데 기여한 공로는 대단하였다.

1. 상장목록

★ 훈 장

· 1954. 1. 14. : 무성화랑 무공 훈장
· 1962. 10. 1. : 근무공로 보국훈장
· 6 · 25 종군기장
· 국제연합헌장옹호 공훈 및 휘장

★ 대통령표창

· 1954. 1. 14. : 무성화랑 표창
· 1960. 10. 1. : 표창장(제866호)
· 1966. 10. 1. : 근무공로훈장 표창(제34331호)

★ 국방부 장관상

· 1954. 6. 25. : 공로 표창장

★ 해병대 사령관상

· 1952. 5. 10. : 우등상

· 1958. 7. 12. : 우등상

· 1960. 10. 1. : 표창장(제75호)

· 1962 . 3. 5. : 표창장(제19호)

· 1964. 10. 1. : 표창장(제203호)

· 1969. 7. 24. : 표창장(제119호)

· 1970. 2. 3. : 표창장(제18호)

· 1971. 8. 31. : 근무공로 표창(제109호)

▲국민이 주는 희망의상 수여 장면

▲해병대 사령관으로부터 표창장을 받는 장면

★ 국민이 주는 희망의상

・1964. 10. : 경향신문사 주최의 국민이 주는 희망의상 상장 및 메
　　　　　　 달 수상(해병대 법제관으로 세운 공로)

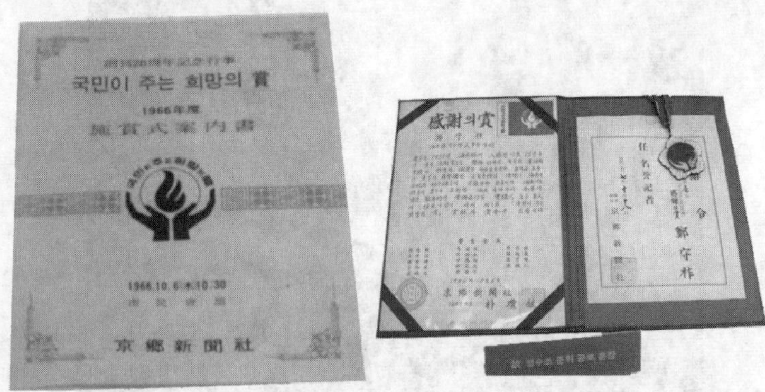

▲경향신문사 주최의 국민이 주는 희망의상 상장 및 명예기자증

▲고 박정희 대통령과 육영수 여사와 함께 한 수상자들
(뒷줄 오른쪽에서 두 번째 정수조)

▲ 상장과 신문 스크랩

2. 유품 해병대 역사관에 소장되다

(1) 해병대에 유언전달

✎ 해병대 사령관 비서실장님께

안녕하십니까?

어려운 난국에 중책을 맡아 불면불휴 애쓰시는 실장님께 깊은 감사 드리오며 이 글 위에 잠시 마음과 몸과 시간을 머물러 주시옵소서!

본인은 지난날(해병대 창설 당시)해병대 인사국 사제과 법제관으로 20여 년을 복무한 바 있는 鄭守祚 준위의 큰딸 정봉순 입니다.

실은 저희 아버님께서 폐암으로 3년에 걸친 투병 끝에 지난 7월 16일 운명하셨으며 고인의 유언에 따라 이 글을 올리게 되었습니다.

고인은 처음으로 해병대 군기를 도안하여 만든 장본인으로 당시의 군기와 똑같은(실물) 것을 소장하고 있었습니다.

그 크기는 가로 137㎝, 세로 90㎝이며 표구한 액자의 크기는 가로 160㎝ 세로 114㎝입니다.

고인이 몇 년 전 해병 사단에 가서 사단장과 부사단장 실에 걸어 놓은 군기를 보시고 모양과 색깔 등이 실물과 다른 것을 확인하시고 이것을 기증하시겠다고 하셨습니다.

고인이 소장하신 군기는 처음 도안하여 만든 최초의 것으로 이것은 대단히 귀중한 것으로 사료됩니다.

군대의 군기가 갖는 의미는 크기, 색깔, 모양에 따라 깊은 뜻이 담겨져 있음을 누구나가 잘 알고 있기 때문에 앞으로 해병대 군기를 만들 때는 이것이 견본으로 쓰일 수 있게 되기를 간절히 소망하고 있습니다.

고인 슬하에 3남(봉한, 봉진, 봉석) 2녀(봉순, 봉임)를 두었으나 저는 딸이지만 해병대 장학생으로 해병대와 깊은 인연과 각별한 애정을 가지고 있습니다.

실장님!

고인은 1·4 후퇴 후 창설된지도 얼마 되지도 않은 해병대에 들어와 당시 장교 사병의 명부만 있을 뿐, 군 행정의 기틀이 전혀 없었던 해병대를 3군에 비견하는 군으로서 위상정립에 젊음을 바쳤습니다.

당시 정수조 준위라면 인사국 사제과 법제관으로 수행한 업적은 너무나 컸기에 그 당시의 해병이라면 모르는 사람이 없을 처지임을 실장님께서도 잘 아시리라 믿습니다.

해서 고인의 아들딸들은 고인이 해병대를 위해 수행한 초석적인 역할과 멸사봉공의 업적과 함께 고인의 이름 석자가 해병대의 역사에 길이 새겨질 수 있도록 적절한 조치를 앙망하오며 고인의 유언을 받아 주실 것을 바라오며 이 글을 줄입니다.

1997년 8월

고인 정수조 큰딸 정봉순 올림

(2) 유품(해병대 최초의 군기 외 다수) 전달

★ 유품 기증

· 1997. 10. 25 : 해병대 역사관에 "해병대 최초의 군기" 외 30여
점의 유품 기증. 현재 해병대 사령부(경기도 발안)
역사관에 소장, 전시되어 있음.

▲ 유품 전달하는 장면(미망인 김정출 여사가
전도봉 해병대 사령관에게 전달)

▲ 유품 전달 후 전 가족사진

가. 최초의 해병대 군기

▲ 직접 도안 제작한 군기

▲ 해병대 역사관 현관에 걸려 있는 기

나. 해병대 역사관에 소장 된 유품

▲진열된 모습▼

제 3 장

문중, 종친회에 헌신

1. 문중의 일에 관계하게 된 동기

(1) 집안을 바로 잡기 위한 노력

～ 형님(복수)에게 드립니다

건강이 여일(如一)하다 함은 어제 아침에 통화에서 듣고 무엇보다 다행한 일로 여기고 있습니다. 실은 저가 하진(下鎭)한 자리에서 말씀 드리는 것이 도리인 줄 알고 있습니다만 이 서신으로 대신함 만천해양(萬千海讓) 바랍니다.

문제가 되고 있는 사기점(沙器店)의 선영(先塋)에 관하여 몇 가지 사항에 걸쳐 저의 심정을 솔직히 말씀드리고자 합니다.

첫째는 지금 형님 명의로 된 그 땅을 우리 다음 대의 아들의 이름으로 연맹으로 변경 등기하자는 것에 대한 것입니다.

이것은 그 누구보다도 그 사정과 경위는 형님이 잘 알고 있음에도 불구하고 봉생이의 경거망동에 큰 형님까지 부화뇌동하여, 십 수년 전 형제간에 합의가 있었고 몇 달 전에도 서울 저의 집에서 삼 형제가 모여 재차 다짐한 형제 간의 약조를 "언제 그랬느냐"는 듯이 위약하려 하는데 큰 형님마저 이럴 수가 있느냐? "이 세상사람이 다 그래도 큰 형님만은 양심을 지킬 것이다, 이것 잘못들은 것이 아니냐" 하고 생각도 해보았지만 저가 어제 직접 들은 바 있기에 이제 말할 수 없는 서운

함과 배신감마저 느끼고 있습니다.

아버님께서 선영으로 사놓으신 땅을, 우리 땅의 바로 옆에 사는 친척인 상조에게 부탁하여 관리 되어온 땅을 상조가 팔아버려 법적(형사상은 물론 민사상포함)으로는 도저히 어찌할 방법이 없는 그야말로 명실공히 완전히 실권한 땅을 형님 두 분이 천신만고 끝에 죽곡 형님의 전적인 경제적 뒷받침, 그리고 천우신조로 해서 겨우 소유권을 되찾게 되지 않았습니까? 그 때(등기할 때) 형님께서는 "완전히 잃은 땅을 되찾는데 수많은 돈과 노력 헌신을 전적으로 부담한 수천이 너 이름으로 등기하여라"고 말씀하시는 것을 죽곡 형님께서는 "아닙니다. 이 땅은 우리의 선산이기 때문에 어느 개인이 소유할 수 없으니 우선 등기하는데 사정이 급박하니 장자인 백씨 명의로 하고 차후 우리 삼 형제가 죽기 전에 아이들 이름을 넣어 연명으로 등기 해 둠으로서 그 어느 누구라도 임의대로 처분하지 못하도록 하자"는 굳은 사양이 받아 들여져 결국은 큰 형님 이름으로 등기가 된 내역을, 이제 와서 형님께서는 모르신다는 말씀입니까?

무지막지한 봉생이의 하는 짓을 동조하지 않으면 안 되는 딱한 사정이 있어 그러십니까? 말씀 좀 해보시오! 양심이 살아 있으면 말씀하실 수 있지 않습니까?

둘째는 원포에 있는 누구다, 김포에 있는 누구다, 무슨 문중이니 종중이니 하면서 그곳 아이들도 참여하는 모임체 운운하는데 대한 것입니다.

무엇보다 먼저 땅의 소유 관계와 그곳에 매장되어 있는 분의 계파 관계는 별개의 문제라는 점에 상도(想到)해야 될 줄 믿습니다. 묘지와 묘지가 있는 땅의 주인과 관계는 당초 매장할 당시의 승락 외에는 아무런 관계가 없다고 봅니다. 어느 개인이 종중에 희사하거나 문중이름으로 매입한 것이 아닐 때 종중 또는 문중의 이름으로 등기는 안 되는 것이라 봅니다.

바꾸어 말하면 개인의 땅에 있어서 소유자의 동의 없이 임의대로 문중의 것으로 할 수 없는 것입니다. 이럴 경우, 지금 그 땅 소유권자가 큰 형님 명의로 되어 있다고 해서 큰 형님 마음대로 문중, 종중의 소유로 할 수 없다고 생각합니다. 사실상(법적상)에 있어 선친으로부터 유산이기 때문에 우리 삼 형제의 합의 없이는 이동은 불능하다는 것입니다.

또한 이제 생각이 납니다만 아버님께서 생전에 계실 때 그 땅에 관하여 여러 번 내력(來歷)의 말씀이 있었습니다.

"그 땅은 내가 젊었을 때 孝자 成자 할아버지 후손으로는 우리가 작은 집이기도 하지만 팔용산(八龍山) 선산에는 지력상(地力上) 이상 더 묘를 모실 수 없어서 부득이 할아버지를 모시기 위하여 쌀 이석(二石)을 내고 사들인 후 위쪽에 조부를 모시고 남은 아래편 땅에 장차 내가 묻히려고 마음속으로 작정하고 누가 물어와도 그 땅에는 지력 상 일묘 이상 쓸 수 없다"고 지금까지 지내왔었는데, 그 후, 원포 삼촌이 너의 죽곡 형님과 원포 수완이와의 싸움을 계기로 우리 할아버지가 장손이며 형님인데도 불구하고 죽곡 형님의 법적 고소 취하를 하는 대신에 자기네가 장손으로 하겠다는 어처구니없는 제안에 어쩔 수 없이 장손 문제로 해서 족보를 빼앗아 간 뒤로는 "우리가 장손 집이니 사기점 땅에는 내가 묻히든지 아니면 수완이 모(母)의 묘를 이장해야겠다"는 말이 들리기에 "이것 큰일

났구나” 생각하고는 “불시에 어머님, 즉 우리의 할머니(사실은
훗날 칠원에 합장하려고 함)를 이장하게 되었다”고 하셨습니
다. “그때 온천지가 진동하는 엄청난 분란, 지금도 잊을 수가
없고 생각하면 아쉽고 분하고 원망스럽기 한량없다”고 서울에
오실 때마다 말씀하셨습니다.

“아쉽다”는 말씀은 당신의 뜻을 이룩하지 못한 것을 뜻함이
요, “분하다”고 하신 말씀은 옛 족보 만들 때 당신의 실수와
동생(원포 삼촌)에게 당한 형용할 수 없는 모욕, 그리고 가보
인 족보의 피탈(被奪)을 뜻함이오, “원망스럽다” 함은 자식의
잘못으로 이런 처지를 당하고 있다는데 대한 못마땅함이라 저
는 생각했습니다. 또한 앞에서도 언급했습니다만 법으로는 어
찌 해볼 수 없는 완전히 잃어버린(남의 땅이 되고만)땅을 형
님 두 분의 천신만고와 죽곡 형님의 경제적 부담의 결과로 그
명맥을 건질 수 있었던 것은 그 누구보다도 큰 형님 자신이
더 잘 알고 있지 않습니까 ?

비록 명의는 큰 형님의 이름으로 되어있지만 내용 면에 있
어서는 죽곡 형님의 소유임이 분명하지 않습니까. 우리 삼 형
제의 공동명의로 해야겠지만 형님의 인격을 믿고 임시로 큰
형님이 맡아 있는 격인데, 왜 죽곡 형님의 재산을 큰 형님이
마음대로 처리하려고 하는지요.

다시 말하면 그 땅은 선친으로부터 유산이오, 우리들의 선영
이며, 선산의 재산이었는데 타인의 재산이 되어 버려 어떠한
방법으로 구제불능의 땅을 천신만고의 투쟁 끝에 수다한 돈을
죽곡 형님이 지불하고 취득한 땅을! 그것도 죽곡 형님의 개인
소유로 하겠다는 것이 아니고 우리 삼 형제의 공동명의로 두

자는 것인데 무슨 근거로, 무슨 생각으로 이를 달리 처리하려
하는지 너무나 충격이 아닐 수 없습니다.

세 번째는 "종중이다, 문중이다" 하는데 관하여 저의 소견을
말씀드리겠습니다.

상식적으로 보아 문중을 가장 좁게 잡아도 5대조를 한 분으
로 모시는 동성 동본 한 집안을 벗어날 수 없다고 봅니다. 이
렇게 볼 때, 우리 형제가 생존하는 한, 즉 부모가 생존하는 한,
아들(봉생)이 마음대로 문중을 구성한다는 것은 어불성설이며
남이 들어도 웃음거리가 된다고 봅니다. 우리 삼 형제는 무엇
이며, 잃어버린 그 땅을 죽곡 형님이 돈을 지불하고 문중의 땅
으로 사놓은 것이라는 것을 큰 형님이 너무나 잘 알고 계시는
데 그 아들이 마음대로 한다는 것을 보고만 있다는 말씀입니
까?

아버님이 살아 생전에 그 땅 때문에 말썽이 있을 때마다 주
먹으로 선친을 밀치고 담뱃대로 아버님의 목을 밀치면 무례
불손한 숙부의 만행은 논쟁과 법적 시비 일보 직전까지 몰고
간 일을 큰 형님은 모르신다는 말 인지요. 헤아릴 수 없는 어
려움과 재정적 부담을 불구하고 가첩을 부랴부랴 형님들로 하
여금 편찬하게 함으로써 이제는 그 말썽의 불씨를 없애 버렸
는데, 집안 내에서 이것이 웬 말입니까?

큰 형님! 어제 간밤에 아버님께서 현몽이 계셨습니다. 저가
오늘 아침부터 이 편지를 쓰는 것도 선친께서 오셔서 어떻게
나 질책과 꾸중을 하시는지 시종 듣고 눈물만 흘리다가 잠을
깨었습니다. 그래서 기이한 꿈이구나 생각하고 봉생이에게 보
낸 편지가 오늘 오전 중으로 배달되리라 생각되지만 형님께서

직접 보시지 못할 것으로 생각되어 별도로 이 편지를 쓰게 되었습니다.

아버님께서는 생전에, 원포 형님께 족보를 수취 당한 것과 사기점 그 땅에 대하여 평소에 품고 계셨던 뜻을 이루지 못하신 것을 늘 상념 하시고 다음날 조상님을 어떻게 뵈올까 상심 하셨기 때문에 그 한을 품고 계셨을 것입니다.

우리들은 아버님의 자식된 도리로서 어떻게 처신해야겠습니까?

최소한 우리들의 과오로 인한 아버님의 근심 걱정은 없어야 되며 적어도 우리 형제간에는 화목하게 지낼 수 있도록 큰 형님께서 온 집안을 편하게 다스려야 된다고 생각합니다. 그런데 큰 형님 스스로 말썽의 불씨를.일으켜 집안을 시끄럽게 해서는 안되지 않습니까? 들리는 바로는 아버지와 삼촌의 뜻을 거역하고 형님이 돌아가시면 그 땅이 자기 것으로 돌아 올 것이라는 물욕에 어두워 의식과 분별을 못 가리면서 건재하고 있는 웃어른들을 전혀 무시하고, 또한 선조의 유지를 헌신짝같이 버린 채 온 집안을 욕되게 한단 말입니까?

만일 죽곡 형님이 "이 땅은 내가 산 땅이니 내놓아라"라고 말하면 별 도리 없이 내 놓을 수밖에 없는 땅인데, 개인 소유로 하겠다는 것도 아니고 先塋으로 누구도 임의로 손을 댈 수 없도록 우리 삼 형제의 명의로 등기하자는 십 수년 전의 다짐과 몇 달 전의 재확인을 이제 이행하려 하는데 혼자 독식하겠다는 철면피 같은 인간이 어디 있습니까!

이 세상을 살아가는데 부지면식(不知面識)한 타인과의 약조라 하여도 그러치 못할진대 생의 근간을 같이 하고 있는 형제지간에 이러한 일은 있어서는 안 된다고 봅니다.

더욱이 집안의 장손으로서의 체통과 집안을 이끌고 갈 윗사람으로서 다른 사람이 그래도 바로잡아 주어야 할 입장이라는 것을 잘 아시리라 믿습니다.

지금도 늦지 않습니다.

제발 이성과 양심을 되찾으시고 순리를 좇아서 처리함으로써 지금까지 유지 되어온 형제간의 情과 화목한 집안이 유지될 수 있도록 솔선수범 해주실 것을 백배앙원(百拜仰願)하며 이만 그치려 합니다. 너무 충격이 커서 다소 지나친 무례가 있음을 부디 관용해 주실 것을 바라오며 처리된 소식이 하루 속히 전해 주시기를 기다리겠습니다.

1986년 5월 30일
서울에서 사제(舍弟) 드림

*   *   *   *   *

봉생에게

그렇게도 애절하게 호소하다시피 한 이 숙부의 의향을 끝내 무시하고 말았구나. 계보 상으로나 나이로 보나 사회적 경험으로 보나 위인 나의 뜻을 이렇게도 무시해 버릴 수 있느냐? 그리고 숙부의 편지를 받았으면 그에 대한 회신을 응당해야 도리이거늘 최소한의 안부의 도리마저 할 줄을 모른다는 말이냐? 생을 결코 그렇게 살아서는 안 된다는 것을 알아야 한다.

문제의 선영(先塋)은 완전히 실권 된 것을 죽곡 삼촌이 돈을
마련하여 되찾아 등기부 명의인을 네 아버지로 했지만 실은
우리 삼 형제의 공동소유이고 그곳은 우리의 조상이 묻힌 선
영이라는 점 등으로 해서 십수년 전에 우리 삼 형제가 합의한
사항이며, 후일 너의 아버지를 포함해서 우리 삼 형제가 없을
때 처리 문제를 명확히 해 놓기 위해 지난봄 서울에서 다시
다짐하여 적절한 조치를 취해 놓으려 하는데 일이 종국에 이
렇게 되어 버리니 착잡한 심정 가눌 길 없구나.

돌아가신 할아버지께서 족보를 탈취 당한 일과 사기점 문제
의 산소에 대해서 한을 품고 가셨는데 어찌하여 그 자손 된
우리가 원상 회복은커녕 되려 조상을 욕되게 하는 일에 앞장
서고 있느냐?

너는 누구를 위하여 종을 울리려 하느냐?

두 다리를 건너뛴 오촌, 육촌을 위해서 또한 그 선영과 아무
상관도 없는 그들에게 당신들 몫이 여기 있으니 가져가라고
하는 너의 처사를 어떻게 이해를 해야 할지 모르겠구나.

어차피 네가 혼자 독식할 수 없는 재산이니 못 먹는 밥에
재나 뿌리자는 심사로밖에……. 기가 차고 하늘을 우러러 통한
할 일이다.

나는 그 땅을 네 혼자 차지해도 아무런 이의도 없다. 그러나
돌아가신 할아버지의 한을 두신 뜻을 서운하게 하는 일은 해
서는 안 되겠다고 생각한다.

일이 이에 이르렀으니 문중의 재산으로 귀속시킨 그 자체는
변경하지 않은 방향에서 반드시 너의 사촌 즉 경화동 1명, 죽
곡 1명, 서울에서 1명해서 3명 정도의 연명으로 해 두는 것이

합리적이라 생각한다.

그리고 너의 아버지 명의인 이 땅을 무슨 이유로 어떻게 구성되는 종중회에 증여한다는 명백한 의사가 표시된 기증서를 첨부하여야 하며 사촌끼리 모임에 규약도 만들어 놓아야 한다.

지금까지 기술한 바대로 일이 처리되기 바라며 조속한 회신을 바란다.

1986년 6월 17일
서울에서 숙부가 보낸다

*　　*　　*　　*　　*

～ 형님(수천)에게 드립니다

예년과는 달리 퍽 따듯한 날씨입니다만 성하지 않은 몸이라 지내시기 여간 불편하지 않으시리라 믿습니다.

지난번 조카에게 당한 정신적 수모와 육체적 상처 때문에 얼마나 고생이 많으십니까? 이곳 저도 별일 없이 그날 그날을 지내고 있습니다만 이번에 올라오신 형수 씨에게서 그 전말을 듣고서 통분한 마음 가눌 길 없습니다. 지난여름에도 저한테 불측한 행동을 했을 때 그냥 놓아두지 않으려 했는데 큰 형님이 "내가 다 한 짓이다. 봉생이는 내가 시키는 대로 했을 따름이다. 모든 것은 나에게 그 잘못이 있다"고 하시기에 지금까지 형님의 뜻을 순종해 왔기에 사기점 선산의 이름 고치는 문제만 약속 받고 돌아 왔습니다.

그런데 아직까지 그 약속을 지키시지도 않고 계시며, 자식이 삼촌에게 폭행과 욕설을 하는 현장에 계시면서도 일언반구 아들을 엄히 다스리는 말 한마디 없이 가만히 앉아서 보고만 계셨다는 사실이 큰 형님에 대해 또 한 번 실망을 느낄 수밖에 없습니다. 집안 망신이라는 이유 때문에 그냥 놔두었으나 이러한 불칙한 행동이 한 두 번이었습니까?

오늘 형수 씨와 봉룡이 며느리한테서 전화가 왔는데 그 날 봉생한테 맞은 상처가 악화되어 병원에 입원했다고 들었습니다. 그날 이후 형님께서 겪고 있는 심적 육체적 고통에 얼마나 상심하고 계십니까? 집안의 질서를 파괴하고 존속에게 폭행을 상습적으로 자행하는 패륜적 행위를 이대로 보고만 있을 수가 없다고 생각합니다.

모쪼록 몸조리 잘 하시고 적절한 조치를 심사숙고하여 다시 서신 올리겠습니다.

(2) 직장공파보에 수록된 잘못된 계보

1) 족보의 중요성

우리 민족은 누구를 막론하고 부계를 중심으로 한 그 씨족의 역사를 가지면서 민족의 발전을 도모해 오고 있습니다.

그 역사성은 자치하고라도 이 세상에 생을 받은 “나”는 분명히 조상이 계셨기에 존재하고 있음을 성찰할 때, 대자연에도 질서가 있어 이 세상 모든 만물이 그 질서에 의해 돌아가고 있듯이 시조를 같이 하는 성씨를 통해 선조님들의 업적을 기리며 면면히 이어져 오는 가통(家統)의 맥락을 더듬으며, 문중의 뿌리에 대한 강한 긍지와 조상의 얼을 가정교육의 초석으로 삼아 훌륭한 사회인으로 성장시킬 수 있는 숭조애종(崇祖愛宗)의 기풍을 고취시켜 인간생활의 위계 질서를 마음속 깊이 심어 주어야 한다.

든든한 반석 위에 나의 존귀성을 새롭게 함과 더불어 서로 융화하고 협동, 단결하면서 씨족과 민족의 발전을 도모하게 되므로 우리 민족의 강한 자긍심과 단결력은 씨족의 가력(家歷)에서 출발 된다는 것을 다시 한 번 되새겨야 할 것이다.

가정, 집안, 문중 등의 구분

- 가정 : 부모와 형제 자매로 구성되는 것을 가정이라 함.
- 집안 : 혈통적으로 16촌간의 일족으로 구성.
- 문중 : 혈통적으로 18촌 내외부터 26촌 내외의 일족으로 구성.
- 파　　 : 대, 중, 소파로 구분되며 대개 동래 정씨 15,16세를 기준으로 하여 소파, 12세 내외를 기준으로 하여 중파, 6세(輔, 弼)를 기준하여 대파로 구분(호칭)하고 있으며,
- 종문, 종중 : 동래 정씨 전체를 구성체로 할 때를 말한다.

대동보, 파보, 가첩 등의 구분

- 대동보(大同譜) : 성과 본관을 동일히 하는 모든 일족을 수보한 족보.

  *동래 정씨 대동보라 할 때에는 〈1655년 발행의 乙未 대동보〉

〈1716년 발행의 丙申 대동보〉
〈1919년 발행의 己未 대동보〉

- 파보(派譜) : 대, 중, 소파로 구분된 당해파에 소속된 종인
  만을 수보한 족보.
- 가첩(家牒) : 작성자의 직계 존비속의 혈통 등을 기록 보존
  하는 그 집안의 문서.

족보에 수보 되는 근거

- 당해 족보에 수보 될 수 있는 대상과 범위 내에 들어야
  하며,
- 족보사업에 동참한다는 집안이나 문중의 의사 표명이 있
  어야 하며,
  *개인적인 의사 표명은 절대 불가함(그 이유인즉, 부모도 여러
  명의 자식을 가지고 있고 또한 윗대로 올라가면 한 사람의 조
  상이 여러 집안의 직계 조상이 되기도 함)
- 소정(편찬위원회에서 정한)의 단자, 단금을 납부 제출해야
  하며,
- 옛 족보(기존의 족보) 내용과 그 때의 수보 요청자와의 관
  련성이 입증되어야 하며,
- 가첩, 옛 기록, 호적부 등을 반드시 제출해야 한다.

2) 직장공파보의 간행 움직임

단자를 내라는 전갈

1989년 7월 24일 저녁 진해 경화동에 거주하는 조카로부터

"동래 정씨 15세 仁자, 豪자 할아버지의 직계 후손끼리 직장공 파보를 만든다고 하니 속히 단자를 보내 오시오"라는 전화가 왔었다.

이때 저는 "우리 행암파는 15년 전(1976년)에 절도공파보를 펴낸 적이 있는데 관례상 30년도 채 안되었는데 무슨 족보냐, 보아하니 미구에 있을 대동보 편찬에 대비할 양인데 이 경우 우리는 '절도공파보'에다 그간의 변동사항을 정리해서 제시하면 아무런 문제가 없는 일인데, 이에는 그 누군가 충동질하고, 무슨 숨은 흉계가 있는 것 같으니 이에 뇌동하지 말라"고 당부하였습니다.

그런데 그 조카의 말 중 심히 나의 비위를 거슬리게 하는 내용은 "우리 할아버지인 휘 사순(師舜)을 희양(希洋)의 동생으로 바꾸겠다고 군위 사람들과 합의했다"는 내용입니다.

그래서 우리가 "65년 전에 펴낸 '교서랑공파보'에 명기되어 있는 수보(修譜) 내용을 왜 변조를 하려 하느냐, 선대 어르신께서 당시의 합당한 이유와 근거에 의해 해놓은 역사적 사실을 왜곡하겠다는 것은 무슨 근거에 의해 기존의 족보 내용을 변조하려는 것인지? 문중을 욕되게 하는 그러한 만행을 도저히 좌시할 수 없다"고 분명히 전했습니다.

군위파의 음모

형님! 파보 때문에 고생이 많으십니다. 무엇보다 건강하셔야 합니다.

족수 씨께서도 강령하시옵고 가족 여러분도 평안하시온지요?

일가들의 무관심과 방관 속에서 형님이 고군 분투하는 노고에 무어라 감사를 해야 되겠습니까?

실은 오늘(13일) 오후 1시경 태교의 전화를 받았습니다.

"현령공파보는 절대로 되는 것이 아니니 수조를 언제까지 믿지 말고 직장공파보에 동참하라"는 권유입니다.

태교는 망우리 회장님 고희연에 참석했는데 군위에서도 6~7명 참가했으며 수조도 참석했으나 술을 못한다고 일찍 갔고 망우리 분들이 이구동성으로 말하기를 "수조 그놈이 행암에서 돈을 삼백 만원이나 가져다 쓰고 우리를 파는, 사람 같지 않은 놈으로 이젠 상대도 안 한다고 했다"는 것입니다. 태열, 태교도 수조와 교류를 끊고 말도 안 하는 사이이며 태열, 태교가 펴낸 파보 후면엔 현령공파보는 불가능하다는 것이 실려 있다는 것입니다.

그래서 수조에게 수단 자료를 돌려 받아서 직장공파보를 다시 하는 것이 나중에 후회됨이 없고 직장공파보에 올라가야만 대동보에도 연결된다는 것이며 태교 자신도 행암 일가로부터 욕을 듣지 않기 위해서 권고한다는 것입니다.

태열이도 현령공파보 건으로 직장공 종친회에서 제명되었다는 말도 있었고, 직장공파보는 2~3일 후면 인쇄에 들어갈 원고가 탈고 되고 자기네 "집(諿)"자 분도 회관(진해 종친회 회관)에서 사람을 2명 고용해서 작성 중에 있는데, 태고가 발간한 파보는 시원치 않고 墓에 대한 기록이 불분명하다는 것입니다.

그래서 제가 "인쇄 직전에 있는데 늦지 않느냐?"고 하자, 2~3명 사람을 데리고 분책하면 동참할 수 있다는 것입니다.

또한, 우리가 갖고 있는 경인보도 가지고 있으며 그 출처는 밝히지 않았습니다. 수정을 하지 않은 원본이 확실하며 그 외 여러 가지 파보 10여 종을 가지고 있는데 한 번 회관에 와서 열람하라는 것입니다.

또한 "사도의 根浩 씨가 갖고 있는 경인보를 서울의 모씨가 소장하고 있는데 수조가 복사를 원하기에 해 주었고 진해 종친회 일가 중 많은 일가가 그 뿌리를 찾지 못한 창원군 공파 등 자기가 애써서 세계를 이어주어 다들 좋아하고 단합도 잘 되고 있다. 행암도 그 뿌리를 내가 찾았는데 직장공파보에 올리지 않으면 내가 추궁을 당할까봐 봉생이도 권유했고, 회장이 없는 것으로 아는데 총무가 회합을 소집해서 일을 추진하면 되지 않느냐"는 등입니다.

예기치 않은 전화를 받고 보니 무언가 저쪽에 말못할 저의가 있는 것으로 사료됩니다. 아무 것도 모르고 있는 일가들이 쌍방의 엇갈린 경위를 들으면 혼돈 되기 꼭 알맞은 일이 아니겠습니까?

행암을 몰아내기 위한 직장공파보 간행을 모의했다가 이제 와서 동참을 권유하는 것과, 국화라는 자의 언동과 태교의 전화 내용의 앞뒤의 모순이 이쪽을 생각하는 것이 아니고 저쪽의 궁여지책이 아닌가 싶습니다. 뿐만 아니라 고희 잔치에 가서 그들을 핑계로 형님을 궁지로 몰아 넣는 말 등 석연치 않은 점이 많습니다.

형님과 제가 평생의 명예를 걸고 만난(萬難)을 배제하고 현령공파보 간행은 꼭 성취해야겠습니다. 궁금해하는 많은 일가들의 기대에 부응하도록 조속한 실현과 실증이 절실합니다. 이쪽 일은 조금도 염려 마시고 계속 애써 주시기 바랍니다.

무리해서 건강을 해치는 일은 결코 없으시기를 바라오며 이
만 줄입니다.

행암파 총무 성묵(成默) 올림

(3) 족보 간행에 눈을 돌리다

총무의 편지 내용도 어처구니없었거니와 470년간 이어온 우
리 행암파 문중의 역사와 선대 어르신께서 이룩해 놓은 기존
의 系譜 내용을 왜곡되게 변조하려는 어제 저녁 조카의 전화
를 받고는 밤새 잠을 이룰 수 없었다.

잘못되어 가는 문중사를 어떻게 하면 될까 하고 고뇌에 찬
하룻밤을 보내고 그 부당성에 대처해서 싸우려면 뚜렷이 내세
울 자료와 근거를 가져야겠다는 강렬한 사명감을 갖게 되었습
니다.

그리하여 그날부터 국립 도서관 5층에 자리잡은 족보 자료
실을 찾아 동래 정씨에 관련된 30여 종의 족보를 샅샅이 살펴
보았으며, 족보에 대한 많은 서적을 탐독하고 심지어는 한국의
족보에 관해서도 많은 자료를 보존하게 되었으며 족보에 관한
많은 서적을 간행한 중앙일보사, 족보 분야에 조예가 깊은 대
학 교수도 찾아다니며 많은 관심을 갖게 되었습니다.

그로부터 족보의 생리와 내용 등에 보고 듣고 배워보니,

첫째, 통신과 교통이 미개해 걸어서 다니던 때에 펴낸 옛날
의 족보는 족보 만든다는 소식을 듣지 못하면 누보 될 수밖에
없고,

둘째, 화(禍)를 피해 신분을 숨기고 살 수밖에 없었던 사람,

족보 주관자와의 인간 관계에 따라, 설혹 안다 손치더라도 생활이 어려워 누보 될 수밖에 없다.

족보의 생리상 적지 않은 흑막이 있기에 대동보에 빠졌다고 해서 그들의 말이 옳다고 할 수 없는 일이며, 더욱이 동래 정씨의 반수가 수보 되어 있는 1927년 간행된 "교서랑공파보"에 보면 휘 "은"의 큰아드님은 휘 "사순", 작은 아드님은 휘 "희양"으로 명기 되어 있고 그 내용을 살펴보아도 그 동생이 될 수 없음에도 불구하고 이러한 망언이 오고가는 문제는 예사로운 문제가 아니라는 생각이 미쳤습니다.

그래서 재천 형님과 상의한 결과, 우리 집안의 사람도 아닌 자가 왜 행암 문중을 헐뜯는지, 저 군위파로부터의 엄청난 도전을 받고 있는 행암 문중을 수호하기 위해서는 어느 누구 한 사람 발벗고 나서는 이 없는 현실에 이대로 방치했다가는 선대 조상님들의 뜻을 받들지 못함은 고사하고 행암 문중의 장손이 웃어른들이 있음에도 불구하고 한마디 의논도 없이 저들에 농간에 놀아나고 있으니 미구에 행암 문중이 수몰되고 말 것이 불 보듯 뻔한 일이므로 우리 두 사람이 선봉에 서자는 뜻을 같이 하게 되었다.

우리의 책무

첫째, 동래 정씨 29개 파 중 경남 진해시 행암동에서 약 470년 동안 세거 해 온 16세 휘 은(闇)의 유일한 후예로서 행암파의 존재를 널리 알려야 하며,

둘째, 1655년 을미보와 1716년의 병신보에는 동래 정씨 16세

휘 은의 후예는 없는 것으로 되어 있으나 실은 휘 은께서는 1519년 기묘사화 때 경상도 양산에 화피(禍避)하심으로써 약 300년 동안 (3족을 멸하는 그때의 상황) 숨어서 살아온 기막힌 역사적인 사실이 있음을 널리 알림과 동시에 문제된 기미보보다 훨씬 앞선 족보나 가첩, 가승, 기타 기록 등 물증을 찾아 휘 은의 후예로서의 정당성을 입증할 것이며,

셋째, 양대 대동보 상에 후예가 없는 것으로 되어 있는 휘 "은"의 사실상 후예는 바로 행암파 임을 입증하기 위해서는 450년 동안 찾지 못하고 끝내 유언으로 남기고 가신 선고 뜻을 받들어 휘 "은"과 휘 "사순"의 묘를 찾아야 한다는 3대 과제를 스스로 떠맡고 멸사봉문의 의지로서 단 한사람도 알 수 없는 관계 문중과 일족 속에 뛰어 들어가서 동분서주하며 외로운 투쟁을 하고 있습니다.

2. 족보 수호를 위한 우리의 노력

(1) "직장공파보는 불필요하다"는 행암파의 대응

그 후 8월 10일 동창회(진주사범)를 참석한 후 시내에 있는 선친의 유택을 성묘한 길에 진해에 들려 역전에 있는 여관에 여장을 푼 다음 그날 밤 대종회 회장과 동래 정씨 문중(행암파 아님)의 어느 일족과 족보 관계 문제로 대 논쟁을 벌렸는데 그는 새벽 3시경에 온다 간다 말도 없이 자리를 떠버렸고,

회장과 나는 먼동이 트기까지 서로 이야기를 나누며 회장은
"이제 그자의 말은 안 듣고 그자가 주도하는 직장공파보 간행
사업에 일체 응하지 않겠다"고 언약을 했다.
　그 때의 대화 내용은 다음과 같다.

　대동회 회장 : 지난봄 대종회 정기총회에서 경북 군위군 효
령면에 세거해 온 군위파 일족 수명이 참가한 바 있는데 그
자리에서 직장공파보를 만들자고 제의하면서 자기들의 선조인
"희양"이 형이 되고 우리 선조인 "사순"을 동생으로 고쳐 기록
한다면 몰라도 그렇지 않으면 모든 것에 불응하겠다는 말을
했고, 대동보인 기미보에 실려 있지 않았다는 이유를 강하게
내세우는 군위파의 주장에 짓눌려 아무런 반박도 못하고 대체
로 그런 방향으로 처리되는 것을 수긍하는 눈치더라는 말을
했다
　수조 : "도대체 족보에 대하여 무엇을 얼마나 알기에 선대
어르신께서 상당한 근거와 사유가 있었기에 해놓은 족보를 이
제 와서 명명백백한 확증도 없이 제한적인 자료와 일방의 말
만 믿고 고치는 것이 옳은 양 망발을 할 수 있습니까?"
　어느 일족 : "내가 보학을 어느 누구보다 깊이 알고 있는데
불원간에 있을 대동보 간행에 대비해서 직장공파보라도 미리
만들어 놓아야 한다. 휘 만룡이 수군절도사를 지낸 바도 없는
데 지난날 정경조가 거짓으로 꾸미어 비석을 만들어 놓고 족보
도 했다. 기미 대동보에 행암파가 들어 있지 않고 경북 군위파
는 휘 은의 후예로서 수보되어 있으니 행암파는 잔소리 말고

오직 군위파에 붙어 동생으로라도 들어가서 족보를 해야 한다.”

　수조 : “다른 족보(기미대동보 이전의 족보)에는 행암파가 엄연히 휘 은(誾)의 손으로 되어 있는데 기미 대동보에 빠졌다는 이유 하나로 사실을 왜곡 하려하는 너의 목적이 무엇이냐?

　행암파의 자손이 엄연히 건재해 있는 한 둘째나 셋째로도 등재 되지도 않고 아예 빠졌다는 것은 그만한 그때의 시대적인 상황이 있다는 것을 의미하는 것이라는 정도는 알아야 할 것이며 너도 교서랑공파 이면서 네가 태어나기도 전인 65년 전의 “교서랑공파보”가 잘못되었다는 등 어처구니없는 망언을 예사롭게 하는 너의 무례를 용서치 않겠다” 하면서 크게 다툰 일을 계기로 무례를 자행하는 그들을 도저히 그대로 듣고만 있을 수 없고 반드시 물증과 자료를 찾아내어 그들 앞에 명명 백백히 밝혀야겠다는 의지를 굳히게 되었다.

(2) 선대 조상님의 묘사 참여와 일가들의 만남

　그리하여 우리 행암 문중의 존재가 널리 알려지려면 무엇보다 우리는 설학제(雪壑齋) 할아버님의 후손이기에 그분은 말할 것도 없고 선대 어른들의 묘사에 참여함으로써 일족을 만날 수 있는 기회를 가져야 한다는데 뜻을 모으고 1989년 11월 12일 경기도 화성군 매송면 송라리에 소재하는 현령공(휘 효경 ; 설학제 할아버님의 큰아드님이시며 우리의 직계 組)과 직장공(위 인호 ; 현령공의 둘째 손자임)의 묘사에 동참하여 처음으로 행암파의 존재를 알림과 동시에 그 일족으로부터 두터운 공감대를 얻었다.

그때 휘 "집(諿)"파의 어르신으로부터 다음과 같은 말씀이 있었다.

"휘(諱) 은(誾) 자 할아버지 후예의 직계를 수록한 보첩을 만들고자 우리 일족끼리 모임을 조직하고 경비를 마련한 후 그 실무를 진해 거주 동생에게 일임한 것이 약 2년 전인데 그 동안 수다한 경비만 허비하고 일언반구 경과 보고도 없었고 아무런 진척도 없고 경북 군위군 사람과 빈번히 접촉하면서 직장공파보를 만들자고 동분서주하고 있다. 더욱 해괴한 것은 "집"자 할아버지 후예의 계보임에도 불구하고 "뿌리를 찾아준다, 잃었던 계통을 이어주겠다고 하며 많은 사람에게 적잖은 피해를 주고 있으니 이 사정을 진해 행암파 문중에 널리 알려서 족보에 관한 한 일체 그자의 수작에 넘어가지 말라고 하라"는 당부가 있었다.

이 말을 들은 후 직장공파보를 만들자고 하면서 행암파가 경북 군위를 왔다갔다하면서 대동보가 어쩌니, 행암파는 군위파의 동생으로 들어가야 한다느니 하는 말들이 바로 8월 10일 대종회 회장님과 만났던 바로 그 자의 흉모라는 것을 직감하고 직장공파보는 절대로 간행할 필요가 없고 앞으로 현령공파보를 만들어야 한다고 행암 문중의 어르신들과 뜻을 모았다.

그 날 저녁(송라리 묘사날) 뜻하지 않게 군위파 일행 중에 몇 사람을 우리 집에 모시게 되었는데 군위파 일족과 재천 형님과 나와 상호간에 솔직하고 진실한 이야기를 하자고 합의한 후 족보상 명기된 것과 같이 양산군 함화동에 "誾"자 할아버지 묘가 있음이 분명하고 지난날 선친들께서 찾지 못한 한을 유언처럼 남기고 가셨으니 우리가 기어코 찾겠다고 하자, 군위 일족은 이에 놀라 당황한 표정으로 "우리도 鬪자 할아버지의 묘가 양산에 있다는 것은 알고있지만 400년 동안 찾지 못했는데 어떻게 찾느냐 그러니 헛고생하지 말고 지금 군위에 모시고 있는 묘를 사실 묘로 인정하고 족보는 교서랑파보 대로 펴는 것이 상책이 아니냐"고 하여 일단 최선을 다해 보고 끝내 찾지 못한다면 그때 가서 다시 의논하자고 했다.

다음날 11월 3일(음 10월 15일) 서울 망우동 분토산에 소재하는 선대 조상님들(설학제 할아버님의 전비인 고성 李씨 할머님과 그 손자이신 휘 수(穗)의 묘사에 참배하였는데 그곳에서도 "鬪 자 할아버지 묘소는 양산에 있고 그 후손들은 경남 진해에 살고 있다는 말이 전해져 내려오고 있는데 왜 이제 나타났느냐? 군위 사람 다수가 이 묘사에 참여하고 있지만 초헌관(初獻官)을 준 일이 없는데 이것만 봐도 짐작되는 것 아니냐!"고 하는 말을 듣고 용기와 의무감이 샘솟듯 일어났다.

▲설학제 할아버지 묘사에서

그래서 그 다음날 양산군 주변의 지도(중앙지도 보급소에서 구입)와 신동국여지승람(서울 신문사)에 나오는 양산군에 관한 기사를 수집했다. 또한 11월 16일(음 10월 18일) 의정부 송산동 효자봉의 설학제 할아버지 묘사에 재천 형님과 참여했다.

그곳에서도 행사를 끝낸 후 재천 형님이 그 일족들에게 "은"자 할아버지의 묘가 어디에 있느냐고 물은즉, "그 할아버지의 묘는 양산에 있습니다. 군위에 있다는 말은 새빨간 거짓말이요"라고 명확한 답을 해 주었고, 그런 이유인지 몰라도 군위파 일족 모두가 이쪽 방에 따로 모여 있을 뿐 그들과는 가까이 하지 않는 눈치이며 어느 한 사람 그들과 가까이 가 있는 일족이 없었다.

이상과 같은 여러 가지 상황을 보아 "은"자 할아버지의 묘를 찾는 것은 우리 두 사람의 숙명이라 공감하고 기어코 찾고야 말겠다는 강한 신념으로 꽉 차 있었다.

1) 대종회 총회 참석

90년도 정기 총회이지만 동래 정씨 정절공 5세손 진사공파(은) 대종회 총회가 개최되었다.

*일　　시 : 1990년 4월 22일 오전 11시
*장　　소 : 정대기 씨 집 2층
*참석인원 : 약 50명
*내　　용
"은", "사순" 할아버지 묘에 관련된 문제로서 그 묘를 찾게 된 동기, 경위, 경과에 관해 제가 30분에 걸쳐 비교적 자세히

설명하고 참석자 전원으로부터 사실을 인정 받은 다음, 25세를 기준으로 한 소종파 대표 1~2명을 중시조 정화사업 추진위원회를 구성한 다음, 앞으로 추진할 사업, 자금 조달방법, 소요예산 확정, 추진 사업의 감독자 선임 등 운영 전반에 관한 권한을 5월 5일에 소집되는 동 위원회에 일임한다는 결의를 했다.

2) 중시조 묘역 정화사업 추진위원회 참석

*일   시 : 1990년 5월 6일 11시 30분
*장   소 : 진해시 행암동 바다횟집 2층
*참석인원 : 재적 인원 61명 중 47명 참석
*내   용
 ·대종회 공식 명칭
 ·중시조 묘 정화 사업 추진 내용
 ·대종회 규약
 ·대종회 부회장 선출 등을 결의
 ·사업에 소요되는 자금은 일반 성금과 특별 찬조금으로 하여 목표액은 3,500만 원으로 정함

(4) 현령공파보 간행에 관하여

```
현령공파보----① 직장공파 --집(諿)자파 --
                      은(闇)자파 -- ❶ 행암파
           ② 승지공파            ❷ 군위파
           ③ 진사공파
```

1) 발기인 대회 통지부터 군위파의 방해

6월 중순경 망우동 일족으로부터 "며칠 전 문중의 몇 분이 모인 자리에서 현령공파보를 펴자는 데 뜻을 같이 하고 발기인 대회를 가졌는데 창립총회 소집책으로 정규석(안양 거주) 씨를 선출했고 창립총회 관련 통지가 불원간 갈 것"이라는 연락이 있었다.

6월 20일이 지나도 소식이 없어 규석 씨한테 전화를 했더니 "그쪽 직장공파의 대표인 군위의 극면 씨에게 알아 보라" 하여 하는 수 없이 마산의 태열(謂자파의 대표) 형님과 재석 회장에게 연락을 드려 "창립총회가 열린다고 하는데 아시고 계시는지? 현령공파보를 간행에 따른 창립총회에 관해 물어 보라"고 하여 그에 대한 재석 형님으로부터의 회신은 다음과 같았다.

"극면 씨의 말에 의하면 현령공파보에 관한 것인지 무엇인지 잘 모르지만 26일(실제는 25일 개최)에 서울 망우동에서 무슨 회의가 있다고 하므로 우리 군위파는 25일 밤차로 올라가니 그쪽은 알아서 하라"고 하였다.

이렇게 현령공파보를 만들기 위한 창립총회를 한다는 통지를 직접 받고도 연락도 해 주지 않을 뿐더러 회의의 목적, 시간, 장소까지 거짓으로 알려주는 그들의 저의를 알고 몹시 분개하면서 더욱 더 이 일에 적극성을 갖게 되었다.

2) 현령공파보 간행을 위한 창립총회 참석

*일시 : 1990년 6월 25일 오전11시

*장소 : 용궁 갈비집(망우동 소재)

우리 행암파에서는 저와 부산의 계수 씨, 인수 씨 진해에서는 재석 회장과 우기 씨가 참석했다.

오늘의 모임을 주관하고 통지를 보낸 규석(승지공파중의 교관공파) 씨가 임시 의장을 맡아 회의가 시작되어 제가 의사진행 발언권을 얻어 앞에 나와서 현령공 후예의 세계도(世系圖)를 붙여놓고 막 설명을 하려는데 군위파 회장이 일어나서 "그것 잘못되었다. 기미보, 일통보와 정절공파보에 행암파는 수보되지 않았으니 이 사람은 우리의 일가가 아니다"라고 외쳤다.

이를 본 계수 씨가 등단하여 호통을 쳤다. "정당히 발언권을 얻어 나온 사람의 설명을 들은 다음에 잘못 되었다고 인정 되는 부분이 있으면 반대 발언을 할 수 있는 것이 민주적인 문화인의 언행임에도 불구하고 이렇게 시비조로 나오는 것은 이 회의를 진행 못하게 하려는 계획이 아니냐"라고 하자 임시 의장이 계수 씨와 극면 씨는 퇴장하라고 하며 옥신각신 다소 시비가 생기게 되었다.

이에 저는 극면 씨에게 "당신이 기미보 운운하지만 16권 중 정보(正譜)인 14권 안에 들어가지도 못하고 추록 별보인 15권에 겨우 실린 그야말로 당신들이 가짜가 아니냐? 여러 분들 내 말 좀 들어보시오! 직장공파의 대표라고 해서 이 총회에 대한 소집 통지서를 임시 의장인 규석 씨로부터 받고도 연락도 해 주지 않았을 뿐더러 족보 관계인지 뭔지는 모르지만 오는 26일 서울에서 있다고 하였습니다. 족보 관계의 일인지도 알고 있었고 회의 개최 일자까지 거짓으로 알려 우리 행암파를 고의적으로 참석시키지 않으려는 저들의 고의성을 아셔야 합니다"라고 큰소리로 말하자 30여 명이 모인 회의장은 모두 혀를 차며 비난의 소리로 소란해졌다. 이렇듯 군위파의 사사건건 방해를 받았지만 올바른 족보를 만들겠다는 하나의 신념으로 참고 참았다.

잠시 후 회의장은 가까스로 진정이 되어 회의 소집의 책무를 맡았던 규석 씨의 발언으로 이 모임을 주재할 임시 의장을 뽑자는 발언을 하자 재천 씨가 이 일이 족보의 간행인 만큼 실 가의 어른이신 수철 씨가 맡는 것이 좋겠다는 발언에 전원이 박수로써 동의하게 되었다.

이어 전형위원들에게 임원 선출이 맡겨졌다

```
*전형위원 : 직장공파 -- 태열, 수조, 극면
           승지공파 -- 규빈, 규석, 인섭
           진사공파 -- 지환, 규용, 규열
```

위의 전형위원에서 다음과 같이 전형하고 그 찬성을 얻었다

```
·회   장 : 정수철
·부회장 : 정태열(직장공파) : 큰집인 謂자 집안의 회장인 태열 씨
                         를 추천
          정인섭(승지공파)
          정지환(진사공파)
·총   무 : 회장이 따로 선임 통보
·편   집 : 정규석
·교   정 : 정규빈
·감   사 : 정수조(직장공파는 군위사람의 반대로 보류)
```

정규석(승지공파)

정규용(진사공파)

3) 1차 총회와 현령공파보 편찬 지침서 제정

*일시 : 1990년 7월 10일
*장소 : 용궁갈비집(망우동 소재)
*내용
 · 각 소파의 대표 선출
  -직장공파 -- 태교, 수조, 극면
  -승지공파 -- 수선, 조현, 정환
  -진사공파 -- 규용, 규진, 규명
  -보류되었던 감사 선출 -- 계수(직장공파)

그 후 약 1개월 후인 8월 11일 11시 망우동 소재 장수회관에서 회장단 회의를 개최하고 현령공파보 편찬 업무 지침서를 제정하게 되었다.

(5) 군위파 주도 직장공파보 발행 경위

계보 문제로 대립 관계에 있던 군위파에서는 "행암파와의 보계 관계를 심사, 결정하겠으니 모든 자료를 조속한 시일 내에 제출하라"는 회장의 지시와 독촉까지 받게 되자 1919년 발행의 기미 대동보 외에는 아무런 물증이 없음을 알고 있는 군위파로서는 난처하고 당황한 나머지 "양원리와 왕래가 있었고

12세 설학제 할아버지 제실(齊室) 건립 때 많은 돈을 헌납한 바 있다는 옛날문서를 조작하여 제출하자"고 모의한 후 8월 21일 서울 중량구 신내동 거주 모 일족에게 부탁하여 그가 조작한 "백세불망록"(부록 5, 321쪽 참조)이라는 문서를 회장에게 제출한 일이 있는데 곧 이문서가 가짜 문서임이 밝혀진 사건이 발생하였다. (위조해 준 본인의 실토도 있었음)

이렇게 행암파의 정통성 주장에 대항하지 못할 난처한 입장에 처한 군위파에서 설상가상으로 가짜 문서 사건까지 폭로됨으로써 현령공파보에서 발붙일 곳이 없게 되자 동년 10월 초부터 "행암파 편찬위원 정수조를 퇴출하라. 행암파에 동조하는 모모 씨를 퇴출시켜야만 이 족보 사업에 동참하겠다"는 비겁한 통보를 해 옴으로써 그 뒷면에는 승지공(承旨公) 파중 1인 소파 대표, 군위파 사람들, 정태교, 동조세력 1명 등이 빈번히 극비리에 회동하면서 "현령공파보에 참여하지 말고 우리끼리 따로 파보를 만들자"고 모의하였으나 이를 감지한 주변의 비난이 많아지자 종국에는 "각 소파의 파보를 만들자"고 합의하고 끝내 군위파는 1991년 1월에 이르러 "현령공파보에서 이탈한다"고 선언한 후 1991년 3월 5일 군위파의 종인들과 16세 집(諿)파의 정태교 개인이 경북 군위군 효령면 금매동에서 극비리에 모여 "직장공파보 편찬위원회"를 조직하고 족보간행사업을 추진한 결과 1992년 7월 말일자로 직장공파보가 펴내진 것입니다.

    *정태교가 소속한 16세 집(諿)파의 회장은 鄭太烈 씨이며 現 현령공파보 부회장으로서 직장공파보 사업의 움직임도 不知중이

었으며, 알았다면 극력 반대할 입장이었음. (그 일로 인하여 사
이가 악화되어 상종도 잘 안하는 관계)
*정태교의 입장은 직장공파보라야만 단자 자료가 될 것이고, 진
해 종친회장으로서 많은 종인들(족보가 없는, 뿌리가 불명한)
로부터 많은 부탁을 실현할 수 있기 때문에 그 파의 회장과
종인들에게도 일절 비밀에 부쳐왔음. (1988년 초 그 파의 족보
총무 증언)

(6) 전 종인들에게

이제 3년 후면 70이 되는, 무엇보다 건강에 유의하지 않으면
안될 이 나이에 470년을 연면 해 온 우리 행암 문중의 위상을
정립코자 미력하나마 동분서주하고 있습니다.

때로는 종인들의 무관심과 문중의 뒷받침도 없는 가운데 고
군분투하는 저의 입장을 생각해 보면 "내가 왜 이렇게 해야
하는지. 이렇게 애쓰고 있는 이일을 누가 알아 줄 것이라고 나
혼자 이렇게 애태우고 안타까워해야 하는지……", 좌절감과 회
의감을 느끼기도 했지만, 행암파 문중의 일에 누구든 나서서
이 일을 바로 잡지 못한다면 영원히 역사가 왜곡된 채 후손들
에게 전해질 수밖에 없는 현실을 알고 그냥 넘길 수 없어 이
제 제가 사명감을 갖고 나의 사생활을 전폐한 채 뛰어들게 된
그간의 사정과 기막힌 사연을, 그리고 종인들에게 알려지지 않
았던 '현령공파보 간행사업'에서 현재의 상황을 전 종인들이
알아야 하겠기에 붓을 들었습니다.

별달리 준비한 것도 없지만 지난날의 일기와 그간 수집했던
자료 및 현령공파보 편찬위원회에서 제공하는 보존 기록 등에

근거하여 기술하는 점, 십분 이해해 주실 것을 당부 드리면서 이를 계기로 그 동안 관심을 갖지 않았던, 혹은 내가 하지 않아도 누군가가 하겠지 하는 안이한 생각보다는 누구 할 것 없이 문중일에 적극적인 관심을 갖고 다 같이 합심해서 한마음 한뜻으로 뭉쳐진다면 저로서는 더 이상 바랄 것 없습니다.

저에게 주어진 일에 피해 가지 않고 역사를 바로 잡는 일에 앞장설 것을 약속 드리며, 결코 해낼 수 있으리라 확신하는 바입니다.

서기 1991년 9월
현령공파보 편찬위원회 소파(행암파)
대표 정수조 씀

3. 족보 간행을 위한 노력

(1) 옛 족보를 찾다

11월 15일, 지금까지 애써 찾아 헤매던 옛 족보(1847년에 펴낸 경인보 수정보)를 행암 문중의 족제(族弟) 집에서 찾아냄으로써 이는 사활이 걸린 우리 혈통 문제를 완전히 해소하고도 남을 귀중한 자료라 아니할 수 없고 앞으로 어떠한 족보 간행에도 이것을 제시하기만 하면 기미보의 누락 된 상위성이 백일하에 드러나게 된다.

우리 행암파의 기미보 누락된 경위를 재천 형님으로부터 듣고는 기미보 발행 때 많은 문제가 있었음을 느낄 수 있었다.

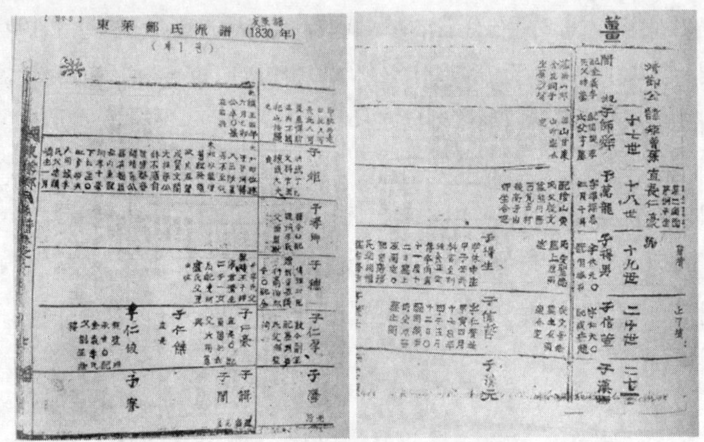

▲경인보(1830년 발행, 행암파 기록 중 제일 오래 된 족보)

(2) 자료수집

1) 국립 중앙 도서관에서 수집한 자료

앞서 기술한 일이 있은 후 곰곰이 생각하니 동래 정씨 후손
으로서 우선 가까이에서 얻을 수 있는 족보에 대하여 내역과
생리 그리고 내용 등에 관해 관심을 가지고 시간이 허용되는
한도 내에서 살펴보아야겠다는 의무감이 생기게 되었다. 그리
하여 8월 초 국립중앙 도서관에 찾아가 동래 정씨의 족보에
관해 살펴보게 되었고 전종(全宗)을 수록했다고 말하는 갑술
일통보(甲戌一統譜) 이전의 것에 관해 다음 표와 같은 자료를
수집하게 되었다.

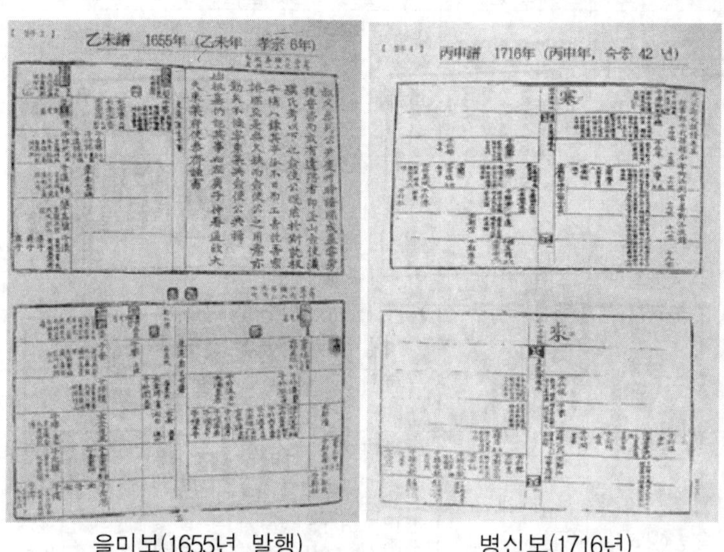

을미보(1655년 발행)   병신보(1716년)

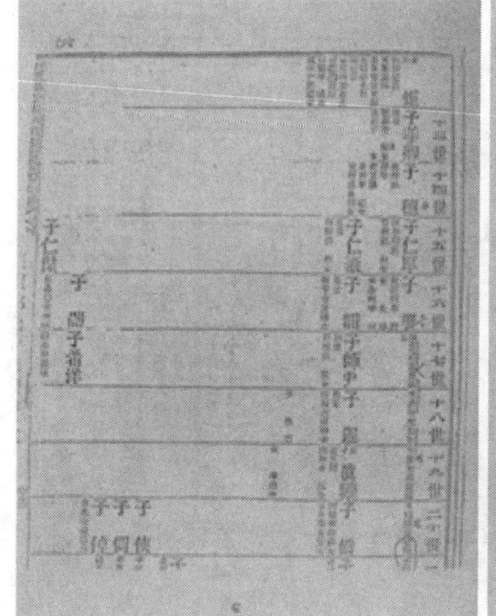

갑술 일통보(1934년 발행)

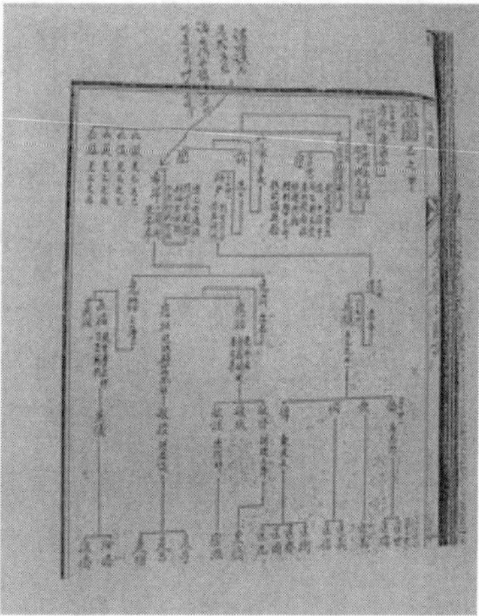

동래정씨 도보(1960년 발행)

간행년도	보 명	발행자 및 발행소	비 고
1585년 을유 (선조18년)	詹事公파보 1권	6세 "필(弼)"의 후손인 引儀公 興善이 16세 林搪公 惟吉과 상의하여 12세 三樹亭公 龜齡公의 자손만 수록	임진왜란으로 소실되고 유길의 서문만 현존한다
1655년 을미 (효종6년)	보첩 간행 상하 권	6세 教書郎公 "보(輔)"의 후손인 秋川公 양필(良弼)(贊成公 大年의 증손)이 경주부윤 재직시 相國 陽坡公 太和와 의논하여 교서랑공, 첨사공 양파를 합하여 2권의 보첩을 간행	경북 고령군 덕곡면의 만하동(晩霞洞)에 있는 이로재에 보관되어 있다.
1716년 병신 (숙종42년)	보첩 재간 6권	교서랑의 후손인 承旨公 必東(蓬原君 昌孫의 9세손)이 경주부윤 재직시 東平尉公 載崙(효종 부마)과 상의, 6권의 보첩 간행.	경북 칠곡군 지천면 오산동의 梧陽齋에 藏板이 있다.
1919년 을미	동래 정씨 족보 16권	정만조(鄭萬朝) 6세 "필(弼)"의 후손이며 또한 양파공의 후손인 茂亭公이다(임당공 11대손)	전종 수록 경성 사직동에서 인쇄
1927년 丁卯	동래 정씨 교서랑공 파보 54권 14책	정지민(鄭之玟) 경북고령군쌍동면하차동 540 인쇄 : 고령군덕곡면 노동 356	발행 : 오노재
1934년 甲戌	동래 정씨 통보 (甲戌一統譜) 9권 9책	정지수(鄭芝秀)	전종 수록

족보(보첩)의 생리에 대하여 다음과 같이 추론을 내릴 수 있다.

첫째, 지금과 같이 교통이 발달하지 못한 1930년대 이전에 있어서는 족보 간행을 알지 못하는 종인들은 이에 누락 될 수 밖에 없었고,

둘째, 옛날 이조 때에 사화나 기타의 변으로 피신하여 자신은 물론 자손들까지 피신하여 그 소재와 행방을 알리지 않고 은둔 생활을 해온 사람은 알 수도 없었을 것이며,

셋째, 어떠한 경로를 통해 족보 간행의 소식을 듣고 수단(收單)하여 갔으나 이미 인쇄 중이거나 완료된 상태이거나,

넷째, 근원을 밝힐 수 없는 종인들이 이 호기를 놓칠세라 주관자와의 은밀한 밀약으로 무후(無後)한 뒤를 이어주는 경우도 배제할 수 없다는 등이었다.

이와 같이 가승, 파보, 세보, 가첩, 족보, 대동보 그 어느 것을 막론하고 절대적이 아니라는 점을 생각하며 그 시대의 시대 상황과 모든 자료를 총망라하여 동래 정씨의 가보를 바르게 세워야겠다고 다짐하게 되었다.

2) 문제된 기미보 내용의 문제점 발견

첫째, 기미보(己未譜)가 발간된 그 시대는 1919년 일본 통치 하에 있었던 임시정부 시대이며 3월 1일을 기하여 일어난 거국적인 민족독립운동이 탑골공원에서 시작 되었고 전국 방방곡곡으로 퍼져 3,4월에 걸쳐 최고조로 달했는데, 이렇게 독립투쟁의 함성이 전국을 뒤덮고 일본의 침략에 항거하는 의사,

열사들이 각지에서 일어나 독립운동에 나섰고, 사살 투옥되며
피신한 당시의 정황으로 보아 소용돌이 속에서 펴낸 기미 대
동보는 그 간행 자체가 전 종인이 참여할 수 없었다고 본다.

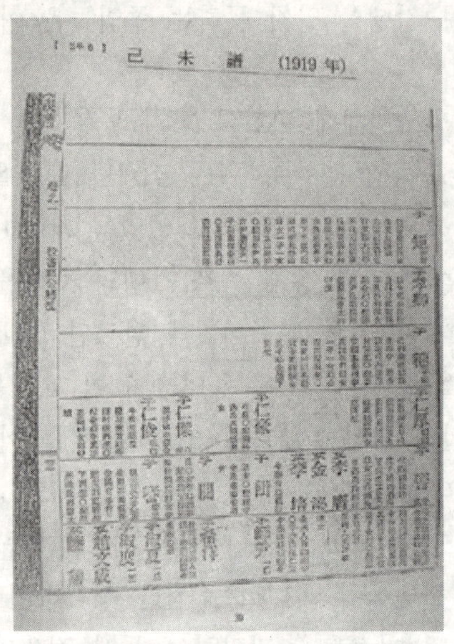

▲ 문제된 기미 대동보(1919년 발행)

　둘째, 동(同) 보(輔) 卷之 1의 3페이지에 전면을 보면,
〈子 은(誾)〉 밑에 〈子 희양(希洋)〉으로만 되어 있어 희양의
一系를 어느 편에 찾아보라는 (예 ; 1爲, 1玉 등) 명기가 없는
반면 추록으로 펴낸 15책 중의 (天)편에 희양의 직계를 등재하
고 있는 점으로 미루어 보아 정당한 수단에 의해 등재됐다고
보기엔 의심의 여지가 많으며,
　셋째, 기미보보다 89년 전인 1830년(경인년)에 펴낸 동래 정

씨 파보 1책 7페이지 및 2책 32페이지(강(薑))편에 보면 은(誾)자 할아버지는 사(師)자 순(舜)자인 아들 한 분밖에 두지 않았는데 반해 기미보에는 "師舜" 대신 "희양(希洋)"이 등재되어 있는 점,

넷째, 17세 사순 할아버지의 근친 형제의 돌림자가 "스승 師"자 임에도 불구하고 "희양"이 등재된 것이 석연치 않으며, 1960년 3월에 펴낸 동래 정씨 도보(圖譜)에 보면 "諱 師說"이라고 적은 대목이 있는데 휘(諱)는 족보상 이름, 즉 생전의 이름인 것을 감안할 때 그러면 "희양"은 무엇인지 이해할 수 없음(字는 望回).

다섯째, 경북 함안군 칠원면 운서리 거주, 정재천(1915년 을묘생)은 당시가 회상되는 생생한 기억과 그 어머님과 형님 그리고 先考의 한 섞인 말씀이 생생하다고 다음과 같이 증언하였다.

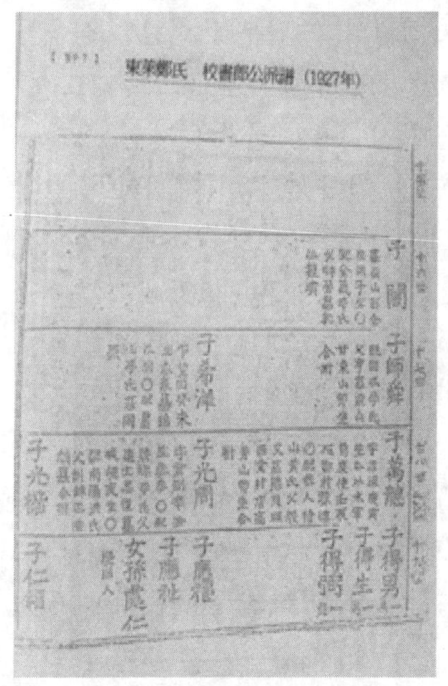

▲ 교서랑공파보(1927년 발행)

당시 선고(致烈)는 43세 였는데 대동보를 펴낸다는 소식을 듣고 행암의 일족인 가견(可見) 씨와 수단을 뭉쳐 불원천리하고 경성에 올라가 보니 인쇄가 거의 끝날 무렵이라 조판을 다시 해서라도 바로 잡아 달라고 했지만 인쇄비 전액을 부담하라고 하여 낙심하여 하향할 참인데 혹시나 하고 인쇄 중인 내용을 살펴보니 어느 집안인지 알 길이 없는 師자, 舜자 우리 할아버지를 떼어내고 생판 모르는 타인의 이름이 등재 되어 있음을 발견하고 즉각 시정을 요구했지만 역부족으로 축출만 당하고 근처에 얼씬도 못하게 위협을 하여 부득이 돌이킬 수 없는 한을 남기고 "이제는 우리 할아버지를 잃었다. 이 일을 어찌하면 좋을꼬" 하며 대성통곡을 하며 분통해 하시던 생전의 아버지의 모습이 선하다고 하였다. 그날부터 선친은 식음을 전폐한 체 두문불출하시는 것을 일족들이 찾아와 "우리도 힘을 모아 올바른 족보를 만들자"고 하여 선친은 힘과 용기를 얻어 일족이 합심하여 그때부터 족보 간행에 힘쓴 결과 1927년(정묘)에 펴낸 교서랑공파보(14책)이다.

이상의 증언은 그 일행 중 한 사람인 가견 씨로부터 귀가 따갑도록 들어온 이야기라 하면서 진해시 행암동 거주 鄭貞尙 씨, 佑基 씨, 福守 씨 등 수많은 일족이 증언한 내용이다.

　이상의 상황과 족보의 생리 등을 감안해 볼 때 기미보 卷之
1의 3페이지(玄) 편에 수록한 賏자 할아버지에 관하여 강한 의
구심을 갖지 않을 수 없었다.

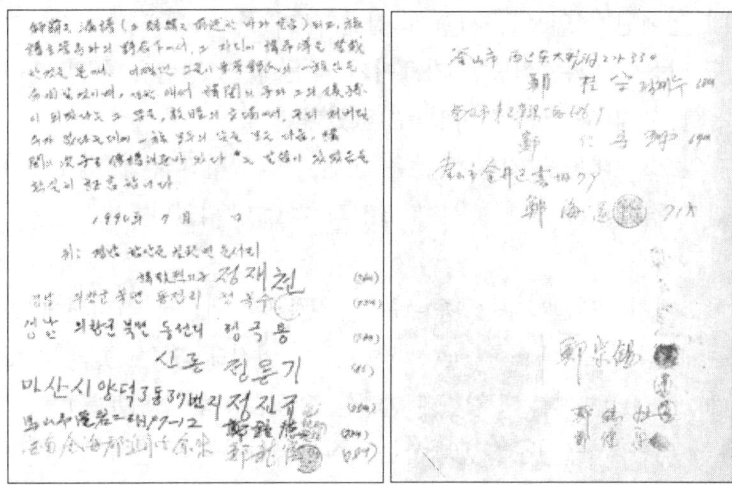

▲기미보 누보에 대한 증언 내용

(3) 휘 은(閶), 사순(師舜)의 묘를 찾으러 나서다

　재천 형님과 나는 등산복으로 여장을 갖춘 뒤 "은"자 할아
버지 묘를 찾지 못하면 다시는 집에 돌아오지 않겠다는 비장한
각오를 가지고 11월 20일 양산으로 향하여 천신만고 끝에 양산
군 문화원의 원장 이하 관계 인사들과 그곳 유림(향교)의 절대
적인 후원과 친절로 드디어 11월 21일 11시에 이르러 꿈에 그
리던 동래 정씨 16세 휘 賏과 17세 휘 師舜의 묘를 찾았다.

1) 13,14대조 묘를 찾기 위한 사전 조사

⌁ 자료수집과 양산군의 개황

전술한 바와 같이 일족 정판기 씨가 소중히 모셔온 1830년에 간행된 경인보는 사활이 걸린 우리 족보 문제가 해결되고도 남음이 있는 귀중한 자료이기 때문에 그 발굴은 무엇에 비유할 수 없는 기쁨이 아닐 수 없었다.

앞으로 대동보 간행에 많은 논란이 되겠지만 판기 씨로부터 받은 경인보는 그때 제시할 결정적 자료가 되었다.

• 재천 형님과 나는 종로구 안국동 서울예식장 건너편에 있는 중앙지도판매소를 찾아 양산군과 인접해 있는 곳의 지도(1 ; 15,000) 4매를 구입했다. (양산, 밀양, 동곡, 언양부분)

• 최근 서울신문(8면)에서는 〈신동국여지승람〉편에 경남 양산군에 관한 기사가 연재되고 있는데 할아버지 산소를 찾는데 좋은 자료가 없을까 하고 지도를 사들고 곧장 서울신문사 편집국 문화부를 찾았다. 지나간 6회분의 기사도 입수하고 담당 기자는 만나지 못했지만 문화부장의 친절로 담당 기자의 인적 사항을 알고 돌아왔다.

다음날 담당 기자와의 통화했는데 "연재되는 양산군에 관해서는 작가 김문수 씨의 도움을 받는 것이 좋겠다"는 조언이었다. 다음날 만나 뵌 작가 김문수 씨는 퍽 친절해 보였고 매우 바쁜 중견작가였다. 우리들이 찾고자 하는 조상님의 묘 찾기의 결연한 의지에 더욱 더 친절을 아끼지 아니하였다. 그가 쓰고 있는 신동국여지승람의 양산군 편은 직접 현지에 가서 문화원, 서원, 향교의 도움이 요체임을 설명하고 일일이 기록해 주며 서춘식 사무국장을 만나면 좋은 결과를 얻을 수 있다고 희망을 불어넣어 주었다.

～ 양산군에 관하여(수집된 자료에 의거)

역사시대 초기에 이 고장은 변진(弁辰) 24국 중의 하나인 사로국(斯盧國)에 속해 있다가 신라 제30대 문무왕 5년(665)에 상주와 하주의 땅을 떼어 연양주(歃良州)라 이름하였는데 제35대 경덕왕이 양주로 고쳐 九州의 하나가 되었다가 고려 태조 23년(940)에 양주로 고치고 제8대 현종 9년(1018)에 방어사를 두었다가 그 후 원나라 중서성에서 고려에 관청이 너무 많아 백성의 피해가 많다는 말에 의해 밀성(밀양)에 병합되었다가 관헌들이 결제를 받으러 다니는 폐단이 더 크므로 제25대 충열왕 32년(1306)에 복구되었고, 조선조 제3대 태종 13년(1413)에 양산군으로 고치고 제14대 선조 25년(1592) 임진왜란에 동래부에 편입, 36년(1603)에 복구되었다.

  *제26대 고종 34년(1897)에 지방 관제 개편(9개면 관할)
   읍내, 동면, 상서, 하서, 상북, 중북, 하북, 구포, 대서
  *1906년에 구포, 대서면을 동래군과 김해면에 넘겨주고, 위주군의 외남면, 태상면을 양산군에 편입
  *1910년에 외남면을 위주군으로 환부
  *1914년 행정구역 개편
   부산부 북면의 녹동, 송정동의 각 일부와 좌이면 공창동 일부와 밀양군 하동면의 검세리 일부를 병합하여 읍내, 동면, 상면,

하면(1942년 완동면으로 고침), 상북, 하북, 태상으로, 7개 면
58개 리로 개편 관할
*1973년 행정구역 개편
동래군 기장, 장안, 일광, 영관, 철마, 서생의 6개면 전역을 양
산군에 편입 13개 면이 됨
*1979년 4월 7일에 양산군을 양산읍으로 승격
1읍, 12면, 130리, 249개 행정 리 동이 되었고,
*1980년 12월1일 기장면을 기장읍으로 승격
2읍, 11면, 130리, 249행정 리 동이 되었고,
*1983년 2월 15일
서생면을 위주군으로, 물금면의 교리, 유산, 대동, 화룡, 용선을
양산읍으로,
*1985년 10월 1일 장안면을 장안읍으로 승격
3읍, 9면, 120리, 244행정 리 동으로 개편 관할

그리하여 양산군은 동쪽은 바다, 남쪽은 부산직할시와 김해
군에, 서쪽은 밀양군에, 북쪽은 위주군에 접하게 되었다.
이렇게 보았을 때 은(誾)자 할아버지가 피신하여 1519년 기
묘사화 때부터 임진왜란후의 1592년까지는 양산군으로 이름하
였음이 명백하였다. (※1603년에 다시 복구)

2) 현지 답사

～양산군으로 내려가다
함안의 재천 형님과 11월 20일(음 10월 22일) 부산 고속 터
미널에서 12시 35분에 만나 곧바로 양산읍에 도착했고 그 길
로 양산군 문화원을 찾았다.

　문화원 서춘식 씨는 출타중이라 만나 뵙지 못했지만 원장 김두성 씨의 친절한 후대 속에 때마침 자리를 같이한 문화원 이사 성병달 씨로부터 "양산군 내에 동명(洞名)이나 산 이름이 꽃 화(花)자가 들어 있는 곳은 지금의 화제리(花濟里) 뿐이며 달 감(甘)자 역시 감토봉(甘土峰), 감태골, 감동못 뿐이며, 그곳은 흡사 꽃이 만개한 모양을 하고 있는 약 20리 깊이의 골짜기로서 옛날 많은 선비들이 숨어 살았다는 말이 전해져 내려오고 있다"고 한 이야기를 들었다.

　또한 "현지에 가서 지라(旨羅) 독점의 辛貴道 씨와 지라리(旨羅里) 감토봉에 李三得 씨를 만나 보라"는 배려까지 아끼지 않았다.

　또한 원장의 전갈을 받고 달려온 원장의 매부 黃宇贊 씨의 조언도 있고 해서 할아버지의 묘가 그곳에 있다는 심증을 굳히니 당장에 달려가고 싶은 부픈 가슴을 억제 할 수가 없었다. 그러나 성 이사와 황우찬 씨는 그 곳은 약 50리 서쪽에 위치하고 있고 그 곳이 산길이고 날도 저물어가니(5시) 내일 오전 현지인을 물금(勿禁)까지 좀 나오시게 해서 현지 사정을 그분들에게 듣고 움직이는 게 좋겠다는 권유와 황우찬 씨는 자신의 집으로 안내했다.

황우찬(원장의 매부) 씨 집에 묵다

　다음날 11월 21일 이른 아침 재천 형님으로부터 지난밤의 꿈 이야기를 들었다. 신발을 잊어버리고 쩔쩔매고 있는데 어떤 노인이 나타나 신발을 건네주면서 "앞으로 신발 챙기는데 보다 많은 관심을 가져야 하며 이후는 절대로 신발을 잃어버리는 일이 없도록 하라"는 꿈을 꾸었다 는 말을 듣고 이는 분명 할아버지의 현몽이라 생각되어 할아버지 산소는 기필코 찾을 수 있겠다는 설렘과 자신감이 용솟음 쳤다.

ᄾ 할아버지 산소에 가다

황우찬 씨의 안내로 간 곳은 물금시장이었는데 어제 만난 성병달 씨와 70여 세 되어 보이는 노인이 있었는데, 성병달 씨는 물금시장 운영위원회 회장직과 성균관 전학(典學)에 양산문화원 이사, 양산향교 총무장의와 양산농지개량조합 운영위원 및 감사로 일하고 있었다. 또 한 분은 어제 문화원에서 만난 신귀도(花濟 학구 단위노인회장, 양산군 원동면 화제 오경농장 대표직) 씨며 1912년 임자생으로 나이는 78세이고 3년 전만 해도 우리가 찾고 있는 감토봉(甘土峰)에서 출생하여 줄곧 그곳에 살다가 3년 전에 지라리에 내려와 살고 있다고 하며 같은 마을 경주 이씨와 결혼하여 75세 될 때까지 그 마을에 살아왔기 때문에 마을 주변의 사정에 밝을 것이라고 성 선생님이 소개하였다. 그래서 첨부된 족보내용을 보이면서 찾아온 경위를 설명하자,

신귀도 : "그곳은 원동으로 가는 차도에서 약 15리 떨어져 있는 넓고 깊은 골짜기로 그 안의 전체 마을을 행정구역 상 지금은 화제리(花濟里)라 부르지만 개개의 부락에서는 마을마다의 고유의 이름이 있고 그중 甘자 붙은 마을은 감토봉(일명 감동촌) 밖에 없고 그곳은 내가 출생하고 75세 될 때까지 살았기 때문에 마을의 내력은 잘 알고 있다. 처가 집안이 경주 이씨 중 제일 연로한 李三得 사촌 처남의 7대조 묘가 마을 바

로 뒤 북편에 있는데 그 묘 바로 옆에 겨우 형태를 알아볼 수 있는 쌍 분으로 보이는 고분이 하나 있어 예로부터 鄭씨 묘라고 구전되어 오고 있다. 해마다 경주 이씨 묘사 때 잔을 올리고 망배까지 하고 있다. 그리고 그곳으로부터 200여 m 떨어진 서북방 송림 속에 무후한 고분이 또 한 묘가 있는데 이 묘도 鄭씨 묘라고 구전되어 오고 있고 보다 상세한 내용을 듣고자 하면 사촌 처남인 李三得(신귀도의 사촌 처남) 씨를 데리고 오겠다. 그곳 감토봉(마을 이름도 지금 감토봉이라 부름)에 살다가 겨울이라 요즈음 물금에 작은 아들 집에 산다"고 하며 밖으로 나간지 약 20분 후에 이삼득 씨를 데리고 왔다. 이삼득 씨로부터 다음과 같은 말을 듣게 되었다.

이삼득 : "마을 뒤편에 300년 가까이 된 우리의 7대조 묘가 있고 그 바로 옆에 쌍 분으로 보이는 무후한 묘가 있는데 봉분은 뚜렷하지 않지만 자세히 살펴보면 형태가 완연하고 축대는 내외가 뚜렷이 잔재해 있다. 우리 선조의 묘를 쓸 때 이미 100년이 훨씬 넘은 무후한 묘였다는 말이 전해져 내려오고 있다. 또한 감토봉 서편 산록(山麓)에 아주 오래된 무후한 묘가 있는데 묘 크기로 보아 내외 합장인 것 같고 그 묘는 정씨 묘라고 선대 어르신들이 말씀해 오고 있기에 매년 7대조 묘사 때 함께 잔을 올리고 있다."

고 하기에, 지금 그 마을의 산 이름이 무엇이며 좌(坐)는 어느 방향이냐고 물은즉,

신귀도 : "행정구역상 그 마을을 통 털어 화제리라 하지만 각 부락마다 따로 부르는 이름이 있는데 묘가 있는 앞마을은 지금도 감토봉이라 부르며 마을 서쪽에 있는 못은 감동못, 논

밭이 들어 서 있는 골짜기는 감태골 또는 감동산이라 부른다. 그리고 좌향(坐向)에 있어서 7대조가 있는 바로 옆의 묘는 자좌(子坐), 그로부터 서북쪽에 있는 묘는 서쪽으로 향해 있으니 묘좌(卯坐)가 틀림없다"고 하기에 "누구의 묘인지 분명치 않으나 100년이 훨씬 넘은 무후한 묘……."라는 대목에 '아! 그렇겠지'라는 생각과 함께 재천 형님과 나는 "그 묘가 수 백년 동안 찾지 못한 14대, 13대조이신 은(誾)자 할아버지와 사(師)자, 순(舜)자 할아버지의 묘가 분명하다"는데 뜻을 모으고 점심을 먹고 난 후 택시를 타고 현지인 감토봉으로 향했다.

ꕤ 산소 확인

신귀도, 이삼득 씨의 안내를 받아 도착한 마을은 맨 위쪽 민가로부터 불과 20여 m 떨어진 감토봉 남록(南麓)에 100여 평가량의 뚜렷이 구획된 사각 묘역이었고 그들이 손짓으로 지정하는 곳에 쌍분으로 뚜렷치는 않으나 묘임이 분명하였고 내축은 두 개이고 외축은 하나로 길게 쌓은 돌이 그대로 남아 있는 점으로 보아 쌍분임이 분명하였다.

족보상의 좌향(坐向)인 자좌(子坐)임도 한 치의 오차도 없었고 바로 그 부락 주민이며 연로한 신귀도 씨와 이삼득 씨의 증언으로 미

루어 보아 할아버지 묘임이 틀림없다고 심증을 굳혔다.

할아버지 할머니 묘와 경주 이씨 7대조 묘에 성묘를 한 후, 그들이 안내하는 감토봉(감태봉, 감동산) 서록(西麓)에 있는 정씨 묘에 갔었다. 400여 년 전의 묘로 추정할 때 지금 보는 봉분의 크기는 합장분이 틀림없는 심증으로 이끌어졌다.

▲옛날의 함화동(지금은 감토봉), 뒤는 함박산

▲경주 이씨 제당과 은(誾)자 할아버지 묘 전경

▲은(誾)자 할아버지 묘, 쌍분(雙墳)의 흔적만 남아 있음

▲멀리서 본 묘지 흔적(우측은 경주 이씨 7대조 묘)

*신귀도 씨의 말인즉 부락 주민들 다 윗대의 선조들의 구전에 의거해 정씨 묘라 일컬어져 왔고,
*축대 돌이 한두 개가 있을 뿐이나 봉분의 크기도 내외분의 합장 묘임이 분명하다는 증언과 함께 지금은 10여 년 전에 아래쪽에 논을 사들인 사람이 이 무덤에서 나온 돌을 몽땅 허물어

이 논두렁을 쌓았다는 말과,

*봉분 위에는 직경 30㎝를 웃도는 수 그루의 소나무가 자리하고 있고 산세를 보아 묘좌(卯坐) 묘(墓)를 들이기에 적절한 곳이라는 점과,

*지금도 혹자는 이곳을 "감동산"이라 일컫고 그 밑의 못을 "감동못", 그 골짜기를 "감동골"이라 부르는 등은 우리 족보상의 좌향(坐向)인 묘좌와 한 치의 착오도 없고, 지금까지 나타난 제 징후와 주위의 생김새, 주민의 증언을 미루어 보아 "감동산 묘좌"에 있다는 "師"자 "舜"자 할아버지묘가 틀림없다는 심증을 굳혔고 감동촌(甘土村) 1㎞ 정도에 있는 지라리 버스 정류소에 와서 신 선생과는 작별을 하고 이삼득 씨와 물금리 버스 정류소 휴게실에서 약주 한 잔을 대접했는데 술잔이 한두 배 순배하자 이삼득 씨로부터 다음과 같은 놀라운 사실을 알게 되었다.

이삼득 : "차마 말할 수가 없어 산소에서는 숨겨 왔지만 선생들이 우리 7대조 묘 앞에서 성묘하는 광경을 보고 죄스럽고 양심을 속일 수 없어 사실대로 말합니다만 그 묘의 주인공인 7대조는 임란 후에 있은 어떤 변란을 피해 이곳까지 와서 숨어살았었고 그 묘를 쓸 때 선생들이 애타게 찾던 정씨 묘는 그 낭시 이미 100년을 훨씬 넘긴 몸을 피해 숨어살다간 정씨 내외분의 묘임을 알았고, 때문에 풍수 지리상 산세로 보아 그 묘 바로 위에 우리 7대조 묘를 쓸까도 생각했는데 후세에 후손이 나타났을 때 그 곤혹감을 어떻게 감당할까 하는 기우에서 약간 거리를 두어 그 묘 선보다 몇 척 내려썼고 또한 그 위의 묘와는 부자지간이란 선조들의 말이 그대로 지금까지 전해 내려오고 있다"고.

그의 확신에 찬 말을 듣고 누가 뭐라 해도 "은(誾)"자 할아버지와 "사(師)"자 "순(舜)" 할아버지의 묘라는 확신을 갖고 격

한 감정을 억누르며 이삼득 씨가 있는 자리에서 진해에 계시
는 재석 형님께 전화를 걸었다.

"할아버지 묘를 찾았습니다. 내일 그곳으로 가겠으니 일가들
을 모여 달라"는 결과 보고를 하고 이삼득 씨에게 사의를 표
하고 黃서방 집으로 직행, 다시 한 번 군지(郡誌)를 보았다.

▲ 사(師)자 순(舜)자 할아버지 묘

▲ 사(師)자 순(舜)자 할아버지 묘가 있는 감동산 서록(西麓)

3) "함화동" 지명 원류 찾기

이제 단 한 가지 남은 문제는 족보상에 명기 되어 있는 "함화동"이란 지명이 어디에서 나왔으며 그 후 어떻게 변천되어 오늘에 이르렀는지에 관해 밝혀 보고자 한다.

문화원에서의 관계 문헌과 특정 인사의 증언에 근거한 회의 결과는,

*유림대표 황우찬 씨의 말에 의하면 지금의 화제리 지역은 그 지형과 생김새로 보아 경부선 철도와 원동, 삼량진 철도가 생기기 전, 김해 방면(남쪽)에서 낙동강의 세찬 물결을 휘젓고 강을 건너거나, 양산 방면의 험준한 30리 산길을 넘어오지 않으면 이 지역으로 접근할 수 없기 때문에 이조 때 많은 선비들이 화를 피해 은거한 피난처로 안성맞춤의 지역인 것이다.

따라서 남쪽만 강에 접해 트여 있을 뿐 동·서·북쪽은 높은 산에 둘러싸여 있고, 더욱이 이산 중앙에는 얕은 산이 북에서 남으로 뻗어 있고 그 뒤쪽은 직접 가보지 않으면 망원(望遠)할 수 없는 오지 중의 오지이다.

이 오지를 입구쪽 강쪽에서 보면 흡사 활짝 핀 함박꽃이 암술과 많은 수술을 거느린 채 누워 있는 형상이다. 옛날부터 전해 오는 설화에 의하면 그 옛날 어떤 도사가 이 골을 지나다가 이곳의 형상을 보고 감탄하면서 왼편 좀 높은 산을 가리키면서 "저 산은 함박꽃의 꽃대와 같으니 함박산이라 할 수 있고 그 산밑에 있는 이 마을(지금의 감토봉, 감태봉, 감토촌 감동촌)은 함박꽃에 해당하니 함화동이라 하며 함화동의 뒷동산은 함박꽃 샘에 비유할 수 있으므로 단물이 나오는 동산이라

해서 감동산(甘東山)으로 이름 붙였다" 한다.

그후 세월이 흘러 골짜기 이곳 저곳에 집들이 들어서면서 동명을 부칠 필요성이 생겨 종전의 함화동은 산명에 따라 감동촌, 그 밑의 각 마을은 암꽃동, 수꽃동으로, 그 뒤 150여 년 전부터는 내화동(內化洞), 외화동(外化洞)으로 부르다가 1914년 행정구역 폐합에 따라 이 골짜기 전 지역을 화제리(花濟里)라 하게 되었다.

*1989년 7월 31일 양산 문화원에서 발행한 〈양산의 문화지〉 231페이지에 다음과 같이 기술되어 있다.

화제리는 본래 양산군 하서(원동)면의 지역인데 1914년 행정구역 폐합에 따라 지라동, 내화동, 외화동, 범서동 일부를 병합, 화제(리)라 함.

그렇지만 아직도 마을에는 예로부터 내려오는 이름을 그대로 통용하고 있는 점을 유의할 필요가 있다고 하였다.

이런 점을 미루어보아 그 옛날 4,5백 년 전에도 지금의 감토봉에만 사람이 거주한 것 같다. (지금도 남아 있는 토굴과 돌담의 흔적을 미루어 보아 추정할 수 있다.)

위의 지명의 변천된 내용을 요약해 표시해 보면 다음과 같다.

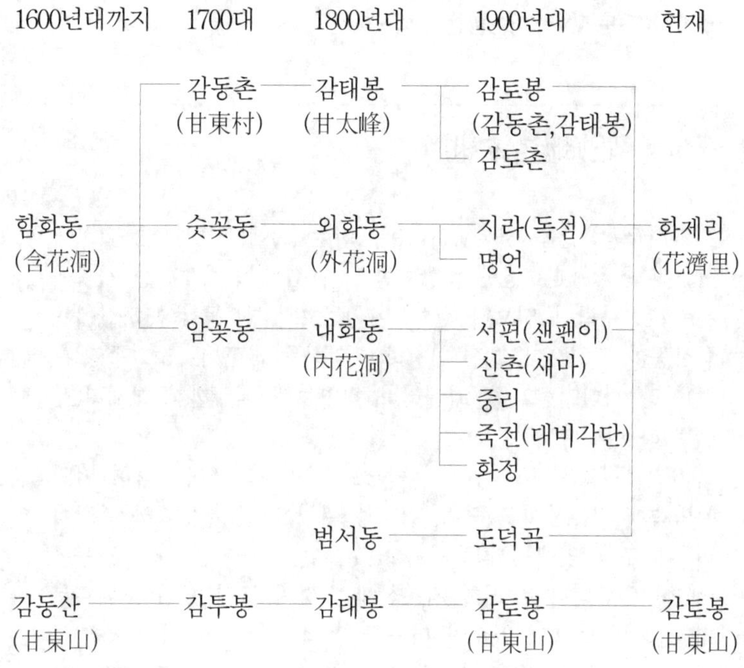
1600년대까지　1700대　1800년대　1900년대　현재
감동촌　감태봉　감토봉
(甘東村)　(甘太峰)　(감동촌,감태봉)
감토촌
함화동　숫꽃동　외화동　지라(독점)　화제리
(含花洞)　(外花洞)　명언　(花濟里)
암꽃동　내화동　서편(샌팬이)
(內花洞)　신촌(새마)
중리
죽전(대비각단)
화정
범서동　도덕곡
감동산　감투봉　감태봉　감토봉　감토봉
(甘東山)　(甘東山)　(甘東山)

☙ 현지 유지 지명(地名) 확인

지명 확인(地名確認)

양산군 양산읍 서사십리허(西四十里許)에 영취산(靈鷲山)에서 남서쪽 주(走) 영봉인 함박산(含朴山)이 있어 그 산 서쪽에는 함포 부락이 있으나 현칭(現稱)하고 있고 동남쪽 하산에는 함화동이 있었으나 그후 개칭하여 의화동(義花洞), 노화동(露花洞)이라 하다가 그 후 화제리라 하였는데 지금까지 화제리(花濟里)라 합니다.

자연부락단위 또는 5개 부락으로 분리되고 있음. 특히 자연부락속에 감토봉이 있으며, 감토봉 부락은 함박산 직하 부락이며 이 부락 옆에는 감동산이 있고, 그 산하에는 현존 감동못(池)이 있습니다. 그리고 감동산에는 정씨 묘라는 말이 예로부터 전해 내려오고 있으며 더욱이 약 400년 전에 입향(入鄕)한 경주 이씨 종중 안에서도 동래 정씨 묘가 있다는 말이 지금까지 전해 내려오고 있음을 현재 화제지구 노인 회장인 신귀도(79세)씨로부터 알고 있기에 본인 등은 지역 주민으로서 동시 확인서에 날인합니다.

1990년 1월 17일

양산군 원동면 화제리 지라부락 화제지구 노인회장(79세) 辛貴道
양산군 원동면 화제리 성균관 典學겸 양산 향교총무掌議 成炳達
양산군 동면 계석리 前 儒道회 부회장　　　　　　　　　　黃宇贊

↘ 양산 문화원장 및 향교전교의 의견

의 견 서

　본 군 원동면(院洞面) 화제리는 고래로 자연부락이 가장 많이 산재되어 있었고, 따라서 호칭도 잡다하였음으로 별지에 표기한 바와 如하오나, 귀 보첩에 기재된 함화동(舍花洞)은 당시 주민이 호칭하였던 별명이라고 사료되며, 또 감동산(甘東山)이라 기재된 것은 현재 동 산하에 감동 저수지가 있는 것으로 보아 감동산이라 기재한 것은 고금 불변한 현실이라 사료되며, 우차(又且) 현금 동 산하 부락 지라리에 거주하고 있는 신귀도 옹은 당면 79세로서 본 부락에서 생장한 인사이며 자아소시부터 전문(傳聞)한 사실로는 감동산에 정씨 묘가 있다는 사실과 약 사백년 전부터 동 산하에서 가문을 유지하고 있는 경주 이씨 종인 이삼득의 말에 의하면 이씨 선대 묘역 내에 정씨 묘가 있다는 선대의 전언이 유(有)하였다는 사실 등을 추상하면, 지명과 거주민의 증언이 일치된다고 사료함.

1990년 1월
양산문화원 원장　　김 두 성
양산향교　전교　　우 동 신

4) 일족들의 현지 확인

· 11월 12일(음 10월 24일) 임시총회에서 현지 답사한 재천 형님과 나의 자세한 보고를 듣고는 모두들 "지체할 것이 아니라 내일 중으로 봉고 차 한 대 마련해서 현지에 달려가서 확인하자"고 합의했기에 즉시 양산의 황우찬 씨에게 전화를 걸어 "내일 10시경 그곳을 지날 테니 동행하자"고 하자 "어제 떠날 때 숙제로 주고 간 함화동의 내력에 관해 문화원에서 회의를 하고 관계 문헌과 특정인사들의 증언을 살펴들은 결과 (위에 전술한 내용) 모든 문제가 다 풀렸다. 내일 만나서 자세히 말하겠다"고 하여 만족감에 젖어 오랜만에 숙면에 날이 새는 줄 몰랐다.

· 12인승 봉고 차로 진해 대종회 임원 9명과 우리 둘, 총 11명이 아침 9시에 진해에서 출발, 황우찬 씨를 양산의 그의 집 앞에서, 그리고 연락을 받고 달려온 인수 아저씨를 물금에서 만났으며, 별도의 택시 한 대를 준비하여 문화원 측에서 나온 성병달 씨, 유림측에서 나온 황우찬 씨, 현지 주민대표로 나온 신귀도 씨와 지금의 감토봉 주민 2명, 총 17명이 현지 산소에 도착한 시각은 11시 30분경이었다.

진해 종친들은 샅샅이 살펴보고 재어보고 패전을 놔 보고는 모두 이구동성으로 "우리가 사활을 걸고 찾았던 은(誾)자 할아버지, 아드님이신 사(師)자, 순(舜)자 할아버지 묘가 틀림없다"고 하며 그 기쁨 어쩔 줄 모르고 날뛰었다. 그리고 이에 참여하신 양산 문화원 대표와 유림대표 역시 "동명과 산명, 눈으로 볼 수 있는 봉분과 내외축의 상태, 허물어 뜯어간 축석, 현지 주민의 증언, 그리고 더욱이나 관련 족보상의 좌향 등이 어김없이 일치함으로 동래 정씨 일문이 애타게 찾고 있는 上代의 묘가 틀림없음을 확인한다.”는 말을 듣고 감격과 흥분을 억누르지 못하고 일가들은 모두 이리저리 몸 둘 바를 몰라했다.

곧 이어 대종회장(재석 아저씨)의 말씀으로 모두들 진정하고 준비해온 간단한 제수를 “은(誾)”자 할아버지 묘 앞에 진언한 후 지성을 다한 제사를 지냈으며 다음과 같은 축문도 읽었다.

유세차 己巳年 10월 25일 丁亥 13세손 재석(在錫)은 12대조 유택 앞에 엎드려 감히 고하나이다. 저희가 가지고 있는 족보상에 보면 할아버지의 묘소가 양산군 함화동 자좌원(梁山郡 含花洞 子坐原)이라고 기술되었기 때문에 오랜 옛날부터의 실전(失傳)이 아니고, 이는 저희들 후손들이 불측하여 할아버지의 애써 찾지 아니했다는데 기인함이라 자성하고 근간 저희들 모두는 그 어떠한 어려움도 극복하고 오직 할아버님의 묘 찾기에 뜻을 모아 왔습니다. 그러던 중에서도 근간 빚어진 여러 가지 사정으로 인하여 더 이상 지체할 수 없어 혼신을 다해 찾아보고 그래도 전혀 찾을 길이 없다면 그때 가서 만(萬)자 용(龍)자 할아버님의 묘소 옆에 단비를 세워놓고 망배(望拜)하는 일이 옳은 일이라 생각하고 분연히 일어서서 할아버님의 묘소를 찾아 나섰던 것입니다. 그간 많은 자료를 수집했으며 또한 관계 인사들의 물심 양면에 걸친 후의와 배려, 그리고 현지 주민들의 숨김없는 술회 및 현장의 확증 등으로 비로소 그저께 그간 전 일가들이 애타게 찾고자 했던 할아버님의 묘를 찾게 되었으며, 오늘, 후손인 저희들 여럿이 그간 돌이킬 수 없는 지은 죄를 용서받고 앞으로는 그 열과 성을 다하여 지극히 모실 것을 다짐코자 엎드렸습니다. 이제 저희들은 죄스러움을 금할 길 없으면서도 한편 그 기쁨 한량없습니다.

할아버님의 묘소를 찾았다는 재천(在千)이와 수조(守祚)의 전갈을 접하고 촌각도 지체할 수 없다는 조급한 생각에서 성의를 기울일 준비도 없이 홀연히 뵙게 된 이 소위를 만천 용서하여 주시옵기를 기원하면서 간소한 잔을 드리오니 강림하시어 흠양하시옵소서.

성묘를 마치고 음복주를 나눈 후 하산하는 길에 유림대표 황우찬 씨로부터 양산의 매부에게 들었던 함화동과 감동산의 내력을 다시 한 번 확인할 수 있었다.

5) 결론

・우선 족보상 은(誾)자 할아버지 묘 소재지에 있어서 1927년에 간행한 교서랑공파보에는 "舍花洞"이라 되어 있고 1830년에 간행된 경인보에는 "舍花洞"이라 명기되어 있어 이 글자가 과연 무슨 자 인지 알 수 없어 온갖 사전을 다 찾고 한국 속자보 (1986년 8·25 金榮華編, 아세아 문화사 발행)를 본 결과 다음과 같은 내용으로 되어 있음을 보고 이것들은 속자임이 밝혀졌다.

$$舍 → 舍 · 舍 · 舍 · 舍$$

따라서 양 족보상의 舍 자와 舍 자는 "舍"자의 속자임을 알게 되어 묘 소재지는 양산군 함화동(舍花洞) 자좌원(子坐原)임이 명백해졌다.

• 지금의 감토봉은 4,5백 년 당시에는 함화동으로 불려왔다는 내역은 전술한 바와 같이 황우찬 씨와 이삼득 씨의 증언, 경주 李씨 7대조가 그곳에 피신해 살다가 묘를 쓸 때 그 옆의 묘도 100년이 넘은 똑같은 처지의 무후한 정씨의 묘가 있었다는 말을 후손들에게 전해져 내려 왔으며 주민들 모두도 그렇게 알고 있다는 증언, 또한 봉분의 형상으로 보아 족보상에 명기한 사항인 연대, 쌍 분, 자좌등에 한치의 의심의 여지없이 "은(誾)"자 할아버지의 묘임을 확신하게 된 것이다.

• 지도상 명기는 없지만 주민들이 부르는 지금의 감토봉이 그 옛날 감동산으로 불려 오다가 1700년대에 와서 높은 산에 산명을 붙일 때 하나의 조그만 산을 산으로 부르기에는 무리가 있다고 하여 그 생김새를 보아 "감투봉"이라 동산화(洞山化)하였고 그 뒤 1800년 대에는 "감태봉"이라 변천하여 부르다가 1914년 지명 개폐 때 현재의 명칭인 감토봉으로 표기해 오고 서쪽 산록(山麓)에 현존하고 있는 무후한 고분은 경주 이씨 7대조 묘 옆의 정씨 묘와 부자간이라 전해져 내려오고 있다는 주민들의 증언과 경주 이씨들이 매년 묘사를 지낼 때 잔을 올리고 망배하고 있다는 증언 및 수십 차례의 소나무를 벌채했는데도 봉분 위에는 지금 수 그루의 큰 소나무가 자라고 있고 축대 돌을 12년 전에 모씨가 논두렁을 만들기 위해 파헤쳐 간 뒤의 현존한 축대의 규모, 봉분의 크기, 좌향 등에 관해 주민들의 증언 및 현상이 족보 내용과의 사이에 한 치의 오차도 없는 점 등은 이것이 분명히 "사(師)"자 "순(舜)"자 할아버지 묘임을 확인케 되었다.

(4) 휘 은(誾)의 묘를 찾은 전말을 알리기 위해
군위에 다녀오다

3월 20일 재천 형님과 나는 앞선 족보 기사에 의거 지난해 11월 21일에 찾았다는 전말을 알리기 위해 경북 군위군 효령면 금매 2동을 찾았다.

그날 군위군 화수회가 다른 곳에서 개최되었는데 그 자리에도 참석하고, 일행과 헤어진 다음 금매 2동에 사는 정극면(鄭極冕 ; 회장이라 함) 씨 집으로 안내되어 "은"자 할아버지의 묘를 찾은 문제에 관하여 확실한 증거 자료를 제시하면서 장시간 의견을 나누었지만 극면 씨는 처음부터 "그런 말하지 마시오 큰일납니다. 우리 집안은 망합니다"고 하면서 일체 언급을 회피하며 외면하였다.

그런데 옆에 앉은 군위파 일족이 "수백 년 된 일이라 어느 것이 사실인지 명확히 말할 수 있는 처지는 못된다. 우리도 그 할아버지 묘가 양산에 있다는 것을 알고는 있……." 하면서, "아니 이곳이나 저곳이나 틀림없다고 확언할 수 있는 사람은 아무도 없다 내가 직접 보지 못했으니 말이오" 하면서 극면 씨를 향해 "형님! 저 위에 있는 묘가 틀림없는 할아버지 묘라고 장담할 수 있소"라고 수십 번 되풀이했지만 아무 대답을 못했고, 또 "일족들이 찾았다고 하는 양산의 묘도 할아버지 묘라고 장담할 수 있소!"라는 두서없고 사리에 맞지 않는 말을 하기에 그냥 무시해 버리기로 했다.

다음날 아침 간밤에 함께 한 일족에게 "은"자 할아버지 묘에 관하여 내 나름대로 화합 안을 제시했다. "이곳 주장대로

수백 년 동안 수호해온 이곳 묘에 대해서는 외부 인사에게는
구태여 알릴 필요는 없지 않느냐, 지금까지 찾지 못하였기 때
문에 초혼장 묘를 만들어 지금까지 수호해 왔던 것이라고 앞
으로도 계속 수호하면 별 문제시 될 것이 없으며, 우리 행암파
일족은 양산의 묘를 수호할 것이며 이 문제는 시간을 두고 충
분히 상의하자"고 하고 대구로 향했다.

(5) 기묘사화(己卯士禍)와 "은(誾)"자 할아버지

제 14대 조 "은"자 할아버지에 관하여 그의 행적을 기술함
에 있어 당시(1519년, 중종 14년)의 정치 상황인 기묘사화 때
명망 있는 신진 사림파 중 조광조와 그 핵심 인물이었던 사촌
형 응(膺)자 할아버지에 대하여 알아두어야 한다.

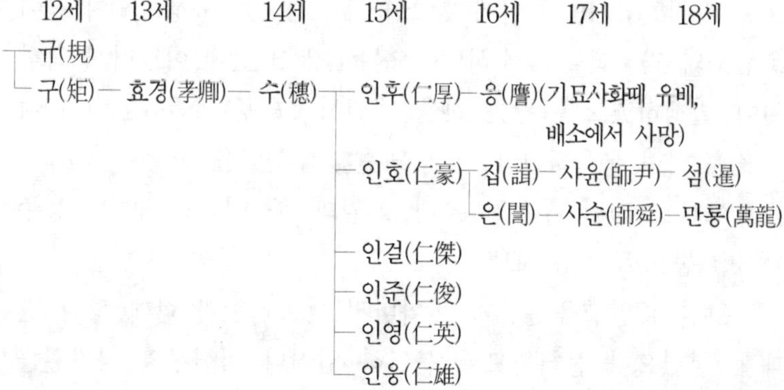

1) 정응〔膺 ; 자는 之, 호는 소우당(素遇堂)〕

서기 1490년 庚戌(조선조 제9대 성종 21년)에 출생, 1514년 갑무(11대 중종 9) 별시 문과 乙科로 급제, 홍문관 正子·五衛司正을 지내고 1516년 사가독서(賜暇讀書)를 한 후 경연사경(經筵司經)을 거쳐, 이듬해 사간원(司諫院) 정언(正言)으로 있으면서 대사헌 李荇을 탄핵, 면직케 했다. 이어 홍문관 부교리, 사간원 헌납(獻納)을 지내고 1519년 승정원에 의해 성리대전을 진강(進講)할 능력이 있는 학자로 뽑혔으며 이어 전한(典翰)이 되었으나 동년 음력 11월 15일 이후 다음과 같은 사건이 일어났다.

· 11월 15일 : 훈구파인 홍경주, 남곤 등의 줄기찬 모함에 의하여 조광조(대사헌)일파의 중심 인물 모두(신진 사류파)가 투옥되고,

· 그 익일인 16일, 이에 항소(抗疏), 성균관 유생 150여 명이 조광조의 억울함을 호소하면서 합문(閤門) 앞에 이르러 통곡한 일이 발생하였으나 왕은 화를 내면서 그 중 소두(疏頭) 10여 명을 오히려 투옥하고 나머지 모두를 내쫓았음.

· 그리고 전일 투옥한 조광조 일파 중 핵심인 8명을 능주(綾州) 등으로 귀양 보냄.

· 11월 17일 "응(膺)"자 할아버지는 大司諫과 함께 왕과 면대를 청했으나 불허하므로 분연히 일어나 사헌부와 사간원들과 함께 그 직을 사임코자 상소, 또한 유생 20여 명이 상소, 조광조의 억울함을 아뢰고 자진하여 옥에 갇히겠다고 하였고, 11월 19일 유생 30명이 상소하는 일이 잇달아 일어났으나 끝

내 중종은 불허했다.

· 12월 14일 생원 黃李沃 등이, 대사헌 李沆, 대사간 이빈(李蘋) 등이 조광조와 귀향간 사람들을 죽일 것과 조광조 일파 중 35명을 더 처벌할 것을 주장하자 조광조 사사(賜死), 김정(金淨) 외 2명은 섬으로, 윤자임 등 4명은 극변에 귀양 보내고 대간(臺諫)에서 추가로 처벌을 요청한 35명 중 유용근, 정응(鄭䧹), 최산두, 정완을 귀양보내고 안당, 유운, 김안국은 파직, 기타 28명은 고신을 빼앗은 사건이 있었다. (조선실록 중종조편, 조선전기 畿湖 사림파연구, 대한국사)

· 그리하여 "응(䧹)"자 할아버지는 1519년 기유 음 12월 16일 부여로 귀향 가셨다가 얼마 후 그 의분을 이기지 못하시고 또한 나라가 되가는 꼴에 몹시 상심하시다가 끝내 그 곳에서 돌아가셨다. (1716년 丙申譜에는 1522년 임오 7월 9일 卒이라 되어 있음)

여기서 한 가지 덧붙여서 언급하고자 하는 것은 다음의 "은(誾)"자 할아버지의 행적에 도움을 주고자 기묘인(기묘 피죄인) 신원에 관한 부분이다.

· 1533년(중종 28년) 김안로의 건의를 받은 영의정 정광필의 주장에 의해 기유 피죄인 가운데 우선 박훈(朴薰), 김구(金絿) 등이 귀양살이에서 풀려 나오고 권규(權挍)에게 직첩을 돌려주게 된다. 기묘사화가 있은 15년만에 조광조 일파가 다시 중앙에 나타나게 된 것이다(이때는 기묘사화의 주동자가 다 죽고 난 후)

· 그 후 丁酉의 三兇(김안로, 허항, 채무택)이 숙청된 뒤

1537년 정유(중종 32년) 12월 중순께부터 일기 시작한 조광조 등 기묘 피죄인에 대한 伸寃이다.

즉 12월 11일에 성균관 진사 이충남(李沖南), 윤희성(尹希聖) 등이 상소하여 기묘인에게는 아무 죄도 없다는 것을 호소한 것이다. 이에 중종은 三公과 논의한 끝에 곧 이조, 兵曹에 명해 기묘인 가운데 아직 살아 있는 사람을 조사 보고케 하여 마침내 김안국은 서용(敍用)하고 양팽손, 이약수, 김정국, 정순붕, 신광한, 유인숙, 박영, 이청에게는 직첩을 돌려주었다. 이렇게 되어 기묘인은 20여 년만에 다시 빛을 보게 되었다.

・1538년 戊戌(중종 33년) 2월에는 기묘인 그 밖의 피죄인 다수가 서용, 직첩을 돌려주는 조치가 있었고, 연이어 1519년 (기묘년)에는 조정에 士林이 대거 진출하고, 4월 12일에는 기묘인으로 이미 죽은 사람 가운데 최숙생(崔淑生), 이장곤(李長坤), 이자(李耔), 유운(柳雲), 문근(文瑾), 김세필(金世弼), 유용근(柳庸謹), 윤자임(尹自任), 박세희(朴世熹), 김구(金絿), 이성동(李成童) 등의 직첩을 돌려주었다. 이로써 정치는 기묘사화 이전으로 회복된 감이 있었다.

2) 정은(鄭誾)〔子는 은지(誾之), 號는 경신당(敬愼堂)〕

이 부분에 관해서는 1655년 을미보, 1716년 병신보에는 "誾" 자 한자만 적혀 있을 뿐 아무 기재도 없고 또 그 이하는 공란으로 되어 있다. 1919년 을미보에도 역시 "은"자 한 자만 있을 뿐이나, 1960년 3월 발행된 동래 정씨 도보 2페이지의 경신공(敬愼公) 행열도와 1984년 8월 발행된 동래 정씨 정절공 4세손 진사공파보 6페이지에서 인용해 보면 다음과 같다.

"은(誾)"자 할아버지의 생년과 졸(卒)은 불명하지만(1984년의 파보에는 병진생 기(忌) 4월 15일로 되어 있으나 을미보, 병신보, 1830년 발행의 동래 정씨파보, 1927년 교서랑공파보, 1934년의 일통보 기타 어느 족보를 보아도 아무런 명기가 없으므로)

*그의 4촌인 "응(鷹)"자 할아버지가 1490년 庚戌생이고 그의 친형인 "집(諿)"자 할아버지가 계시는 점,
*그의 夫인 "인"자 "호"자 할아버지의 장인인 洪興의 생애가 1424년 (세종 6년)~1501년(연산군 7년)이란 점,

등으로 미루어 보아 "인"자 "호"자 할아버지의 생년은 1460년대이고, "은"자 할아버지의 생년은 1490년대 후반이라고 보는 것이 옳을 것으로 본다.

그의 사촌인 "응"자 할아버지가 1514년 갑무년에 25세의 나이로 별시(別試) 문과(文科) 을(乙)로 급제하여 1517년 사간원 正言을 거쳐 그해 홍문관 부교리에 옮겨 앉으셨는데 그때 "은"자 할아버지는 20대 초반으로 그의 4촌의 천거를 받아 진사가 되고 성균관 유생으로 있으면서 다음과 같은 당시의 상황을 토대로 "誾"자 할아버지의 행적을 추적해 볼 수 있다.

• 1519년 기묘 11월 16일 성균관 유생 이약수(李若水) 등 150여 명과 함께 조광조의 억울함을 호소하면서 합문(閤門) 앞에 이르러 통곡하니 그 곡성이 궐정(闕庭)에 진동하였다. 이날 왕은 화를 내면서 그 소두(疏頭) 5명을 옥에 가두고 나머지는 내쫓았다.
• 동년 11월 17년 성균관 생원 임붕(林鵬) 등 240여 명과 함께 상소하여 조광조의 억울함을 아뢰고 옥에 가겠다고 청했으나 왕은

받아들이지 아니 했음.

•동년 동일 생원 임붕 등과 함께 또 상소하여 옥에서 待命하겠다고 청했으나 끝내 받아주지 않았다.

•동년 11월 19일 성균관 유생 이약수 등 300여 명과 함께 "今자에 국가의 정치가 소강에 이르고 충사의 길이 크게 분변되어 7~8년간 뜻이 맞는 임금과 신하가 정신을 모으고 스스로 잘 만났다고 생각해 왔는데 하루아침에 갑자기 옥에 가두고 시종이 억울함을 풀어 주려는 것이라고 의심되면 모두 갈아서 내쫓고 대간(臺諫)의 진언이 두려우면 문을 닫고 거절하여 받아들이지 않고 朝位를 변치(變置)하고 명사를 파출(罷黜)하심에, 中外가 옹폐(壅蔽)되어 할 바를 몰라 조야의 사람들이 몹시 가슴 아프고 억울하여 전정(殿庭)에서 슬피 울었으나 스스로 아뢸 수 없었습니다. 아아! 어찌 이것이 전하의 본심이겠습니까? 어떤 사람이 앞장서 어떤 참소를 하여 성심을 이토록 극심하게 현혹하였는지 모르겠습니다. 듣건대 교지의 맨 먼저 붕비(朋比)와 궤격(詭激)을 죄로 삼으셨다 합니다. 아, 이것이 과연 전하께서 스스로 의심한데서 나온 것입니까? 오늘날의 참소를 붕비라고 지칭하는 것은 선류(善類)가 많기 때문이고, 궤격하다고 무고 하는 것은 충직한 말이 심하기 때문입니다. 저 참인이란 어찌 이쯤만 하는 것이겠습니까? 한나라의 哀帝, 平帝와 唐나라의 僖宗, 昭宗의 일이 참으로 감계(鑑戒)로 삼을 만 합니다. 바라건대 허심으로 반성하여 사방 신민의 울분을 위안하소서"라는 상소를 올렸고,

•동년 12월 4일 생원 황이옥(黃李沃) 등이 12월 16일 대사헌 이항(李沆), 대사간 이빈(李蘋) 등이 조광조 일파인 안당(安塘), 정응(鄭應) 등 35명을 더 처벌할 것을 주청하자 "응"자 할아버지 등 4명은 귀향 보내고, 안당 등 3명은 파직, 나머지 28명은 고신을 빼앗은 일대 이변이 있어 그(闓자 할아버지)의 4촌인 '응'자 할아버지는 부여로 귀향가게 되었다.

위와 같은 기묘사화의 禍 중에 있은 "閨"자 할아버지는 성균관의 다른 유생들과 함께 禍를 당하고 있는 조광조 등의 구출에 힘썼으나 역부족으로 기회만 노리면서 재기를 도모해 오다가 마침내 조광조의 賜死가 있은 동년 12월 16일 전후로 士林派에 대한 일제 숙청이 임박했다는 기미를 눈치챈 영의정 정광필과 사촌형인 "응"자 할아버지는 "우리는 이미 드러난 사람이니 닥쳐오는 화를 면할 수 없지만 자네만은 살아서 이 집안을 지켜야 한다"는 간곡한 권유에 따라 동년 12월 15일 그 화를 피해 서울과는 아주 멀리 떨어져 있고, 도강을 하거나 아주 험준한 30리 산을 넘지 않으면 접근할 수 없는 인적이 아주 없는 심심 산골인 지금의 양산군 화제 땅에 피신한 것으로 짐작된다. 이때의 나이는 24,5세로 全義 李씨 할머니와 6,7세 된 아들 "사"자 "순"자 할아버지를 거느리고 오신 것으로 보여진다.

결국 "은"자 할아버지는 당시의 영의정인 정광필과 族叔 홍문관 典翰(직제학의 바로 밑의 자리)인 정응과는 從형제간이었기 때문에, 남들이 얕볼 수 없는 막강한 처지였고 "응"자 할아버지가 그를 進士試 천거할 때의 천목(薦目)이 "순후방정(淳厚方正), 낙선호고(樂善好古), 유학식세행(有學識歲行), 천이독실(踐履篤實)"인 점을 감안할 때 당시의 사림층에서 장래가 촉망되는 분이었다고 할 수 있겠다. 때문에 기묘사화 당시 성균관 유생들 중 가장 앞장서 항소 대열에 섰지만 영의정인 족숙과 종형의 보살핌으로 해서 소두(疏頭)만을 면해 온 점에 훈구파들로부터 더 많은 미움을 받은 것으로 사료된다.

그리하여 조광조의 사사가 내려진 1519년(기묘) 음 12월 16일 전후해서 유생들을 일망타진한다는 정보를 영의정과 종형을 통해 듣고 미리 피신한 것으로 추정된다.

　*한편 "閏"자 할아버지의 사망일시가 정절공 진사공파
보(처음으로 기록에 나타남)에 忌 4월 15일로 기록된
부분에 다음과 같은 이의를 제기해 본다.

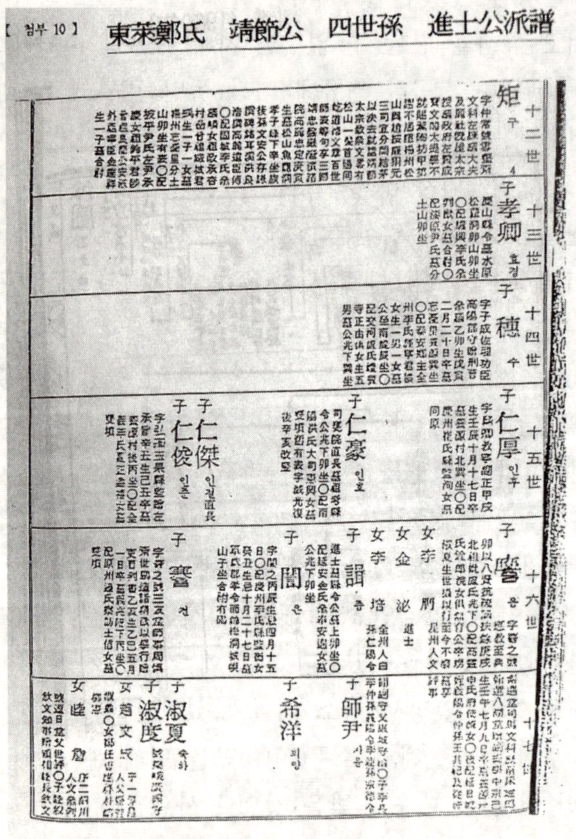

【 첨부 10 】　東萊鄭氏　靖節公　四世孫　進士公派譜

▲정절공 진사공파보(1975년 발행)

기묘사화 후인 1537년(정유) 12월 11일 성균관 진사 李沖南 등의 상소(기묘인에게는 아무 죄 없음)에 따라 중종은 三公과 의논한 뒤 사조(史曹)와 병조(兵曹)에 명해 기묘인 가운데 아직 살아남은 자를 조사해서 보고하라는 명이 내려졌고 그 다음해 2월에 기묘인 및 피죄인 가운데 생존해 있는 자는 모두 기용되거나 직첩을 돌려 받는 조치가 있었음에도 불구하고 이에 수혜되지 못한 점을 미루어 보아 "은"자 할아버지는 억울함과 분함을 이기지 못해 1537년(정유) 음 12월 중순 이전에 돌아가신 것으로 추정된다.

4. 死者와 生者의 명예 훼손 고소 사건

(1) 고소 내용

1) 정봉생은 1990년 11월 초 정해동의 증조부 휘 군필(君弼)과 정봉생의 증조부 휘 억신(億信)은 6촌 형제간임에도 불구하고 이들을 부자간으로 만듦.

정해동 씨 집을 예고 없이 찾아간 자리에서 정해동의 처의 반대를 뿌리친 채 옛 문서(1873년)인 정해동의 고조부 휘 홍권에게 발급한 소위 말하는 호구단자를 강탈해 가서 이를 직장 공파보 편집위원 정태교에게 수교하여 등재 의뢰한 다음,

2) 또한 윗대로 거슬러 올라가, 세대를 거짓으로 꾸민 다음 우리들의 7대조 휘 덕윤(德允)을 300년 이래 후손이 없는 타파 (정태교의 파)의 서자의 손자로 계보한 (휘 정경 문중의 어느 누구의 동의없이) 사실

이는 법적으로는 사자(死者)와 생자(生者)의 명예 훼손에 해당하는 범죄이고, 인륜적, 종문적으로 역조반종(逆祖反宗)의 대죄를 자행한 일은 일족 여러분들이 잘 알고 있으리라 믿습니다.

이와 같이 문중이 뿌리가 송두리째 흔들리고 있는 잘못된 계보를 바로 잡기 위해 법적 투쟁까지 하지 않으면 안 될 현실을 통분하면서 그간 진행 과정을 말씀드립니다.

(2) 진행 과정

· 정봉생은 검찰조사에서 "우리 집안은 선대 조상이 무식했기 때문에 지난날의 대동보에 빠졌음으로 앞으로 있을 대동보에 실리려면, 적어도 이번 군위 사람들과 정태교가 주도하는 직장공파보 어느 곳인가 수보되어 있어야 하기 때문에 그렇게 실어 달라고 했다."라는 소리를 했습니다.

문중의 계보에 관계되는 일을 집안의 어른들과 상의도 없이 문중의 돌이킬 수 없는 크나큰 과오를 저지르고 있습니다.

· 직장공파보에 실린 내용을 보면, 약 100년 전에 돌아가신 증조부(휘 억신)까지만 실어 놓고 정해동(군위파)의 증조부, 고조부, 현 조부와 우리 문중(행암파)휘 정경과 휘 덕윤을 300년

이래 후손이 없는 서자의 손자로 등재되어 있습니다.

사실 내용의 문제를 떠나서 이러한 집안의 중대사를 집안의 어른들도 계시고 아버지, 삼촌이 아직 현존해 있는데 한 마디의 상의도 없이 문중의 뿌리를 흔들어 놓은 실로 엄청난 잘못을 저질러 놓고도,

• 검찰에서 정봉생은 통정대부이신 4대조의 비석과 묘 사진을 찍어 검찰에 내어놓고 "비석은 통정대부이시나 이 묘 속에 묻혀있는 사람은 사실과 다르며 칠원 집안의 할아버지이다"라는 어처구니없는 말을 했으며,

• "우리 집안의 족보는 있기는 하나 어느 것 하나 제대로 된 것이 없고 거짓투성이로 믿을 수 없다."라고 검사 앞에서 말했습니다.

• 또한 "대동보가 어떤 것인지 내 놓아 보아라"라는 다그침에 검사 앞에 내 "이것이 대동보이며 이것을 보면 우리 집안은 빠져 있고 휘 덕윤(德允)을 이어 놓은 광국(匡國)이 서자라는 명기가 어디 있습니까? 삼촌이 말한 서자라는 대목은 말짱 거짓말입니다"라고도 했습니다.

"그들이 대동보라 하며 내 놓은 것은 1934년에 발행된 "일통보"였으며, 봉생은 정태교의 사주를 받아서 이것을 내 놓은 것 같습니다."

• 정태교, 정극면 사건과 정봉생의 사건을 대구와 창원으로 분리한 검찰의 조치에 대해 수 없는 진정을 해서 한 곳으로

모아서 함께 조사 해 달라고 했지만 끝내 거부 당하고, 이 사건들은 지방검찰청→고등검찰청→대검찰청으로 항고를 거듭하고, 이제는 대검찰청에 계류 중에 있습니다.

·정해동의 처(주옥년)가 낸 정봉생에 대한 고소, 즉 '1990년 11월 초 위 주옥련으로부터 빼앗아 간 옛 문서(1873년 고조부 휘 홍권에게 교부한 호구단자)'에 관하여 고소를 제기했으나, 정봉생은 "그 문서는 우리 집안 선조 때부터 보존 되어 온 문서이다"라고 주장에 "아들 정봉생의 말이 맞다"라는 정복수(정봉생의 夫)의 거짓 진술만 믿고 "증거 없다"라는 검찰의 조치로 대 검찰청에 낸 재항고까지 기각되고 말았습니다.

·직장공파보에 선대 조상님을 모멸하고 문중의 질서를 어지럽힌 "사자와 생자의 명예훼손 사건"의 처리에 있어 그간 여러 일족들이 모아주신 성금(150만 원)을 고맙고 귀히 여기면서, 좋은 결과를 위해 분투 노력하고 있으며, 1992년 10월 초부터 1994년 7월 12일까지 그 비용의 개략은 변호사 비용 260만원을 포함 그 내역을 세세히 밝힐 수 없는 비용을 합하면 1,600만 원이 소요, 오늘날 현재 약 700여 만 원의 빚을 졌고 가족들에게도 물심양면으로 수다한 피해를 주면서 말로 다 표현할 수 없는 곤경을 맞이하고 있습니다.

언젠가 이 사건의 대단원이 내려졌을 때 하나 하나 그 경비 내역을 말씀 드리겠으니, 지금 당장은 깊은 이해 있으시기 바랍니다.

이제 남은 것은 형사 소송의 결과가 어떤 결말이 나든 민사

소송의 길 밖에 없다고 생각되며 앞으로 해야 할 일은
  첫째, 잘못된 족보를 반드시 고쳐야 하고,
  둘째, 문중 존립 자체의 뿌리를 흔들어 놓은 사자와 생자의
명예 회복을 해야 하며,
  셋째, 민사소송은 반드시 승소할 수 있고, 상당액의 배상액
도 받을 수 있다는 확답을 받았으나 변호사 선임비 580만 원
때문에 주저하고 있는 점, 한스럽고 통분함을 금치 못합니다.

  일족 여러분!
  이상에 걸쳐 우리의 명예 회복과 우리가 당하고 있는 인격
적 모독을 바로 잡는데 저의 생각과 앞으로의 할 일에 관해
개략을 말씀 드렸습니다만 앞으로 취할 이러한 일련의 일들에
대해 물심양면에 걸친 적극적인 참여와 협조를 고개 숙여 간
절히 바라면서 이만 줄입니다.

1994년 11월 13일
동래 정씨 휘 정경 종문회 회 장 정재천
부회장 정수조

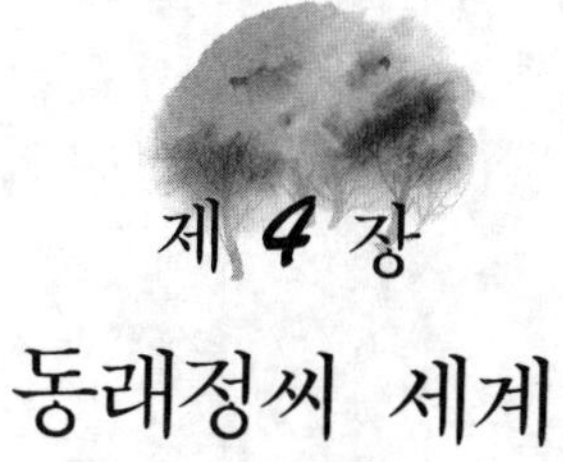

제 4 장

동래정씨 세계

제3장에 기술한 문중을 바로 세우기 위한 아버지의 노력으로 교서랑공파보(1994년 발행)를 만들기까지의 경위를 토대로 동래 정씨 세계를 정리하여 보았다.

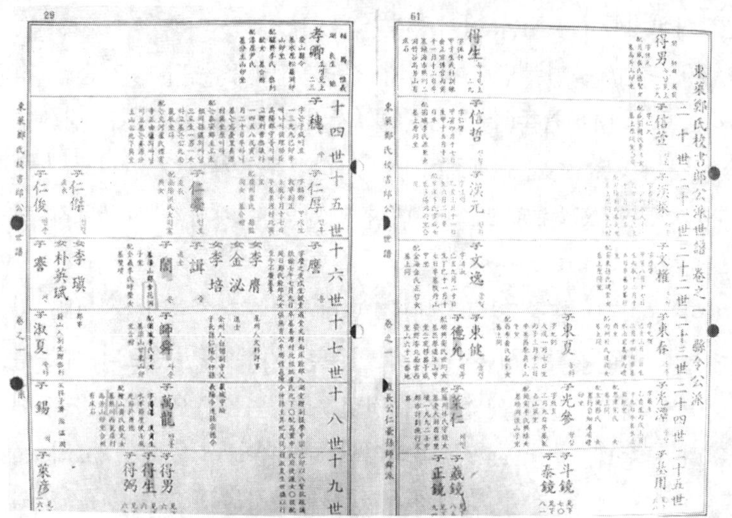

▲ 동래 정씨 교서랑공파보(1994년 발행)

1. 동래(東來) 정(鄭)씨와
행암파(行岩派)의 유래(由來)

동래(東來) 정(鄭)씨는 원래 신라의 전신(前身)인 사로(斯盧)의 육부(六部) 촌장(村長)으로 정씨의 성을 하사(下賜)받았던 취산 진지촌장(珍支村長) 지백호(智白虎)의 원손(遠孫) 정회문〔鄭繪文 ; 안일호장(安逸戶長)〕을 시조로 받들고 고려 초에 보윤호장(甫尹戶長)을 지낸 정지원(鄭之遠)을 일세조(一世祖)로 하여 누대(累代)에 걸쳐 정착세거(定着世居)해 온 동래를 본관(本貫)으로 삼아 세계(世系)를 이어왔다.

온화하고 불편부당하여 남과 적을 삼지 않는다는 가통을 지켜오면서 명문거족(名門巨族)의 지위를 굳혀 온 동래 정씨는 부산 양정동 화지산(華池山)에 자리잡은 2세(世) 안일공(安逸公) 정문도(鄭文道) 묘소에 대한 명당의 이야기가 지금까지 전해오고 있다.

이조(李朝) 효종조(孝宗朝) 장단(長湍) 땅 송림산(松林山) 밑에서 허물어진 고분(古墳)에서 갈무린 기록이 나왔으니 예부상서(禮部尙書) 문안공(文安公) 정항(鄭沆)의 무덤이었다. 거기에 윗대는 동래 사람으로서 아버지의 이름은 목(穆)이고 고려 문종(文宗) 때 문과에 급제하여 상서좌복사(尙書左僕射)를 역임하였고 죽어서 섭태부경(攝太府卿)이었고 조부의 이름은 문도(文道), 증조부의 이름은 지원(之遠)으로 모두 고을의 호장(戶長)이었다고 기록되어 비로소 동래 정씨의 실체가 세상에 알려지게 되었고 이 때부터 가문이 두각이 나타나게 되었다고 한다.

第 5 號

選 任 狀

姓名 **鄭守柞**

貴下를 總會의 決議에 依하여
東萊鄭氏校書郎公派 大同譜編纂
委員會 編輯 및 校正委員
으로 選任합니다

1992年 1月 22日

東萊鄭氏校書郎公派大同譜編纂委員會

會 長 鄭 文 甲

목(穆)은 4형제를 두었는데 제(濟), 점(漸), 택(澤), 항(沆)으로 첫째 제(濟)는 자손이 없이 일찍이 돌아가시고, 둘째 점(漸)은 문과에 급제하여 형부중랑(刑部中郞)을 지냈지만 자손이 없었다.

셋째 택(澤)은 고려 때 찬성사(贊成事)를 지냈고 문장과 재능으로 명망(名望)을 떨쳤으며, 막내 항(沆)은 나이 23세에 고려 숙종(肅宗), 임오(壬午)에 과거에 급제하여 우사간(右司諫)을 거쳐 양광도(楊廣道)와 충청도의 안찰사(按察使)를 역임(歷任)한 뒤 인종(仁宗) 때 지추밀원사(知樞密院事), 예부상서(禮部尙書), 한림학사(翰林學士) 등을 지내다 병진(丙辰)에 돌아갔다. 또한 목(穆)의 동생인 선조(先祚)는 호장(戶長)을 지냈고 그의 후손들은 동래(東來)와 양산(梁山) 등지에 산거(散居)하면서 명문(名門)의 기틀을 다져왔다.

넷째 항(沆)의 아들 서(敍)는 고려 인종비(仁宗妃) 공예대후(恭叡大后) 동생의 남편으로 문명(文名)을 떨쳤는데 의종(毅宗) 때 폐신(嬖臣)들의 참소(讒訴)로 동래로 유배되었는데 그 곳에서 정자를 짓고 오이를 심어 과정(瓜亭)이라는 당호(堂號)를 삼고 연군(戀君)의 정을 가요(歌謠)로 읊은 '정과정곡(鄭瓜亭曲)'을 지어 우리 나라 국문학사에 빛나는 업적을 남겼다.

　　우리 가문은 목(穆)의 셋째인 택(澤)을 4世로 하여 분파(分派)되어 내려왔는데 이후의 유명하신 선조들에 대하여 기록을 중심으로 간략히 설명하고자 한다.

4세(世) 택(澤)은 가(家)와 야(野) 아들 둘을 두었는데 첫째인 가(家)가 5세(世)로 전옥서령(典獄署令)을 지냈고 자손으로 보(輔)와 필(弼) 둘을 두었다.

동래(東來) 정(鄭)씨는 그로부터 보(輔)의 후손(後孫)들을 교서랑(校書郞)파로, 필(弼)의 후손(後孫)들을 첨사공(僉事公)파로 대별되면서 후대(後代)로 내려오면서 각각 여러 파(派)로 나눠진다.

그 중에서 첨사공파의 파조(派祖)인 필(弼)의 후손 중 직제학공파(直提學公派)의 파조(派祖)인 사(賜 ; 이조 세종 때 예문관직제학)는 아들 5명과 손자 10명을 두었는데 그 중 셋째인 난종(蘭宗)은 동래 정씨 중흥의 조(祖)라 할 수 있을 만큼 유명했다. 난종(蘭宗)은 이조 세조(世祖)에서 성종(成宗)에 걸쳐 훈구파(勳舊派)의 중진으로 이조판서(吏曹判書) · 우참찬(右參贊)을 역임하였고 문익공파(文翼公派)로 불리는 광필(光弼)은 그의 둘째 아들이다. 광필(光弼)은 조광조(趙光祖), 김식(金湜), 김정(金淨) 등과 더불어 팔현(八賢)으로 일컬어졌으며 후에 영의정(領議政)에 올랐던 분이었다. 그 후 첨사공(僉事公)파에서 이조시대에 많은 명신 현관(名臣賢官)을 내어 동래 정씨의 가통을 빛나게 했다.

우리 집안은 교서랑(校書郞波)의 파조(派祖)인 보(輔 ; 6世)의 후손으로 그다지 이름을 날리던 분이 나오지 않다가 10세(世)인 호(瑚)의 첫째 아들인 양도공(良度公) 양생(良生 ; 11世)의 둘째인 설학제(雪壑齊) 구(矩 ; 12世)의 장손(長孫)인 현령공(縣令公) 효경(孝卿 ; 13世)에서 내려오게 되었으며 첨사공(僉事公)파 보다 유명한 명신현관(名臣賢官)은 많지 못했다.

효경(孝卿 ; 13世)은 아들 수(穗)를 두었고 수(穗)는 직장공

(直長公) 인후(仁厚 ; 15世)를 포함하여 인호(仁豪), 인준(仁俊), 인영(仁英) 4명의 아들을 두었고 첫째 인후(仁厚)는 아들 응(鷹)을 두었는데 이조 중종(中宗) 때 문과에 급제하여 홍문관(弘文館) 정자(正字)·오위사정(五衛司正)을 지내다 홍문관(弘文館) 전한(典翰)을 지냈다. 〔이 때는 첨사공파(詹事公派)인 정광필(鄭光弼)이 영의정(領議政)으로 재직하고 활동하고 있었다.〕

그 후 기묘사화(己卯士禍)로 인해 1519년 부여로 귀양을 가게 되었다가 의분을 못 이기시다가 후세 없이 1522년에 돌아가시게 되었다. 둘째 인호(仁豪)는 첫째 집(諿)과 둘째 은(誾)을 두셨고 은(誾)은 사촌 형(鄭鷹과 鄭光弼)들의 간청으로 기묘사화(己卯士禍)의 화를 피하여 양산군 함화동(含花洞 ; 현재 院洞面 花濟里)으로 피신하게 되어 오늘날의 행암파의 시조로서 받들게 되었지만 행암파는 그 이후부터 현출한 인물이 나오지 않고 쇠락의 길을 걷게 되었다.

한편 둘째 은(誾)은 아들인 사순(師舜)을 두셨고 사순은 1530년도에 만룡(萬龍)이라는 아들을 하나 두셨는데 무(武)에 뜻이 있어 수군(水軍)의 우두머리로 근무하다가 임진왜란이 일어나던 해(1592년)에 경상좌수사(慶尙左水使)였던 박홍(朴泓)이 왜적과 싸움도 하지 않은 채 후방으로 도망가자 현지에 남아 그 후임으로써 임무를 계속 수행하다가 그 해에 제포해전(薺浦海戰 : 현재 웅천 앞바다)에서 순직하였다. 만룡은 슬하에 아들 삼형제 득남(得男), 득생(得生), 득필(得弼)을 두었는데 행암파는 이들 삼형제들의 자손으로 이뤄져 있으며 이들의 묘소는 경남 진해시 웅천면 죽곡리 고방산(高芳山)에 모셔져 있다. 동래 정씨 세계표 참조(부록 1, 317쪽 참조)

▲만룡 장군 묘소 소재지 전경

◀▲만룡 장군 묘 앞에서

2. 행암파(行岩派) 유래(由來)

행암파(편의상 명칭, 공식 명칭은 "동래 정씨(東來鄭氏) 靖節公 〈설학제(雪壑齋), 정구(鄭矩)〉 5세손(世孫) 휘(諱) 은파(誾派)"〉는 휘 "은(誾)" 할아버지 아래 휘(諱) "사순(師舜)"의 아들인 휘(諱) "만룡(萬龍, 水軍節度師)"의 삼형제, 즉 득남(得男), 득생(得生), 득필(得弼)의 후손들이 모여 행암파를 형성하고 있다. 그 간에 행암파(行岩派)와 군위파(軍威派) 사이에 많은 논쟁이 있었지만 분명한 것은 고 "재천(在千)" 집안에 보관해 왔던 호구단자(戶口單子)와 교지(敎旨) 내용을 보면 군위파가 1992년도에 제작했던 직장공파보(直長公派譜)에 20세 휘(諱) "탁(倬)"의 아들인 광국(匡國) 아래로 덕윤(德允)→명재(命載)→정평(正平)→취민(取敏)┬흥권(興權)→군필(君弼)┬적신(積信) └주권(周權)   └억성(億成)
을 기록하였다는 것은 분명히 잘못되었다고 판단된다. (부록 6 322쪽 참조)

군위파는 동래 정씨 17세 휘(諱) "희양(希洋)"이 휘 "은(誾)"자 할아버지 적자(嫡子)로서 직장공파(直長公派)를 대표한다는 의견이지만 기미보(己未譜, 1919년) 이전에 발행된 정미보〈丁未譜, 1847년(경인보 수정보)〉를 보면 이것은 설득력이 없다는 것으로 판단된다. (부록 2, 318쪽 참조)

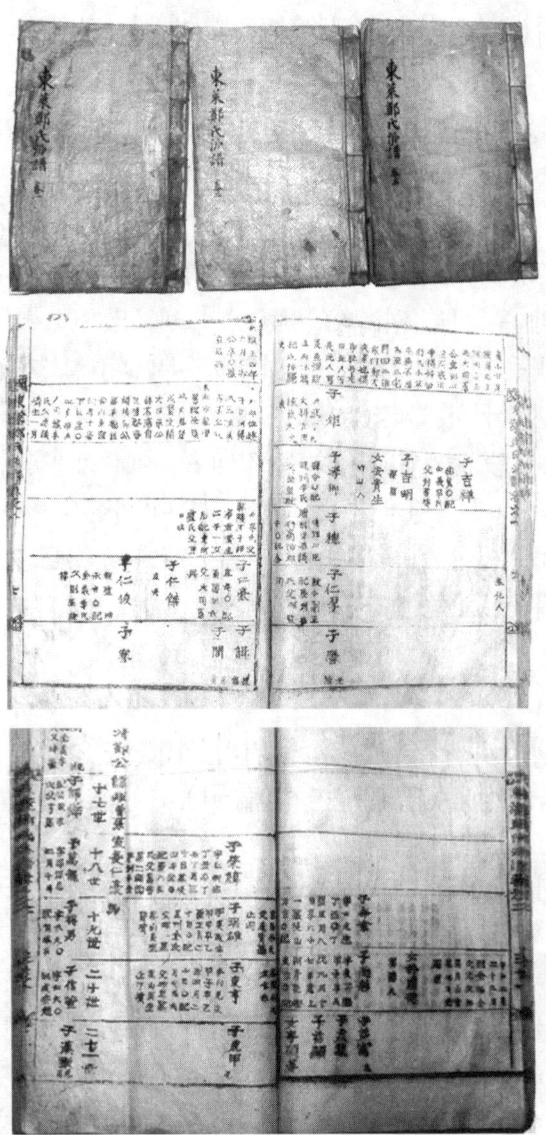

▲ 정미보 족보(1847년 발행)

3. 휘(諱) 정경파(正鏡派) 유래(由來)

휘 정경은 휘 "은(誾)" 할아버지 아래 휘(諱) "사순(師舜)"의 아들인 휘(諱) "만룡(萬龍, 水軍節度師)"의 3형제 즉 득남(得男), 득생(得生), 득필(得弼)의 후손들 중에 2째 득생(得生)들의 후손 중에서 23세 휘 "덕윤(德允)"이 후세가 없자 서자인 휘 "담준(淡俊)"의 두 아들 휘 "래인(萊仁)"과 휘 "명재(命載)" 중에서 휘 "래인"을 족보상 후손으로 하였고 24세 휘(諱) "래인(萊仁)"은 다시 25세 휘 "희경(羲鏡)"과 휘 "정경(正鏡)" 두 아들을 두었는데 이 중 둘째인 휘(諱) "정경(正鏡, 初諱 正平)"의 후손들이 오늘 날 휘 정경파를 형성하고 있으며 마산시 어부골에 묘소(墓所)가 있어 매년 후손들이 모여 시제(時祭)를 지내고 있다. (부록 6, 322쪽 참조)

4. 행암파(行岩派)와 군위파(軍威派) 족보상(族譜上) 논쟁(論爭)

행암파와 군위파가 족보로 논쟁하게 된 것은 휘 "은(誾)" 할아버지 아래 자손으로 1847년도 발행된 정미보(丁未譜)에 휘(諱) "사순(師舜)"이, 아들로 휘(諱) "만룡(萬龍, 水軍節度師)"이 기록되었는데 어쩐 일인지 그 후 1919년도에 발행된 기미보(己未譜)에는 휘 "사순"의 기록이 없어지고 대신 휘 "희양(希洋)"이 수록되었고 그 이후 발행된 족보인 교서랑공파보(校書郎公派譜, 1927년), 일통보(一統譜, 1934년), 동래정씨도보(東來

鄭氏図譜, 1960), 병암유집(屛巖遺集, 1962년), 정절공파보(靖節公派譜, 1975년)과 진사공파보(進士公派譜, 1984년)에도 동일하게 수록되었다. (부록 3,4, 319~320쪽 참조)

그래서 행암파 종문 선조들이 이를 바로잡기 위하여 새로이 절도공파보(節度公派譜, 1975년)를 제작하였고 이 때 행암파와 군위파간에 서로 정통 문중이라는 논쟁을 피하기 위한 일환으로 휘 "사순(師舜)"을 형으로, "희양(希洋)"을 동생으로 수록하여 문제를 해결하고자 노력하였다. 그러나 계속하여 군위파에서 1682년도 설학제 제실 건립시 만들었던 백세불망록(百世不忘錄)을 공개하였고(부록 5, 321쪽 참조), 직장공(直長公) 휘 "은"의 묘소가 군위군(軍威郡) 효령면(孝令面)에 있다(양산군 원동면에 있음이 밝혀짐)는 등 문제를 삼았고 또한 진해에 사는 정태교(鄭泰校)와 고 정수조(鄭守祚)의 조카인 정봉생(鄭奉生, 鄭福守의 長男)을 군위측 의견에 동조시키는 등 집안을 혼란하게 만들었다.

군위파는 1992년도에 동래 정씨 직장공파보(直長公波譜)를 제작하는데 고 정재천(鄭在千)이 보유하고 있었던 호구단자(戶口單子, 오늘날 호적 등본)와 집안 어른이신 정적신(鄭積信)과 정억성(鄭億成,億信)이 벼슬을 제수(祭需)받은 교지(敎旨)를 정봉생으로부터 전달받아 이를 이용하여 직장공파보에 휘 "은(誾)" 할아버지가 아닌 휘 "집(諿)" 집안 밑으로 수록하는 등 일계(一系)가 무시된 족보를 발간하였다. (부록 6, 322쪽 참조)

이를 바로 잡고자 고 정수조와 집안 어른들이 힘을 모아 정태교와 정봉생을 고소하게 되었고 이런 과정에 문중에서 쫓겨나는 등 여러 가지 분란이 일어나게 되었으며, 그 과정에서 교서랑공파(校書郞公派, 1927)에 기록된 휘 "은(誾)"자 할아버지와 휘 "사순(師舜)" 할아버지의 묘들을 지금의 양산군(梁山郡) 원동면(院洞面) 화제리(花齊里) 감토봉(甘土峰) 산록에서 발견하는 등 직장공파의 정통 문중이라는 물증을 확보하였다. 그 후 고 정수조는 정확한 족보 및 문중을 위하여 돌아가시기 전에 직장공파보 보다 윗선에 있는 동래 정씨의 두 계파 중의 하나인 교서랑파의 종손인 정문갑(鄭文甲) 씨와 협의하여 교서랑공파보(校書郞公派譜, 1994년)를 제작하게 되었고 여기에 군위파 자손들, 큰 형님(鄭福守)의 자손들과 기타 종손(宗孫)들이 수록되지 못하는 등 불미스런 일이 일어났었다. 한편 군위파는 이에 반발하여 교서랑공파의 종손인 정문갑 씨에게 교서랑공파보 발행을 중단하라는 내용증명을 보내게 되었고 2년 뒤 (1996년)에는 『동래 정씨 교서랑공세보 오류 내역(東來鄭氏校書郞公世譜誤謬內譯)』이라는 책자를 발간(發刊)하여 반박하기도 하였다. (부록 3,4, 319~320쪽 참조)

(1) 군위파의 주장 내용

지금으로부터 약 300여 년 전부터 서울 양원동(先塋地)에 내왕(來往)을 해왔고 이 때 그 곳 일족으로부터 군위에 사는 일족이야말로 직장공(直長公) 후손(後孫)이라고 인정받았으며 설학제(雪壑齊, 靖節公) 재실(齋室) 건립(建立)에 후원을 한 문서 (부록 5, 321쪽 참조)가 있다고 주장하고 있고 직장공 휘 "은(誾)"의 묘소는 군위군 효령면에 있다. 그리고 1847년도에 발간된 정미보(丁未譜)는 조작된 것으로 동평군파(東平君派)중 봉천

군파보(奉天君派譜)이거나 첨사공파(詹事公派)중 창원공파(昌原公派)의 족보를 도용한 것이며 1919년도에 발행된 기미보(己未譜)는 대동보(大同譜)인데 행암 일가는 수록되지 않은 것으로 보아 행암파가 가짜 집안이며 1928년도에 발간된 교서랑공파보(휘 "은"자 아들로 "희양"이 수록되었지만 휘 "은"자 할아버지의 묘 위치 기록이 군위파 주도로 발간된 직장공파보에서 나타난 휘 "은"의 묘소 위치와 틀림)는 인정(認定)하지 못하겠다.

(2) 행암파 반박(反駁) 내용(內容)

서울 양원동 거주했던 정씨 문중의 일족이 인정해준 것은 군위파에 의해 제시된 자료만을 근거로 하였고 을미보(乙未譜, 1655년)에 수록되지 못한 것은 기묘사화(己卯士禍, 1519년)의 난(亂)을 피해 경남 양산군 원동면 화제리에 숨어 지냈기 때문에 수록되지 못한 것이다. 휘 "은(誾)"의 자손이 없다면 통상 족보 제작 시 무후(無後)라고 기록하는데 후손들이 어딘가 살고 있다고 판단하였기에 기록하지 않은 것이며(현재 행암파의 후손이 건재하고 있음), 그 후 1847년도 정미보(丁未譜)에 비로소 휘 "은(誾)"자 할아버지 후손인 휘 "사순(師舜)"이 기록된 것은 기묘사화가 300여 년이 지났으므로 밝힌 것이다. 정미보(丁未譜)는 경상도 거주 설학제(雪壑齊) 후손인 동평군공파(東平君公派)와 행암파(行岩派)만이 주도하여 만들어진 족보로 행암파는 정절공(靖節公) 휘(諱) 구(矩) 증손(曾孫) 직장(直長) 인호(仁豪) 파로 분명히 기록되어 있다.

군위파가 정통 집안이라고 주장하는 근거인 기미보(己未譜,

1919년)는 일제하 국난중에 만든 족보로 만들 때 집안 어른들
도 늦게 소식을 듣고 부랴부랴 수단(收單)을 작성하고 서울로
상경하여 족보에 수록하고자 했는데 인쇄 중이라 수록(收錄)이
어렵다는 이야기를 듣고 다시 낙향(落鄕)했다는 이야기가 전해
오고 있다.

- 족보 내용을 볼 때 휘 "은(誾)" 밑에는 후손들의 기록이
  없고 순서로 보아 정보(正譜) 14권 중 1권 또는 2권에 에
  수록되어야 하나 휘 "희양"과 후손들이 추록(別譜)인 15권
  에 수록되어 있는 점,
- 휘 "은(誾)"에 방주(方柱)인 배우자나 묘소의 위치 등이
  없는 점,
- 항렬자(行列字)가 다른 점이 발견되고 있다.
- 그 후 발간된 일통보(一通譜)는 기미보를 그대로 복사한
  것으로 휘 은(誾) 밑에 휘 "희양(希洋)"만 수록되어 있고
  6세대가 비어있으며 군위 측 일계(一系)는 마지막 보책(譜
  冊)인 9권에만 수록되어 있고
- 기미보에서 장자가 제 3자로 올려져 있는 등 제작이 조악
  (粗惡)한 면이 많아 정통 족보로 인정받기는 곤란하다.
- 또한 동래 정씨 도보(1960년), 병암유집(1962년), 정절공파
  보(1975년)에 발간된 족보를 보더라도 휘 은(誾)자 할아버
  지의 묘 위치가 적라현(赤羅縣)으로 1847년도에 발간된 정
  미보(丁未譜)와 차이가 있고,
- 군위파가 주장하는 정절공파보 제작시 행암파가 수록되지
  않은 것에 대한 이유로는 그 당시 행암파는 절도공파보
  (節度公派譜)를 제작하고 있어 불참한다는 것을 분명히 통

보했고,

- 행암파는 절도공파보를 제작하는데 희양 후손인 군위파의 족보상 문제를 원만히 해결하는 방안으로 형으로 휘 "사순(師舜)", 동생으로 휘 "희양(希洋)"으로 하기로 하고 족보에 수록하였지만 군위파 주도 절도공파보에는 휘 사순 후손들을 수록하지 않았다는 것은 좁은 소치(騷致)라 판단된다.

5. 교서랑공파보 발간 및 국립도서관에 소장

이상과 같은 행암파와 군위파의 대립은 1994년도에 발간된 전 7권의 동래 정씨 교서랑공파보 발간으로 모든 족보가 정리되고 일단락 되어 현재 국립중앙도서관에 기증되어 소장되어 있다. (2001. 11.)

▲ 동래 정씨 교서랑공파 세보(1994년 발행)

제 **5** 장

수필 모음

통일의 저력이 다져지고 있다

1988년 9월 17일 서울 잠실벌에서, 제 24회 올림픽 개회식은 정말 장관이었다.

우리가 준비하고 만들어낸 것인지 믿어지지 않을 정도의 감격의 장이었으며 인류의 화합과 진전을 알리는 출발의 시점이었다.

희고, 누르고, 검은 피부색에 크고 작고, 많고 적고의 힘의 차이를 뛰어 넘어 평화와 상호 이해를 다짐했고 지구촌 가족의 끊임없이 위협해 온 수많은 갈등, 이념과 체제의 벽을 부수고 인류가 하나 되는 축제였다. 엊그제까지 총부리를 겨누었던 이란 이라크 선수도, 크고 밝은 미소로 입장했으며 작은 이해를 놓고 으르렁거리던 세계 여러 곳의 논쟁도 잠재워 버렸다. 선수촌에는 언어, 문화 종교, 이념이 다른 사람들이 모두 형제처럼 모여 같이 식사하고 얘기하고 같이 훈련하고. 그런데 우리는 같은 하늘 아래 같은 언어를 쓰며 같은 피를 나눈 동족이 남북으로 나뉘어 북한 동포만이 세계가 모인 이 감동 속에 함께 하지 못하는 통한을 느낀다.

불과 10년 전 총부리를 맞대고 대적했던 베트남이 서울에서 웃는 얼굴로 우리의 손을 잡고 "옛날 일은 덮어둡시다"고 말한다. 올림픽만이 할 수 있는 일이다. 이제는 모든 나라들이 적어도 미워하고 외면하는 관계는 아니다. 이제 우리의 동포도 함께 할 수 있는 그 날이 머지 않았음을 시사해 주는 값진 축제가 될 것이다.

세계만방의 벗들이여! 오늘 우리는 평화의 새벽을 맞아 드리자 인류평화와 화해를 위해 더 높이, 더 넓게 도약하자!!

이날부터 16일간의 평화의 축제는 오로지 승패를 우정으로 승화시키는 일만이 남아 있다.

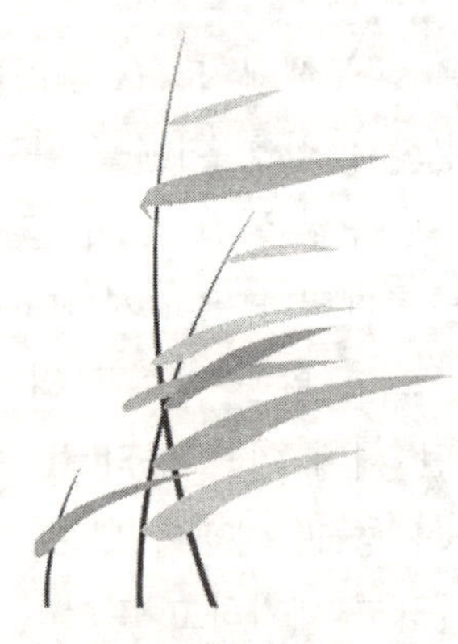

진해지(鎭海誌)를 펴내는 뜻을 일으키면서

　　많은 인걸이 태생한 자랑스러운 진해시, 빼어난 산천을 포태하고 있는 지리와 역사, 문화유적, 산업경제를 비롯, 각 분야의 발전상을 알리고 되새겨 볼 수 있는 책, 또한 오늘의 진해시를 있게 한 민주 시민의 활동상을 홍보하고 세계화의 대열에 정보교환을 위한 진해지를 간행하여 널리 알리는 일이 무엇보다도 보람된 일이 아닐 수 없다는데 뜻을 같이 하였다. 인걸은 지령(人傑地靈)이란 말이 있듯이, 이는 한 고장 (어떤 지역의 땅, 지방) 에서 잘난 사람도 있고 못난 사람도 나오는 것은 모두가 산천의 기상이 수려하느냐, 아니면 둔탁하느냐, 또한 부모로부터 피와 살을 받아 태어날 때, 자연의 지기(地氣)도 유전 받게 마련이라고도 합니다.

　　행(幸)이라 할까?

　　우리는 부모의 피와 살 그리고 지기(地氣)의 유산인 뼈를 맡아, 진해(鎭海) 라는 고장에 태어났습니다. 장복산, 불모산, 상투봉과 천자봉 등이 병풍처럼 둘러 쳐 있는 수려한 산 밑부분에, 산 기운이 뭉쳐 멎을 수 있는 그 곳, 맑고 깊고 안은 하나의 검푸른 바닷가 포근히 안아주는 듯, 어머니 가슴처럼 접한 해안의 곳곳에 진해시의 각 마을이 있으며 그 곳에서 우리는 조상과 부모로부터 생(生)을 받아 이 세상에 태어났기에 진해는 바로 나의 터전이요, 정신적 지주(支柱)가 형성되는 곳, 때문에 어느 동물에서건 귀소본능(歸巢本能)이 있듯이, 우리 인간에 있어서도 이 말은 곧 나의 태생지에 대한 소중함을, 언젠가 되돌아 갈 마음가짐 등을 내포한 선천적인 수호 보존의 본성일 것입니다.

근간 어느 일간지에서 올해부터 시작되는 지방자치 시대에 부응하는 모든 기관이나 국민이 성장 일변도로 달려온 지난날을 되돌아보고 "삶의 질"을 높이고 "살맛 나는 도시"를 가꾸는 데 다 함께 노력하자는 뜻에서 6개 분야에 걸쳐 전국 74개 도시를 비교 분석하여 발표 된 것을 보면, 우리 태생지 진해가 전국에서 네 번째로 살기 좋은 도시로 평가하고 있습니다.

이는
①깨끗한 물과 공기가 우리 나라에서 으뜸이오,
②편리한 생활을 영위할 수 있는 바다를 낀 남쪽지방으로 따듯한 도시이며,
③범죄와 사고가 적어 안전한 생활을 꾸밀 수 있는 도시이며,
④녹지가 많아 건강한 생활을 즐길 수 있는 쾌적한 전원도시이며,
⑤경제적인 면에서는 우리 나라에서 가장 풍요로운 삶을 누

리는 부유한 곳이며,

⑥문화적, 교육 복지 차원에서 타지방에 뒤떨어지지 않는 고
장이라는 것 등을 종합적으로 평가했습니다.

위와 같은 상황 등을 미루어보아, 나의 태생지 진해는 앞으
로 우리가 지향하는 "삶의 질" 면에 있어 타의 추종을 불허하
는 당당한 우위에 있기에 "깨끗하고 아름다운 살기 좋은 고
장"으로 자랑하면서 아끼고 사랑하는 데 그 누가 주저하리오.

이곳 진해에는 나를 이 세상에 있게 한 조상의 선영(先塋)과
나의 생을 감싸주면서 자라게 해준 자연과, 벗과 함께 배우며
뛰놀던 산천, 몽매(夢寐)에도 잊지 못하는 옛 친구들이 있기에,
이제 비록 몸은 타향에 있지만 즐거울 때나 슬플 때나 향리를
아끼고 사랑하며 수호 보존하려는 애향심과 고향을 그리워하
지 않는 이 없습니다.

특히 사람은 나이가 들수록 고향을 그리워하며 고향으로 돌
아가고픈 마음 부인하지 못하리오.

아시다시피 모이고 뭉쳐지는 대상에 따라 동창회, 친목회,
향우회 등이 있습니다만 이러한 모임체는 친구와 선후배 간의
대면과 문안, 지난날의 회고, 정담, 상부상조의 터전 마련 등으
로 소중한 모임으로 시연되고 있다고 보겠습니다.

얼마 전 우리들은 하나의 만남의 장으로 그칠 것이 아니라,
내가 살던 고향인 진해에 관한 지난날의 내력과 오늘의 면면
을 광범위하게 수록하는 책을 만들자는 데 그 뜻을 같이 했습
니다.

한편 곰곰이 생각하면, 이 일이 곧 나의 태생지 진해의 자랑

스러운 과거와 발전하고 있는 현재를 돌아보고 나아가서는 우리들이 지향하는 복지사회의 결실을 위해 소아적인 아집을 털어 버리고, 지난날 우리 조상들이 이룩한 개척정신이 재(再)발로(發露) 되는 복지낙원의 건설에 앞장설 각오와 원동력을 제공하는 계기가 될 것을 믿어 의심치 않는 바입니다.

오랜 옛날, 당시의 군현(郡縣)에서 펴낸 지지(地誌)가 있은 지 백 수십 년 이래 처음으로 이 뜻 깊은 진해지의 간행에 즈음하여 진해인들의 각별한 관심과 자료 제공 및 적극적인 동참을, 기원해마지 않습니다.

1995년 1월

근대화된 의식의 변화

한국이 아시아의 용으로 탈바꿈한 경제 기적의 원천 역시 자기 희생을 바탕으로 한 높은 교육열과 지칠 줄 모르는 근면성 탓 일게다.

그러나 이제 막 풍요의 열매가 확산되려는 문턱에서 우리 사회가 최근 보이고 있는 노동 천시 경향과 방종에 가까운 자기 절제력의 상실은 한국의 앞날에 깊은 의구심을 갖게 한다. 물론 한국은 아시아 국가 중 토요일에도 근무를 하는 근면성을 지닌 국민임은 틀림없다.

문제는 양이 아니라 질의 문제이다.

서구 근대문명을 싹 틔운 것은 뿰 베네딕트의 육체노동의 신성성의 발전과 프로테스탄티즘(protestantism)에 의한 검약 절제 정신의 생활화다. 노동의 신성성과 검약 절제정신은 근대 산업사회와 시민사회의 초석이 되었다.

그러나 우리는 보신과 낭비 관광, 호화 사치품 수입의 급증, 잘못된 음주문화, 퇴폐향락 산업의 번창 등 최근 국내외의 지탄의 대상이 되고 있는 일들이 성장 과정에서의 단순 병리 현상을 넘어 우리 사회가 한강의 신화를 일구어낸 국가의 이미지를 손상시켜 가고 있다.

농민들의 피땀으로 일구어낸 농산물 인상은 법석을 떨면서도 사치품은 비쌀수록 잘 팔린다. 이는 한국 문화의식의 공동화를 반영하고 있다. 학생과 부모들은 끝없이 입시 지옥으로 내몰리는 속에 월 수천 만원의 과외 부담이 사회적 害惡이 되고 있으면서도 속수무책이다. 절제와 제한 없는 자기중심적 만족에 빠져 있는 우리 민족의 일그러진 자화상이다. 진정한 풍요는 그것을 담아내는 내면적 절제를 복원하는 데서 출발해야 한다. 근대화된 의식과 문화를 세계 속에 내 놓을 수 있는 준비를 착실히 해 나갈 수 있는 국민들의 의식 변화를 촉구하고자 한다.

난기류에 휘말린 한해를 보내면서

(1996년 12월 31일 일기 중에서)

시간의 흐름을 1년 단위로 매듭짓는 것은 인간뿐이다

그것은 인간의 지혜의 소산이며 인간을 인간답게 만드는 것이다. 하나의 매듭을 지을 때마다 지나간 길을 회상하며 다시는 돌아오지 않는 것에 대한 향수, 마음을 저리게 하는 미련, 때로는 사무치는 후회에 시달리기도 한다.

그러면서도 새로이 펼쳐지는 또 다른 한해에 대한 기대와 희망에 마음이 설레기도 한다.

여름은 가을을 부르고 가을은 겨울을, 겨울은 또다시 봄을 잉태한다. 이처럼 끊임없이 변해 가는 한해와 함께 우리도 변하고 변하지 않는 것이 없다. 그러면서도 내일 어떤 일이 일어날지를 예측할 수만 있다면 얼마나 좋을까? 격동의 풍랑이 숨돌릴 사이 없이 우리네 사회를 뒤흔들어 놓은 한해였다. 『멕베드』에서 섹스피어는 "아무리 폭풍우가 몰아치는 날에도 끝은 있다"라고 말했지만 크리스마스에 장미꽃이 피기를 원하는 것도 아니며 5월의 꽃 잔치에 눈이 내리기를 원하는 것도 아니다. 정치의 광풍이 우리 눈앞을 가려도 우리는 살아야만 하고 앞으로 나아가지 않으면 안 된다.

　이 시대를 사는 우리 모두가 합심해서 한마음 한뜻이 되어 이 난기류를 극복해야 한다.

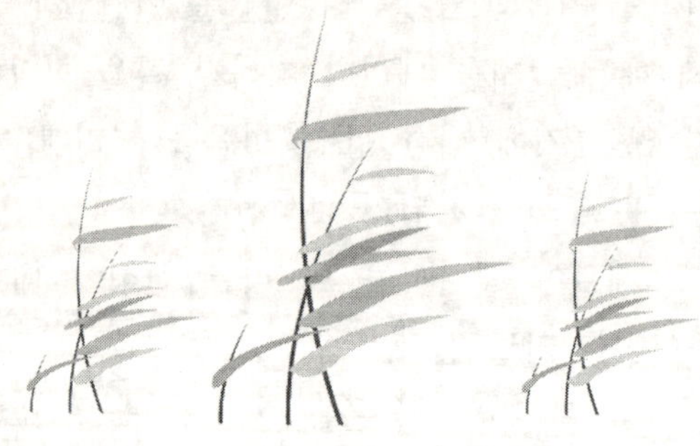

소띠 해를 맞이하며

(1997년 1월 1일 일기 중에서)

새해가 밝았다

과묵히 일만 하는 소띠의 해이다. 사람이 가라 하면 가고, 서라 하면 서고, 명령에 순종하면서 일생을 마치는 순하디 순한 동물을 보면서 배울 점이 있다.

만병의 근원이 마음에 있다는 믿음이 최근 뇌 의학 연구 결과로 최근 밝혀졌다. 한의학의 집안에서 태어난 양의학을 전공한 하루야마 박사의 메시지이다.

사람이 좋은 생각을 하거나 나쁜 생각을 하거나 그것은 생각으로 그치는 것이 아니라 뇌 속에서 물질로 변하여 화학 반응을 일으키게 된다. 착한 마음을 먹으면 뇌 속에서 좋은 호르몬이 분비되고 나쁜 마음을 먹으면 나쁜 호르몬이 분비된다.

요컨대 형이상학의 세계에서 부유하는 줄 만 알았던 마음이 형이하학의 물질로 포착 될 수 있다는 말이다. 사람의 마음은 신체의 건강도 질병도 만든다는 것이다. 이것은 창조주의 복음을 계시해 주는 듯한 무서운 말이다.

　새해 새 아침을 덕담으로 시작하는 우리의 세시풍습은, 그러고 보면 매우 과학적이다.

정리 해고

(1997년 1월 21일 일기 중에서)

정리 해고제가 세인의 관심이 집중되고 있다. 통상적으로 자본주의 아래에서는 사용자가 근로자와의 근로 계약을 자유로이 체결, 해지할 수 있다.

그러나 사용자의 계약 해지의 자유는 대부분의 경우 경제적 약자인 근로자의 실직을 의미한다.

이 때문에 많은 나라에서는 해고의 자유를 적절한 수준에서 제한적 제도를 함께 갖고 있다. 우리의 근로 기준법도 정당한 사유 없이 근로자를 해고할 수 없도록 규정하고 있다. 정당한 이유에 대해 그 동안 논란이 많았다. 즉 해고 제한이 너무 엄격하면 기업 경영이 탄력을 가질 수 없게 되고 제한 조건을 너무 완화하면 근로자의 고용 불안이 증대되는 문제가 생긴다.

89년 대법원 판례에 긴박한 경영상 필요성과 합리적 대상자 선별, 노조 등과의 성실한 협의 등을 요건으로 제시했고, 91년에는 생산성 향상, 경쟁력 향상을 위한 작업형태 변화, 신기술 도입 산업구조 변화의 필요성도 해고 사유를 인정하는 등 보다 완화된 분위기다. 선진 외국에서는 이와 유사한 제도가 진작부터 채택 되어왔다.

　제도는 남이 한다고 무조건 따라 할 것이 아니고 한국적 상황에 맞는 좋은 제도를 만들어 쌍방에 무리가 없는 선에서 잘 마무리되어 한국경제가 한 단계 도약할 수 있는 전화위복의 계기가 되었으면 하는 바람이다.

산은 산을 아는 자만이 사랑할 수 있다

예로부터 산을 잘 만나면 나라가 흥하고 큰 사람이 난다고 하였고 산을 잘 못 만나면 나라가 망하고 인재가 나지 않는다고 하여 도읍을 정하거나 마을을 만들 때 터를 잘 잡기를 원했다. 사람은 땅에 태어나 땅에서 나는 곡식을 먹고 죽어서 산으로 돌아가는 존재이기 때문이다.

또한 옛말에는 산에 감히 오른다고 하지 않고 산에 든다고 하였다. 숨이 차도록 산에 조금 발을 부친 것이 어찌 산을 정복했다고 할 수 있겠는가? 이처럼 옛 선인들은 자연에 순응하고 천리(天理)를 따르는 것을 몸에 익혀 왔다. 옛날 우리 조상들이 자연과 인간을 둘로 나누지 않고 하나로 보는 것은 자연은 인간이 귀의할 곳, 곧 안식처로 생각했기 때문이다.

세상의 삶을 풀 수 없는 어려움이 있을 때 산을 찾으며 진리를 구하고자 하는 사람들이 입산하여 도를 깨치고자 했다. 그들의 생각에는 높은 산은 하늘의 기운을 받는 한 얼로 통하라는 길이라 믿어 왔기 때문에 높은 산꼭대기마다 제단을 만들고 그곳에서 天祭를 올렸다는 기록도 전해진다. 아득한 그 옛날에 배달 겨레 조상들은 산을 광명한 태양이 쉬는 곳으로 숭상 해 왔다. 사방으로 산으로 둘러 쌓인 벌판에 살았던 그들은 아침 해가 떠오르는 곳도 산이오, 저녁 해가 지는 곳도 역시 산이기에 태양이 서쪽 산 속에 밤새 쉬었다가 다시 동쪽 산으로 솟아오르는 것으로 믿어왔다. 이러한 배달민족의 고산숭배사상은 전 세계 여러 민족에게 전파되었다.

우리의 산들은 좁지도 않지만 어느 곳이나 금수강산이라 할 만큼 빼어나 이웃 나라로부터 부러움을 사고 있는 훌륭한 터전 위에 살고 있는 우리들은 산을 얼마나 사랑하고 있는가. 숭배까지는 아니더라도 산을 귀히 여기는 조상들의 깊은 뜻을 되새겨 봐야 한다.

무질서한 도시의 팽창을 막기 위한 지정된 그린벨트에도 높은 건물이 들어서기도 하고, 도박과 마약 등을 탐닉하는 장소로까지 악용되고 있으니 참으로 걱정이 아닐 수 없다. 산을 찾는 사람들도 산을 가꾸기보다는 가져온 쓰레기마저 치우지 않고 그냥 가버리곤 하는 안타까운 일들은 산의 높은 경지를 잘 모르기 때문이다.

미국 여행을 갔을 때 바로 길옆에는 산짐승이 놀고 밑으로 흐르는 냇가와 그 옆에 뜨거운 온천수가 펑펑 솟아오르고 있어도 절대로 개발하거나 자연을 훼손하지 않고 자연 그대로 바윗돌 옆에서 옷을 갈아입고 온천욕을 즐기는 그들의 모습에 자연을 사랑하고 귀히 여기는 그들의 깊은 생각을 읽을 수 있었다.

산은 산을 아는 자만이 산을 사랑할 수 있다.

명절의 풍속도

　각 나라마다 추석의 의미와 풍속도가 다르다.

　해를 찬양하는 문화권을 아폴로 문화권이라 하고 달을 찬양하는 문화권을 다이아나 문화권이라 한다. 대체로 태양열에 굶주린 한대권의 나라가 전자에 속한다.

　추석날 밤 몽골 사람들은 문을 잠그고 외출을 하지 않는다고 한다. 이는 중국 사람들이 수박을 먹는 풍습이 있는데 씨를 발라 버리듯 몽골인들의 씨를 말리는 저주 행위로 받아드리기 때문이다. 아폴로 문화권에 사는 유럽 사람들은 달은 이승에서 죄지은 사람들의 유배지이다. 중국에서도 문화의 중심지가 북쪽에 있을 때는 추석은 명절이 아니었다.

　우리 나라 문화가 중국의 영향을 받고 있다는 것은 상식인데 추석만은 우리가 인근 나라의 영향을 받지 않고 주체적인 명절임을 자부하고 있다. 이렇듯 우리 민족의 가장 크고 뜻깊은 명절에 부모님이 계시는 고향에서 차례를 참석하여 우리가 수고하여 거두어들인 곡식을 조상님께 정성껏 차려 놓고 조상에 대한 숭조와 상문의 정신을 되새기며 동시에 부모 형제 친지들도 만나 정을 나누며 즐거운 시간을 갖는데 있다. 그런데 요즈음 민족의 가장 큰 명절인 음력 8월 15일 한가위의 모습이 해마다 달라지고 있는 모습을 확연히 느낄 수 있다.

수년 전부터 전통보다는 실리와 실속을 더 챙기는 신세대적 세태가 확산되면서 추석의 풍속도가 전혀 옛날 같지 않다는 지적이다. 오랜만에 만난 가족들이 모여앉아 송편을 빚으면서 갖가지 음식을 장만하고 추석날 한복을 곱게 차려입고 차례를 지내고, 아이들은 제기차기, 팽이 돌리기 등 민속놀이를 즐기고 성묘를 하며 지난여름에 내린 비바람에 선대조의 안식처인 묘지가 훼손되지나 않았는지 살피고 잡초도 뽑고 잔디를 가지런히 하면서 조상의 음덕에 감사하며 지난 얘기 나누며 지내는 것이 추석의 본래 모습이다.

그러나 그러한 것들이 시대의 변화에 따라 점차 옛것을 찾아보기 힘들고 자칫 형식에 그치기 쉽고 단지 놀고 즐기는 날로 자리 매김 해 가고 있는 것 같다.

무엇보다 크게 달라진 것은 교통난으로 인해 귀향을 포기하는가 하면 황금 연휴를 이용, 국내외 관광을 떠나는 이들이 점차 늘고 있어 심지어는 관광지에서 추석 차례 상까지 마련해 주는 곳이 있어 이러한 현상을 더욱 부추기고 있다.

아무리 세상이 바뀌어 가도 민족의 대명절의 순수한 뜻을 잊지 말고 우리 조상들이 지내온 대로 이어가며 우리의 문화를 세계에 자랑스럽게 알릴 수 있는 전통으로 지켜나갔으면 하는 바람이다.

병자년 중추절 高芳 씀

오늘, 오늘하고도 양력 2월 22일(음 1월 29일) 이 세상에 생을 타고난 처지나 신세가 거의 비슷한 나로서 53년간의 오랜 친구인 진숙현(陳肅鉉) 형의 고희연을 맞이하여 반갑고 뜻 있는 오늘, 마음속에서 울어 나는 내 소양의 일단을 보내지 않고는 견딜 수 없어 감히 내키는 몇 마디를 밝히는 점 많은 이해 있으시기를 바랍니다.

이제, 칠순의 고개를 눈앞에 두고, 점철된 갖가지 과거사가 되돌아 올 수 없는 흘러간 과거사가 되고 보니 표현 그대로 남가일몽(南柯一夢)에 부귀만 뺀 바로 그것이라 아니할 수 없습니다.

유사이래 가장 불행한 생을 살아야만 했던 우리들 세대의 고희연은 어느 누구보다도 감회가 깊지 않을 수 없습니다.

1910년대 말, 나라를 잃고 나라를 되찾겠다는 온 국민들의 의지와 함성이 온 천지에 충천했던 때로부터 1920대에 노골적으로 일제의 침략 야욕과 만행이 온 나라를 휩쓸고 있던 시기에 태어나 제대로 먹지도 입지도 못하고 태어나 의기소침한 상황하에서 제대로 나래를 펴지도 못하고 자랐으며 한창 雄飛를 품을 10대 후반에 이르러서는 태평양 전쟁 때문에 전쟁터에 끌려가서 생명을 잃고 위협을 받는 성장 과정 속에서 내일을 기약할 수 없는 불행했던 청소년기를 보내며 1945년 해방이 되면서 건국의 기쁨은 좌우의 대립으로 엄청난 희생과 혼란을 겪어야 했고, 뜻하지 않은 6·25전쟁으로 생사의 기로에서 어려운 곤경에 처해 지면서도 아슬아슬 하게도 살아 남아 오늘 고희연을 맞이하는 진형과는 나이는 약 2살 차이지만 이 생에서 處해 온 경우가 너무나 비슷한 점이 많아 그냥 지나쳐 버리기엔 아쉬워 축하의 메시지를 보내고자 합니다.

오늘, 감회가 서린 이 고희연을 맞은 진형과 나는 세대를 같이 해온 것 뿐 아니라 부모님의 뼈와 살을 받아 이 세상에 태어난 곳도 군 경계를 같이 한 경상도 한촌(閑村)이란 점이 같고 웅장한 들판은 아니지만 농촌과 바다를 같이 끼고 있어 더할 나위 없는 살기 좋은 고향에서 자치기, 팽이돌리기, 연날리기, 동태굴리기, 얼음타기, 수영 등을 즐기며 자란 것이 같고, 소 먹이기, 퇴비용 풀베기, 땔감 나무하기, 논물보기, 웅덩이 물 퍼 올리기, 모심기할 때 줄잡기 등 농촌의 일손 돕기 등을 해가면서 보통학교에 다닌 것이 같았기에 누구보다도 할말이 많았고 고향을 그리며 함께 할 수 있는 동심의 세계가 있습니다.

1940년 봄 진주 사범학교에 입학함으로써 동기동창이 되었고, 4학년 초, 지나치게 학업에 몰두하여 불면불체의 무리 때문에 진형과 비슷한 병으로 휴학을 했고, 졸업 후 첫 부임지를 거쳐 두 번째 근무지가 고향 학교라는 점 또한 같으며 3남 2녀를 두어 그 중 둘은 같은 대학의 동기생이 되어 진형과는 각별한 친근감을 가지게 되었다.

나는 진형과는 달리 6·25전쟁으로 인하여 학교가 폐허가 되고 군에 입대할 수밖에 없는 상황에 2세 교육의 꿈을 빨리 접어야 했던 것이 다를 뿐이었습니다.

그러나 진형은 12년이란 교직 생활을 통해 오늘날까지 살아오는 동안 그 후에 선택한 직업의 지표 설정에 적잖은 영향을 주었으리라 느껴집니다. 직업이 가지고 있는 지식의 수준뿐 아니라 교양적 자질을 겸비한, 모든 사람으로부터 존경과 추앙을 받는 당시 최고의 직업인으로서 사명감과 함께 자부심을 가지고 있었습니다.

만 70이란 세월을 살면서 그가 받은 전형적인 사범 교육의 틀에서 열심히 살아 왔다는 점은 진형 자신은 물론 이사회의 한 부분에서 밝고 맑은 사회 구현에 모범이 된 민주시민이었음은 분명한 사실일 것입니다.

일몰을 향해 해가 서쪽 하늘로 기울어 가고 있는 길목에 서서 지난 생을 뒤돌아볼 때, 진형은 자신의 계획, 판단, 의지대로 살아 왔기에 결코 후회하지 않는다고 자평하고 있는 점은 나름대로 성공한 삶을 살았다고 봅니다.

부풀은 희망을 안고 고향을 떠나온 지가 엊그제 같은데 우리, 이제 꽃을 뿌리며 금의환향은 못할 망정 남은 여생, 인생 여정을 거울삼아 후손을 위한 삶의 지표를 일깨워 줄 수 있는 만큼은 되지 않았는지 싶습니다. 마음도 몸도 젊은 시절과는 다르고, 지금까지 살아온 날보다는 살아갈 날이 짧을 수밖에 없으니 지금까지와는 달리 이제 삶을 정리하는 날까지 어떤 마음가짐과 어떤 행동 원칙 하에 여생을 살아가야 할 것인가를 생각해야 할 시점이 아닌가 생각되네.

지금까지의 긴 삶의 여정 속에 희로애락과 동병상련의 아픔도 같이 느낄 수 있었던 숱한 사건들을 뒤로한 채 여기까지 굳굳이 지켜온 진형에게 열렬한 축하를 보내면서 오직 남은 여생, 생의 목적과 의미를 새로이 하여 보람된 유종의 미를 거둘 수 있는 생을 살아가기를 바라네.

젊은 시절, 미워하고 아파하고 힘들어했던 것은 다 해보았으니 이제 언제나 즐거운 마음으로 살아도 아까운 시간만이 남았네.

무한한 우주 속에 던져진 하늘이 주신 소중한 목숨, 그 생명의 신비와 존엄을 다시 한 번 마음에 새겨보며 끈끈한 우리의 인연과 함께 열심히 그리고 건강하게 살아가세!

이상으로 고희를 맞이하는 진형에게 보내는 축의(祝意)의 일단으로 삼고자 합니다.

감사합니다.

1993년 2월 20일

高芳 정수조

하마비(下馬碑)와 하마정(下馬停)의 유래

하마비(下馬碑)란, 계급의 상하를 가리지 않고, 그 앞을 지나
갈 때는 누구든지 말에서 내리라는 뜻을 새긴 돌비석을 말하
며, 여기에는 대개 "대소인원개하마(大小人員皆下馬)" 또는
"하마(下馬)"라고 새겼다고 한다.

이 제도는 중국의 명대(1368년, 고려 恭愍王 17년)부터 시작
되었다고 전해져 있으나 우리 나라에서는 조선조 시대인 1413
년(太宗 13년)에 처음으로 종묘(宗廟)와 궐문(闕門) 앞에 일정
한 거리를 두어 표목(標木)을 세워 놓은 것이 후일에 이르러
"대소인원개하마" 또는 "하마"라는 비석을 세우게 된 것이라
한다. 하마비는 왕장(王將)이나 성현(聖賢), 명사고관(名士高官)
의 탄생지나 분묘(墳墓) 앞 또는 궁가(宮家), 종묘, 문묘(文廟)
의 뜰 앞에 세워져 있음을 볼 때 그들에 대한 경의의 뜻으로
하마를 하는 것으로 여겨진다.

이 곳 화지산(華池山) 자락에 동래 정씨 2세 휘 문도(文道)
안일호장공(安逸戶長公)의 묘(廟)가 있음으로, 이 비(碑)는 당

시 그 입구인 지금의 거제초등학교 아래쯤에 세워져 있었으나, 얼마 전에 부산시의 도시계획사업의 시행을 계기로 뜻하지 않게 이 것이 거제 지구의 일우(一隅)에 이전 된 후, 어느 누구 한 사람 돌보는 이 없이 유기(遺棄)됨으로써, 영구히 보존 되어야 할 우리 동래 정문의 고적이며 향토문화유지이기도 한 소중한 이 하마비가 미구(未久)에 마모, 감실(減失) 위기에 처하게 되었다.

하마비의 현황이 이에 이르게 된 광경을 목도(目睹)하고 몹시 안타까이 여긴 몇몇 유의종인(有意宗人)이 서로 의논하고 협심한 결과 영구 보존의 일환으로, 이를 선영국내(先塋局內)에 이설(移設)하는 것이 무엇보다 계긴(礭緊)하다는 데 뜻이 모아져, 오늘 이를 실현하는 바이니, 이후 이곳을 지나는 모든 이는 이를 온고지신(溫故知新)의 고훈(古訓)으로 삼으면 더할 나위 없는 기쁨으로 여기련다.

하마정(下馬停)이란 "하마비"가 서 있던 곳을 지칭하는 것으로서, 지금의 거제초등학교 아래쯤이 하마정이었다. 이 하마정으로 오면 말을 탄 사람은 말에서 내리고, 보행자는 그 자리에 서서, 그 너머 화지산의 정묘를 향해 예를 올렸다고 한다.

새옹지마(塞翁之馬)

이 말은 세상만사가 무상한 것과 같이 길흉화복 역시 예측할 수 없이 항시 수 없이 바뀐다는 것을 의미하는 말이다.

사람의 운은 돌고 도는 것으로서 언제 복이 화근이 되고 화가 복으로 변할지 모른다는 것이다.

옛날 변방에 사는 한 노인이 있었는데 누구도 노인의 이름을 몰라 새옹이라고 높여 불렀다. 세옹의 집은 말〔馬〕을 좋아했다. 더욱이 그의 젊은 아들이 말을 좋아하여 집 앞 넓은 터에 형형색색의 준마를 많이 길렀다. 하루는 그 말들 중에 용맹스러운 적색 말 한 필이 고삐를 끊고 둘레를 친 난간을 뛰어넘어 달아났다. 그 아들은 말을 좇아 인접국과 접한 국경선까지 찾아갔으나 말은 그 국경을 넘어 숲 속으로 사라졌다.

가장 사랑하던 말을 잃은 그의 아들은 괴로운 나날을 보냈고 그 말을 생각할 때마다 안타까워하며 자신의 운수 불길을 한탄했다. 이렇게 실의에 찬 아들에게 그의 아버지 새옹이 찾아와서 아들을 위로했다. "너 또 잃어버린 말을 생각하며 상심에 젖어 있구나. 그럴 필요 없다. 이 세상 모든 화복은 한군데 머물러 있지 않고 빙빙 도는 것이란다. 우리가 어떤 불행을 당했을 때 이로 말미암아 어떤 행운이 생길지 어떻게 아니? 이와 반대로 네가 행운을 맞이했을 때 그것이 오히려 재앙을 안겨 줄 수도 있는 것이니 가장 좋은 처세 방법은 자연의 섭리와 인정에 순응하는 것이란다. 우리가 온 정성을 드려 지배할 수 없는 일은 억지로 구하려 할 필요가 없다. 내 착한 아들아! 기뻐하자! 잃었던 그 말이 돌아올지 어떻게 아니?" 그의 아들은 아버지의 위로의 말을 듣고 난 후 머리를 끄덕이며 "아버지 옳으신 말씀입니다 다만 아버님 말씀대로 스스로 돌아오길 기다리는 마음뿐입니다"라고 했다.

이 일이 뇌리에서 잊혀진 지 몇 달이 지난 어느 날 국경 너머에서 자욱히 먼지를 일으키며 뛰어오는 말이 있었는데 쏜살같이 마을로 들어서더니 새옹이네 집으로 달려왔다. 뜻밖에도 달아났던 그 적색 말이 다른 오랑캐의 말 여러 필과 같이 옛 주인에게 돌아왔던 것이다. 그의 아들은 기뻐서 펄쩍 펄쩍 뛰었다. 잃었던 말을 다시 찾았다는 것도 기뻤지만 이와 함께 훌륭한 여러 필의 말을 함께 얻었으니 이야말로 횡재가 아니고 무엇이냐며 기쁨을 참지 못하고 아들은 사랑하는 말을 와락 껴 않고 말에게 말했다. "내 사랑하는 말아! 내가 얼마나 보고 싶었는지 아니 너야말로 훌륭한 말이다. 너의 친구를 잊지 않고 오랑캐의 말들도 함께 길을 찾아 돌아왔으니 정말 기쁘고 반갑구나" 그 말은 주인을 보자 머리를 끄덕이며 꼬리를 휘저으며 매우 반기며 주인의 사랑을 독차지했다.

이웃 사람들이 이를 알고 모두 찾아와 새옹에게 축하를 했고 "새옹이 당신의 禍가 福을 가져다 줄 지 몰랐소! 혹은 영감님 운수가 참 좋으십니다. 잃었던 말이 되돌아오고 게다가 좋은 말들도 더 얻게 되었으니……." 하면서 입을 다물 줄 몰랐습니다. 이에 새옹이 웃으면서 "저도 미처 생각지 못했습니다. 모두가 하늘의 뜻이지요. 사람들이 어찌 일생의 화복을 예측하겠소. 나는 이 일로 말미암아 무슨 재앙이 생길지 걱정되오" 하고 대답했다.

며칠이 지난 후 북방에서 온 말들을 길들이려다 공교롭게도 말에서 떨어져 그만 한쪽 다리가 부러져 버리고 말았습니다. 이웃 사람들이 분분히 찾아와 위로의 말을 아끼지 않았지만 개의치 않고 오히려 이로 인해 좋은 일이 생길지 모른다고 생각했다.

일 년이 지난 후 변방에 있는 오랑캐들이 쳐들어와 새옹이 살고 있는 지방의 젊은이들을 모두 잡아가 전쟁에 참가토록 하여 대다수의 젊은이들이 전사하였으나 새옹의 아들은 한쪽 다리를 잃은 불구라 잡혀가지 않고 생명을 보전할 수 있었으니 재화로 인한 복을 얻었으니 전화위복(轉禍爲福)인 것이다.

인생의 길흉화복은 변화무쌍하여 복이 화가 될 수도 있고 화가 복이 될 수도 있어서 그 진리의 깊이를 알 수 없다고 하여 새옹득마(塞翁得馬), 언지비복(焉知非福), 혹은 새옹지마(塞翁之馬)라는 말을 널리 쓴다.

제 **6** 장
불교에 심취

1. 부처님께 올리는 불문(佛文)

(1) 발고여락(拔苦與樂)

불법에서 "자비"는 발고여락을 의미한다.

발고(拔苦)라는 것은 인간 생명에 잠재하는 고뇌의 근원을 뿌리뽑는 것이다. 그러나 이 발고는 이웃과 고통을 같이 하는 동고(同苦) 위에서만 성립된다.

다시 말하면 상대방의 고뇌의 아픔을 자기 자신의 아픔으로 느끼는 공감 위에 이루어진다는 것이다. 남의 아픔을 자기 것으로 여기는 동고(同苦) 감정은 다른 생물에게는 없는 인간사의 유일한 소중한 감정이다.

그러나 동고의 아픔을 느끼더라도 어떤 행동으로 느껴지느냐가 문제이다. 가뭄 뒤의 단비처럼 자비의 실천 없이는 진정한 의미의 기쁨을 느낄 수 없다.

"모든 이웃을 섬기고 공양하기를 부모와 같이 하고 스승이나 성자같이 하라, 병든 이에게 의사가 되어주고 길 잃은 이에게 바른길을 가르쳐주고 어두운 밤에는 등불이 되어 재물을 얻게 하라"는 바로 자비의 실천 지침을 스승 삼아 살아야 한다.

산다는 것 그 자체의 기쁨, 생의 환희가 정신적 희열이 따르지 못하면 동고여락의 의미를 헤아릴 수 없다는 말이다.

(2) 발원(發願)

나, 무, 묘, 법, 연, 화, 경(南無妙法蓮華経)
유유(悠悠)한〈아득하고 멀고먼〉
삼계(三界)에 요요한〈요란하고 번거로운〉
四生이 三界에 두려운 바 깊은 오탁(五濁)의 이 중생 원하노니,

十方 三世의 世尊이시여!
대자비(慈悲)로 애민(哀愍)하옵소서!〈애처롭고 불쌍히 여기옵
소서〉
윤회(輪廻)로 돌아 돌아 생사의 깊고 긴 밤 깨칠 줄 없아오
니 六鹿에 묻힌 몸,
참(懺)하고 또다시 죄업 짓지 않도록 청신(清信)의 불자되도
록 가호(加護)하사,

삼세의 여래께서는 증명을 주옵소서!
亡根을 淨히 하고 보살행(菩薩行)을 닦아,
일체 산란(散亂)을 멀리 하여 無上菩堤를 이룩하고 무애(無
碍)의 대 자비심 내 마음에 일으켜 신명을 아끼지 않고 대
정진으로 삼업을 닦아 일체 중생에 바치게 하옵소서!

(3) 반야심경(般若心經)

부처!

진리의 바퀴(法輪)가 구르기 시작한 지 어언 2,500년이 넘어, 이 진리의 回傳音을 통해 수많은 사람들이 영혼의 잠에서 깨어났다. 그러나 이 진리의 회전음이 꺼지려 하고 있다.

죽음보다 더 무서운 칠흑의 시대가 오려 할 때 반야심경은 그 진리의 바퀴를 힘차게 회전시켜 펄펄 살아 굽이치는 인간의 소리, 삶의 소리로, 인간 영혼의 가장 심층부에 닿는 소리로 되살아나게 한다.

반야심경이란 어떤 경전인가?

불교경전 가운데 가장 중요한 심장부에 해당한다.

반야심경의 본문에 들어가기 전에 그 전체적인 구조를 이해할 필요가 있다.

불교의 옛 경전에는 7개의 사원에 대해서 언급하고 있다. 이는 수피 '일곱 개의 골짜기', 그리고 힌두교의 '일곱 차크라'와 같다.

＊첫 번째 사원 : 물질적 사원(physical)

＊두 번째 사원 : 정신 신체 상관적인 사원(psychosomatic)

＊세 번째 사원 : 심리학적인 사원(psychological)

＊다섯 번째 사원 : 영적(靈的)인 사원(spiritual)

＊여섯 번째 사원 : 영적 초월의 사원(spiritual-transcendental)

＊일곱 번째 사원 : 궁극적 사원(ultimate)

　　　　　　　　사원의 사원(the temple of temple)

　　　　　　　　초월, 그 자체(transcendental)

이 가운데 반야심경은 일곱 번째 속한다. 이 일곱 사원을 모두 통과한 다음 초월의 경지에 이른 것을 반야바라밀다(般若波羅蜜多, prajnaparamita)라는 산스크리트어(語)의 의미이다.

*prajna(般若)는 지식(knowledge)도 아니오 지혜(wisdom)도 아니다. 그것은 존재의 심층부에서 솟아나는 그런 것이다. 그것은 결코 경험을 통해서 얻어 지는 것도 아니오 자신의 완전한 침묵 속으로 들어가서 그 속에 감춰져 있는 그것을 꽃 피어 나도록 함으로써 얻어질 수 있는 존재의 심층부에 씨앗의 상태로 있다.

*paramita(바라밀다)는 '저쪽', 또는 '……을 넘어서서'의 뜻이다. 즉 시간과 공간의 저쪽 혹은 '시간과 공간을 넘어서서'의 뜻이다.

반야심경(般若波羅蜜多心經)

"관자제보살(觀自在菩薩)이 〈관자재보살이〉
행심반야바라밀다시(行深般若波羅蜜多時)에 〈깊은 반야바라밀다를 수행할 때〉
조견오온개공(照見五蘊皆空)하시고 〈오온이 모두 비었음을 그윽히 보시고〉
도일체고액(度一切苦厄)하셨느니라. 〈이 모든 고난에서 벗어났느니라〉

사리자(舍利子)여 〈사리자여〉

색불이공(色不異空)이요〈색은 空과 다르지 않고〉
공불이공(空不異色)이니〈空은 色과 다르지 않으니〉
색즉시공(色卽是空)이요〈색은 곧 이 공이오〉
공즉시색(空卽是色)이니라.〈공은 곧 이 색이니라〉

수상행식(受想行識)도〈수상행식도〉
역부여시(亦復如是)니라.〈이와 같느니라〉

사리자(舍利子)여〈사리자여〉
시제법(是諸法)의 공상(公相)은〈이 모든 현상의 본질은〉
불구부정(不垢不淨)이요〈더럽지도 않으며 깨끗하지도 않으며〉
불생불멸(不生不滅)〈나지도 않고 없어지지도 않으며〉
부증불감(不增不減)이니라.〈증가하지도 않으며 감소하지도 않느
니라〉
시고(是古)로〈그러므로〉
공중(空中)에는 무색(無色)이며〈그 본질 속에는 색도 없으며〉
무수상행식(無受想行識)이니라〈수상행식(오온)도 없느니라〉

무안이비설신의(無眼耳鼻舌身意)며〈육근(六根)도 없으며〉
무색성향미촉법(無色聲香味觸法)이며〈육경(六境)도 없으며〉
무안계(無眼界)며〈眼界도 없으며〉
내지무의식계(乃至無意識界)니라.〈내지 의식계도 없느니라〉

무무명(無無明)이며〈無明도 없으며〉
역무무명진(亦無無明盡)이며〈또한 무명이 다함도 없으며〉

내지무노사(乃至無老死)며〈내지 老死도 없으며〉
역무노사진(亦無老死盡)이니라.〈또한 老死의 다함(十二因綠)도
없느니라〉

무고집멸도(無苦集滅道)며〈苦集滅道도 없으며〉
무지역무득(無智亦無得)이니라.〈智(六波羅蜜)도 없느니라〉

이무소득고(以無所得故)로〈깨달음의 성취도 없고 또한 깨달음의
비 성취도 없느니라〉
보리살타(菩提薩埵)는〈그러므로 보살은 오직〉
의반야바라밀다고(依般若波羅蜜多故)로〈반야바라밀다에 의지하면〉
심무가애(心無罣碍)니라.〈괴로움이 없는 마음이 되고〉

무가애고(無罣碍故)로〈괴로움이 없으면 고로〉
무유공포(無有恐怖)며〈두려움이 없어지며〉
원리전도몽상(遠離顚倒夢想)이며〈모든 미몽에서 떠나며〉
구경열반(究竟涅槃)이니라.〈마침내 열반을 구하느니라〉

삼세제불(三世諸佛)도〈과거, 현재, 미래의 모든 부처님들도〉
의반야바라밀다고(依般若波羅蜜多故)로〈반야바라밀다에 의지함
으로써〉
득아뇩다라삼막삼보리(得阿耨多羅三藐三菩提)니라〈완전한 깨
달음을 얻었느니라〉
고지반야바라밀다(故知般若波羅蜜多)는〈그러므로 알아야 하느
니라 반야바라밀다를〉

시대신주(是大神呪)며 〈대신주며〉
시대명주(是大明呪)며 〈대명주며〉
시무상주(是無上呪)며 〈무상주며〉
시무등등주(是無等等呪)니라 〈무등등주라는 이 사실을 알아야 하느니라〉

능제일체고(能除一切苦)며 〈반야바라밀다는 능히 이 모든 고난을 없애주며〉
진실불허(眞實不虛)니 〈거짓이 없는 진실이니〉
고(故)로 〈고로 여기〉
설반야바라밀다주(說般若波羅蜜多呪)를 〈반야바라밀다의 주문을〉
즉설주왈(卽說呪曰) 〈설하노라〉

아제아제 바라아제
바라승아제
모지 사바하

摩訶般若波羅蜜多心經 觀自在菩薩行深般若波羅蜜多時 照見五蘊皆空 度一切苦厄 舍利子 色不異空 空不異色 色即是空 空即是色 受想行識亦復如是 舍利子 是諸法空相 不生不滅 不垢不淨 不增不減 是故空中無色 無受想行識 無眼耳鼻舌身意 無色聲香味觸法 無眼界乃至無意識界 無無明亦無無明盡 乃至無老死亦無老死盡 無苦集滅道 無智亦無得 以無所得故 菩提薩埵 依般若波羅蜜多故 心無罣礙 無罣礙故 無有恐怖 遠離顛倒夢想 究竟涅槃 三世諸佛 依般若波羅蜜多故 得阿耨多羅三藐三菩提 故知般若波羅蜜多 是大神呪 是大明呪 是無上呪 是無等等呪 能除一切苦 真實不虛 故說般若波羅蜜多呪 即說呪曰 揭帝揭帝 波羅揭帝 波羅僧揭帝 菩提娑婆訶

손수 쓰신 반야심경 ▶

(4) 신문기사

생애 중 1만 부의 보시를 목표로 87년 여름부터 부처님의 법을 전하는 반야심경을 써서 5대 보궁에 전달하여 이웃들에게 보시하였으며 주간불교신문(1989년 6월 30일)에 그 내용을 알리는 기사도 실렸다.

현대불교(現代佛敎) 1989. 6.30字. 7面左下

(5) 부처님께 발원

소원합니다! 소원합니다! 소원합니다!

서울특별시 송파구 잠실 본동 307번지 6호에 사는 정수조입니다. 저에 소원을 들어주시옵소서!

첫째는 동래 정씨 교서랑공파의 대동보를 펴내기 위해 대구에 보소(譜所)를 차려 놓고 일을 진행하고 있습니다만 크나큰 난관에 봉착하고 있습니다. 모든 파가 다 참여하여 올바른 족보간행이 되도록 도와 주시옵소서!

둘째는 문중의 위상 정립과 족보 관계에 있어서 경북 군위

군 효령면의 군위파의 고집스러운 주장을 철회하도록 하여 주
시옵고,

  셋째는 서울 중랑구 망우 1동 304번지에 살고 있는 정인섭
(58세)이 우리 문중을 음해하려 하는 마음을 엄히 다스려 주시
옵소서.

  넷째는 우리 진해시 행암파의 문중 일과 관련해서 진해시
여좌동 3가 907번지 4호에 살고 있는 정태교(당 63세)는 군위
파와 결탁하여 선대 조상을 모욕하고 있는 자신을 반성하게
해 주시옵고,

  다섯째는 우리 행암파이며 조카인 진해시 경화동 1127번지
34호에 사는 정봉생(당 62세)은 집안의 이단자로서 조상님들에
게 엄청난 죄를 짖고 있다는 것을 깨우치게 하여 제정신을 찾
게 하여 주시옵기를 소원하옵니다.

2. 작품활동

號는 고방(高芳)

*1984. 10. 30   : 제7회 한국문화 대 예술제 입선(사군자)

*1987. 1. 5   : '87 신춘 초대전 심사위원

*1987. 11. 19   : 한국 문화예술제 장려상(서예부)

*佛紀2532. 10. 7 : 서울 올림픽기념 제12회 불교 미술 전람
                 회 입선(공예부)

(1) 대표작품

■ 반야심경 조각작품(제12회 불교 미술전 입선)

〈앞면〉

• 추사체, 양각(글자높이 7㎜ 이상)

• 순금 금박 두 번 입힘(영구불변)

• 天(상부)부문에는 우주의 진리 표현(옴, 마, 니, 반, 메, 훔)

〈후면〉

• 산스크리스트어(반약심경의 원어)체, 음각

• 은분칠, 불상은 금분(순금)칠

■동양화

▲ 잉어

▲ 대나무

▲ 산수화

▲ 입선상장

(2) 생전에 즐겨 그리시던 그림

▲ 호랑이

3. 생전에 둘러보신 사찰

법주사(法主寺)

소백산맥이 죽령(竹嶺)을 넘어 조령(鳥嶺)일대에 크게 솟구친 후 다시 남서로 달리다가 일대 연봉(連峰)을 이루었으니 이곳이 바로 호서 제일의 명산이자 제2의 금강이라 칭하기도 하는 속리산 에 열두 굽이를 돌아 오르는 말티고개를 넘어 마루턱을 오르면 수 령(樹令) 600년을 자랑하는 정이품송(지금의 장관 벼슬)이 걸음을 멈추게 한다.

수정교에 이르기까지 아름드리 큰 느티나무, 소나무가 울창

한 五里 숲속에 이토록 넓은 평지가 어찌 있을건가. 경승(景勝)의 마당이라 아니할 수 없는 법주사는 法相宗(신라 5교 중의 하나)의 대 사찰로서 이 절의 개조(開祖)로 알려진 의신조사가 불법을 구하기 위해 멀고먼 천축(인도)으로 건너가 그곳에서 경전을 얻어 흰 나귀에 싣고 속리산으로 들어와 신라 진흥왕(540~576년)14년(서기553년)에 이 절을 창건하시고 법주사(법이 머문다, 속세를 떠나 법도에 전념한다)라 이름하였다.

그 후 진표율사(眞表律師)가 삼국 국민의 흩어진 정신을 바로 하고 국가 안녕을 기원코자 7년의 각고 끝에 50척의 청동 미륵대불을 조성해 모심으로써 자비(慈悲), 평화(平和), 화합(化合)의 미륵사상을 면면히 이어왔다.

고려조에서 이조에 이르기까지 8차례의 중수(重修)를 거듭해 오다 임진란 때 불탔으나 이조 16대 인조 2년(1624년)에 복구되어 1,100년을 이어오던 웅장한 미륵 부처님이 조선 말기 대원군에 의해 경복궁 복원비용 발현이라는 어처구니없는 명목에 밀려 강제로 철거되어 당백전(當百錢)으로 사용되고 말았으니 이 어찌 법주사의 한으로만 남으리오.

그리하여 일제 말기(1939년)에 장석상 주지에 의해 시멘트로 100척의 미륵 대불을 조성하기 시작하였으나 이것이 채 완성을 보기 전에 조각가와 시주자의 타계, 8·15해방, 4·19 등의 사회의 변화 속에 미완성의 흉한 모습을 지니고 있다가 박정희 대통령의 시주와 재계, 정계의 불자들이 협조로 1964년에 시멘트 미륵대불이 완성되었다. 그러나 재질의 한계로 비바람에 균열이 심하게 되었고 내부 철근이 부식되어 녹물이 스며나옴으로 신앙의 대상으로서의 존엄성을 상실하고 붕괴 위험

마저 있다는 문화재 관리국의 진단으로 우리 민족 평화통일 염원과 국민화합 국력 융창의 의지를 묶어 자손만대에 전할 수 있는 세계 최대 호국청동미륵대불을 조성하게 되었다.

그 외 일주문, 금강문, 천왕문, 대웅보전, 팔상전, 능인전, 원통보전, 조사각, 사리각, 염화실, 대향각, 응향각, 석연지(보물 64호) 살주와 석조, 쌍사자석등, 사천왕석등, 희견보살상, 철확과 석옹, 암애불(보물 216호) 등이 있다.

🪷청평사(淸平寺)

이 절은 신라 진덕여왕 때 창건되었다고 하는데 고려 광종 24년(973년) 승현탄사(承賢彈師)가 개찰하여 문종 22년(1068년) 이의(李顗)가 중건하여 선현암이라 하였다. 청평사라 불리게 된 것은 조선조 13대 명종 5년(1550년) 보우 대사에 의해 개칭되었다.

💠 직지사(直指寺)

직지사란 寺名은 불경 중 "直指人心, 見性成佛"이라는 글귀에서 딴 것으로 開創 이래 일관하여 내려온 이름이다.

이 절은 신라 제19대 눌지왕 2년(418년) 아도화상에 의해 창건된 것으로 전해지는 1,572년의 역사를 가진 고찰 중의 고찰로서 현재 제 8교구 본사로서 금천시와 금능, 상주, 이능, 풍천, 선산군의 사암을 통활하고 있다. 『사기』에 의하면 이 절은 신라27대 선덕여왕 14년(645년) 자장율사(慈裝律師)가 중창하고 56대 경순왕4년(930년) 천묵대사가 중수한 뒤 고려 태조 19년(936년) 능여조사에 의해 대대적 불사가 이루어져 당시 동방 제일 도장으로 발전해 건물 250여 동, 2,500여 명의 승려들이 들끓었다고 한다.

그 후 임진왜란 때 불에 타 43동의 전각(殿閣) 당사 중 천불전, 천왕문, 자하문만이 남았다.

그러던 중, 선조 35년(1602년)부터 70여 년에 걸쳐 큰 불사가 수행되었으나 당시의 이 절은 8전, 3각, 12당, 4찰, 3장, 4각에 정실만 352간에 주랑이 그 두 배에 달하고, 부속암자도 26개라 하였으니 대단한 암자이었으나 제23대 순조 5년(1805년)부터 기울기 시작하여 망향한 옛절이 된 것을 1966년부터 오록원(吳淥園) 주지의 발원으로 16년간 21억 2,788만 8천 원을 투입하는 대 불사를 이루어 11채의 건물을 신축하고 10동의 건물을 옮겨지었으며 9동을 중수 오늘의 직지사의 모습을 갖추었다.

보 물

    *석조 약사 여래좌상(319호)
    *대웅전 앞 석탑(606호)
    *대웅전 삼존불 탱화(670호)
    *비로전 앞 석탑(607호) 등 기타 많은 문화재를 간직하고 있다.

청도 운문사

영혼의 새벽을 깨우는 종소리

    운문사의 새벽은 만물을 위로하는 비구니들의 불전 사물로 시작
된다. 어스름 달빛 아래 여승들이 풀어내는 북과 범종, 운판과 목
어의 울림은 산사를 찾는 모든 이들을 탈속 세계로 이끈다.

    경북 청도 동쪽 43㎞ 지점에 운문산(雲門山, 1,107㎞) 북록
(北麓)에 있다.
    우리 나라에서 가장 큰 조계종 운문 승가학원이 설치되어
150명이 넘는 소녀 비구니들이 속세의 인연을 떨쳐 버리고 열
심히 수도를 쌓고 있는 곳이다.
    운문사는 신라 진흥왕 21년(560년) 한 신승(神僧)이 득도하
여 지은 고찰이다. 신라 진평왕 13년(591년) 원광법사가 중건
하여 세속 오계를 이곳에서 전수하였다. 고려 태조 20년(937
년) 보양국사가 중창하고 작갑사라 한 것을 26년 왕이 운문탄
사(雲門禪寺)라 하여 그 뒤부터 운문사라 불린다.
    5점의 보물급 문화재와 1점의 천연 기념물을 간직하고 있다.

보 물
　*금당 앞 통일신라시대 석등(193호)
　*圓応국사비(316호)
　*석조 여래 좌상(317호)
　*사천왕 석주(318호)
　*청동호(208호)
천연 기념물
　반송(盤松 ; 일명 처진 소나무)

나무 밑둥치가 두 아름이나 되는 이 소나무는 키가 6m밖에
안 되지만 사방 10여 m나 되어 마치 소반을 엎어놓은 듯, 단
정하게 무릎 꿇고 선을 하는 듯한 기묘한 모습을 하고 있다.
임진왜란 때 운문사가 불타는 와중에도 이 소나무만은 칡넝쿨
이 감싸 살아 남았다고 해 신비감을 더해 주고 있다.

통도사

영취산의 기운이 *西域國* 오인도와 통한다는 뜻에서 *寺名*을 *通
度寺*라 불렀다 한다.

부산에서 경부고속도로를 타고 안산을 지나 17㎞ 지점에 신
평 인터체인지가 있는데 여기서 좌 전반으로 남북으로 길게
뻗은 높고 가파른 수려한 암산이 취서산(鷲栖山)이다.
일명 영취산이라 불리는 이 산은 북으로 신불산(1,208㎞)과
10리 거리로 이어져 양산군과 위주군을 접경하고 서로 배내천

을 건너서 밀양군 천황산과 마주보고 있는데 그 동쪽에 통도사와 13암자를 안고 있다 우리 나라 31본산 가운데 3대 사찰로 꼽는다. 그리고 제 15교구 본사이기도 하지만 三宝 本刹 중의 갑사로 기억되어야 하겠다.

이 절은 자장율사가 입당 求法할 때 청량산에서 문수보살상에 기도하여 해동 땅에 불법을 전하라는 계시를 받고 불타의 사리와 가사를 받들고 귀국하여 신라 선덕여왕 12년(643년) 오대산 비로봉 하에 정골 사리를 묻은 후 선덕여왕 14년 이곳에 진신사리와 가사를 봉안하고 이 절을 이룩함으로써 비롯되었는데 그 후 여러 차례 중건 중수 되었다가 임진왜란 때 회진된 것을 선조 36년(1603년) 松雲대사가 재건하고, 다시 인조 9년(1641년) 友雲대사가 중건하여 오늘에 이르고 있다.

🪷 범어사

범어사는 부산직할시 동래구 청룡동 금정산의 동쪽 기슭에 위치하고 있으며 주위의 山谷이 좋아 예부터 불도들에게 는 선망의 대상으로 양산의 통도사, 합천의 해인사와 함께 남도의 三寺로서 널리 알려진 곳이다.

범어사는 신라 30대 문무왕 때 고승인 의상대사(義湘大師)께서 전교를 위해 세운 화엄십찰(華嚴十刹) 중의 하나라고 한다. 삼국유사 중에서 화엄십찰을 열거하는 곳에 "금정범어", 즉 금정산 범어사라고 기록하고 있는 것을 보면 금정산이란 산명은 이미 신라 때부터 알려진 산인 것 같다.

금정산은 동래 현 북쪽 20리에 있다 산마루 30자 정도 높이
의 돌이 있는데 그 위에 우물이 있다. 그 우물(둘레 10여 자,
깊이 7치 정도)은 가뭄에도 마르지 않고 빛은 황금빛이다.

세상에 전하는 말로는 한 마리의 금빛 나는 물고기가 5색
구름을 타고 하늘에서 내려와 그 속에서 놀았다고 하여 금정
산이라 하였고, 절을 짓고 범쳐(불법을 수호하는 신)의 고기인
金魚가 서식하고 있다는 것으로 범어사라 이름하였다고 전한
다. (세종실록 지리지, 훗날에 이루어진 범어사 창건사적에도
이와 비슷한 기록이 보인다고 함)

🪷 중대사(中臺寺)

상원사를 오른쪽 위에 끼고 중대사를 향한 계곡 길을 밟았

다. 팻말에는 상원사 입구에서 1.5㎞라고 되어 있지만 소요 시간은 예상과 달리 약 1시간이 걸렸다. 중대사에 도착하여 감로수를 한 바가지 마시고 불당을 찾아 예불을 하였다. 적멸보궁(寂滅寶宮)은 중대사에서 약 1㎞ 정도 산꼭대기에 있는데 약 30분 소요 됨 직하다. 안에는 불상은 없고 높은 곳에 앉는 방석만 있다. 마침 요즈음 100일 기도 시작 중이라 앉을 자리가 없어 앞마루에 서서 합장하고 예불을 드리고 다시 중대사에 내려와 반야심경 50장을 내놓고 내가 발원한 취지를 설명하고 "잘 쓰지는 못했지만 그래도 전시회에 출품하여 입선까지 한 것이니 신심이 돈독한 불자에게 나누어주되 그 방법은 스님께 일임하겠다. 단, 집안에 걸어놓고 조석으로 독경하겠다는 다짐을 받고 나누어주시오"라고 하니 스님은 무척 기뻐하셨다. 소중히 간직하여 꼭 필요하다고 여겨지는 불자에게 배포할 것이며 지금 불사가 진행 중이니(적멸보궁의 기와 불사) 적잖은 도움이 되겠다는 말을 하면서 무척 좋아하셨다.

🪷 상원사

　강릉에서 서울행 버스를 타고 진부에서 내려 상원사로 향했다. 재작년에 상원사에 다녀간 일이 있는데 그 때는 백일 기도 중이라 법당에 접근을 막는 것 같기에 예불을 못하고 국보 36호인 상원사 동종만 구경하고 왔는데 이번에 와보니 서편에 새로 건립한 종이 있었는데 현판에는 靑谷 윤길중 씨가 쓴 一源閣이란 현판이 걸려 있고 법당 앞에는 그 절에 보관하고 있는 국보 및 보물을 선명한 돌 팻말이 서 있다.

　보물 36호(상원사 동종), 보물 221호(문수동자 좌상)
　보물 140호(重創勸善文), 보물 793호(世祖大王御衣)

　그 외에도 수많은 절을 다녔고, 특히 지리산 화림사(주지 원효스님)와의 개인적인 친분으로 먼 곳이지만 자주 들르고, 평상시에는 은평구 녹번동에 소재한 심택사(주지 홍파스님)를 일주일에 한두 번은 꼭 찾으며 수행하는 삶을 살려고 노력했다.

▲ 화엄사

▲ 수도암

▲ 경산유사

▲ 대흥사

▲ 낙산사

▲ 쌍계사

제 7 장
미국 여행기

1989년도 이전에는 미국 여행(특히 오대사찰을 비롯 전국에 걸쳐 있는 大小寺刹의 순례를 주로 함)을 즐겼으나 1989년 여름부터, 손을 대지 않으면 안 될 급박한 문중(行岩派)일과 1928년에 간행된 교서랑공파보의 후속편의 발행과 관련하여 사실상의 발기와 조직 임무수행을 주무를 분책(紛責)하지 않으면 안 될 막중한 임무수행을 통해 분골쇄신, 오직 문중의 再정비를 위해 헌신 해왔기에 꿈에도 여행 따위를 생각할 겨를이 없었고 재작년 가을에 그토록 힘을 기울인 파보가 완결(全7着) 되었으나 이어 닥칠 동래 정씨 종중사에 손을 대지 않으면 안될 처지가 되고 보니, 족보사업이 완료되었음에도 불구하고 20 수년간 어지럽게 진행되어 온 동래 정씨 종문을 이대로 방치해서는 결코 안 된다는 의무감에 쫓겨, 못다 한 국내여행을 중단할 수밖에 다른 방도가 없게 되었다.

금년에 나이도 71세가 되고 보니 자녀들이 그렇게도 소망하는 칠순도 작년 3월 이래 뜻밖에 앓고 있는 신병을 핑계로 그것을 차후로 미루었으나 주변 학우들의 예를 목격하고는, 가히 편한 마음은 아니었다. 나이도 이제 年滿한 경지에 이르고 보니 삼종지례(三從之禮)의 하나인 자식들의 바람도 덮어놓고 거절할 수 없고, 앓고 있는 늑간 신경통도 요즘에는 복약으로 극복할 수 있겠기에, 자식들의 청, 즉 해외여행을 수락하게 되었다.

　계절상으로 보아서도 만춘(晩春)인 요즘이 적기라 생각하고 3남1녀가 애써 마련해 주는 미국여행을 떠나게 되었다.

　그저 우리 나라보다 월등히 광대하고 인구도 몇 배인 2억을 훨씬 넘으며 지하자원도 무진장한 역강부국(歷降富國)이라는 정도만을 알고 있는 처지에서, 아이들이 주선해 주는 대로 5월 5일 오후 5시에 출발하는 아시아나 항공기에 올랐다.

　기종(機種)은 모르나 승객만으로도 200여 명이 탑승할 수 있는 꾀나 큰 항공기이다. 이륙에 앞선 활주로까지의 움직임은 정각 5시였으나 이륙은 관제탑으로부터의 지령이 있어야 하는 듯 활주로 접경지역에서 약 20분간 머문 다음 5시 20분 정각, 이륙을 위해 날쌔게 움직이기 시작했다. 고도 1,000, 2,000, 3,000 이렇게 해서 약 7,000m에 시속은 약 800㎞를 유지하면서 동으로 동으로 (일본 동경 상공을 지나) 항공기는 날고 있었다.

　로스앤젤레스(Los Angeles)까지는 11시간이 소요되기에 도착은 그쪽 시간으로 5월 5일(일요일) 12시 30분경이 될 것이라 한다. (TV 화면상의 안내문) 마침 쾌청한 날씨였기에 기류도 순탄한지 조금의 흔들림도 없이 미끄러지는 듯이 날고 있었다.

　별 움직임도 없이 장장 11시간을 한 좌석에 앉아 있으려니 몸부림도 나고 등허리에도 다소 통증이 있으나 많은 국민들도 마음대로 맛보지 못하는 미국땅 관광을, 자식들의 애씀으로 해서 우리 내외가 쉽게 성취하고 있는 고마움을 생각하니 다소의 고통은 문제가 되지 않았다.

　기내에서 서비스라는 두끼의 식사와 주스나 음료수 등을 원대로 취하면서 간간이 엄습해 오는 졸음에 순종하면서 지낸

지 얼마가 되었는지? 기내 방송에서 곧 착륙하겠다는 안내가 있기에 눈을 떠서 창 너머로 바깥을 보니 바로 바다와 이어진 해안 위에 항공기는 위치한 듯, 발 아래 고속도로상에 많은 자동차가 움직이고 있고, 이어 활주로에 비행기 바퀴가 닿는 感이 있더니 얼마 후 항공기는 완전히 정지했다.

　세관원은 "연만(年滿)한 부부가 미국 관광차 왔구나" 싶었는지? 입국 신고서만 받고는 나가라는 신호를 한다. 건물 내에 꾀도 긴 복도를 거쳐 지하 출구에 나오니 외손자 녀석들이 마중 나와 있었고, 몰고 온 차에 올라 이곳 저곳을 두리번거리다 보니 어느덧 약 30분 거리에 있는 승원이 집에 도착했다. 그곳 시간으로 5월 5일 12시 30분이었다 서울과 LA는 16시간 시차가 있다. (서울은 5월 6일 새벽 4시 30분)

　➴5월 6일(월요일)
　승원이 집에서 쉬었고, 간신히 외출하여 LA 시내구경도 했다.

　➴5월 7일(화요일)
　아마도 LA시는 우리 나라의 수도와 수원까지 합친 넓이로 짐작되었으며, 시내에 그 인구의 고속도로가 남북으로 달리고 있기에 자동차가 정체하는 일은 별로 없다고 한다. 그리고 LA시 한복판의 고층건물이고, 주택 안에는 넓은 정원과 많은 나무들이 심어져 있어 공기가 퍽 맑음을 감지할 수 있었다. 땅이

넓으니 각 도로의 폭도 왕복 4차선이고 고속도로는 왕복 8차선 아니면 6차선이다.

시내의 상당한 넓은 지역에 한인타운이 형성되어 있어 흡사 서울에 온 느낌을 주었다. LA 시내에는 한국인이 경영하는 여행사도 많아, 우리는 매일 관광회사에 위탁하여 8시부터 LA의 동부에 있는 국립공원을 관광하는 3 박 4일 간의 계약이 되어 있다고 했다. 그러면 미국을 관광하는 데 지켜야 할 참고사항을 다음에 기술하련다.

*건 강

여행 중에 기후와 음식이 바뀌므로 자기에게 맞는 소화제와 상비약을 준비하시고 옷차림도 스스로의 건강에 유념해 주시기 바랍니다.

*공중도덕

우리는(여러분들은) 자랑스러운 대한민국의 민간 외교관이십니다. 남에게 불쾌한 감을 주지 않도록 서로가 조심하여 주시기 바랍니다.

①차 안에서는 금연, 금주입니다.

②차안의 화장실은 사용하지 않는 것을 원칙으로 합니다.

③차에 오르고 내릴 때 서두르지 마시고 운행 중 자리에서 일어서지 마시기 바랍니다.

④음식물을 드신 후의 뒤처리는 깨끗이 해주시기 바랍니다.

⑤호텔 밖 출입 시에는 꼭 외출복을 착용하여 주십시오.

⑥미국 내의 모든 관광지에서는 경관을 해치는 행위를 해서는 안되며, 이를 이행하지 않을 시는 자연관리법에 저촉되오니 유의하시기 바랍니다.

⑦기타 유의할 위 사항 이외에는 안내원의 지시를 따라 주시기 바랍니다.

*팁(팁은 미국생활 중 하나의 습관입니다.)
①호텔 사용후 : 침대 1개당 $1.00(침대 베개 위나 탁자 위에)
②호텔에서 큰 가방을 포터에 부탁할 때는 가방 1개당 $1.00
③식사 후 : 1인당 50센트(아침ㆍ점심) 1인당 $1.00(저녁)
④택시 : 요금의 10~15%
⑤관광 가이드와 운전기사 : 1일 $1.00(첫날에 모아서 한 번에
   가이드에게 지불)

※개인의 부주의로 인한 부상, 분실, 천재지변 또는 불가항력으로 인한 여행 일정의 변경, 일부 취소 등에 따른 손해에 대하여는 관례에 따라 면책됨을 알려주었고 그 외 준비물과 버스 좌석 배치, 방 배치 등에 대해 알려주었다.

5월 8일(화)

로스앤젤레스를 아침 9시 출발하여 12시경에 바스로유에 도착하여 휴식과 점심을 한 후 끝없이 펼쳐지는 아리조나 사막을 횡단하여, 미국 서부지방의 젖줄인 콜로라도 강변의 수상레저 도시인 라플린(Laughlin)에 도착했으며 여장은 콜로라도벨(Colorado Bell) 호텔에서 풀고 일 박했다.

5월 9일(수)

아침 6시에 기상했으며 그 호텔의 식당에서 아침 식사를 취한 다음 아리조나(Arizona주)에 있는 국립공원인 그랜드캐년(Grand Canyon Nat'l Park)에 도착하여 신이 창조한 가장 위대한 걸작품인 Grand Canyon을 관광하고 12시경에 Imax에

도착하여 영화관람(입장료 7불)과 점심을 마친 후 오후 2시 20분에 출발하여, 그랜드캐년의 워치타워를 관광하였고, 인디안캐년을 통과한 다음 글렌캐년(Glen Canyon) 댐과 파월호와 댐을 구경하고 유타주(Utah주)의 케납에 도착하여 저녁을 한 다음 Mission Inn 호텔에서 일 박했다.

5월 10일(목)

호텔에서 오전 7시 30분경에 출발하여 Brice Canyon의 극치적인 조화미를 구경한 다음 ZIion 국립공원을 높은 곳에서 아래로 내려오면서 구경했는데, 어느 지점에서는 동굴을 차로 지나도록 도로가 나 있었으며, 상당한 거리에 펼쳐진 공원이었으며, 중간에서 중식을 한 다음, 세계 최대의 환락의 도시(도박의 도시) 라스베가스(Las Begas)에 도착하여 San Remo 호텔에서 여장을 풀었다.

석식 후 쇼 관람과 시내(번화가) 구경, 특히 기억에 남은 것은 거리를 온통 유리로(천 정도) 장식된 거리를 구경하고는 늦게 호텔에 돌아와서 약 2시 간 가량의 자유 시간을 가졌다.

우리는 배당된 방에 들어가면서 가방을 출입문 밖에 놓고 들어왔다가 약 5분 후에 문 밖에 나와보니, 틀림없이

놔둔 가방이 온대 간대가 없다. 카운터에 가서 가이드에게 연락해 놓고 시내관광 후 호텔로 돌아와서, 카운터에 가서 그 동안 찾아보았느냐? 문의한 바, 순찰대에 가서 알아보라고 한다.

호텔 내를 수시로 순찰하는 부서(순찰대)가 있었는데, 잃은 가방을 그 곳에서 보관하고 있었다. 고마운 일이었다. 밤 12시경에 귀 숙소 했는데, 그날 따라 새벽 2시 30분까지 가슴의 통증으로 심히 신음하다가 겨우 잠이 들었는데, 6시 50분에 기침을 하다보니, 잠을 충분히 취하지 못한 탓인지, 정신을 차릴 수가 없었다.

➤5월 11일(금)

아침 6시 50분에 기침하고 집합 시간에 늦었는가 싶어 부랴부랴 짐을 챙겨 나가보니 집합 시간은 7시가 아니라 8시란다 (3인만 모여 있었다). "라스베가스"를 8시에 출발하였고 12시 30분경에 미국 서부 옛 개척자들의 생활을 알아볼 수 있는 서부 민속마을 은광촌을 관광 후 일로 LA를 향해 버스는 달린다.

차안에서 모두 유쾌하게 자기 소개와 노래를 부르면서 어느새 "로스앤젤레스"에 도착했는지 오후 5시경에는 "매일관광회사" 앞뜰에 도착, 우리가 올 때까지 기다리고 있던 승원이와 종원이, 종환이와 함께 LA에서 약 25㎞ 북부에 위치한 온천마을(한인이 경영하는)로 가서 일박하면서 온천에서 목욕도 하고 쉰 다음 다음날(5월 11일) 12시에 출발, 귀가했다.

〜5월 12일(토)

종원이는 아르바이트에 나갔고, 우리 모두는 이서방이 경영 중인 약방으로 가서 좀 쉬었고, 시내구경과 쇼핑으로 하루를 소일했다.

〜5월 13일(일)

시내관광과 쇼핑으로 하루를 보냈다.

〜5월 14일(월)

헐리우드(Hollywood) 지역에 소재하는 유니버샬 스튜디오 (Universal Studio)를 관광했다.

영화를 제작하기 위한 온갖 세트가 즐비해 있는데, 조그마한 동산을 완전히 점하고 있었으며, 산 위에 세트를 갖추고 있어, 산 위까지 올라오고 내려가는 에스컬레이터가 4단으로 꾸며져 있어 구경하기에 퍽 편리했다.

▲ 유니버샬 스튜디오

버스를 타고 세트를 구경했는데, 어느 곳은 굴 안으로 차를 몰았는데, 기차 정류소가 꾸며져 있었고, 공룡이 우리가 탄 버스를 삼킬 듯이 앞으로 다가온다. 아찔 아찔한 스릴을 맛볼 수 있었으며 어느 건물에는 역대 유명한 배우들의 이력과 사진을 게시해 놓기도 했다. 시간을 두고 여유 있게 구경을 하면 종일도 부족 되는 형편임으로 대강대강 거치고, 둘러보고 지나쳤는데도, 오후 5시경이 되어 유니버샬 스튜디오를 떠나 귀가했다.

5월 15일(수)

오전 중에는 집에서 쉬었으며, 오후 2시경에 시내에 나가서 이서방 가게에서 머물다가 5시 반경에 한의과 대학을 향해, 가는 차안에서 중국 한의사(연변에서 왔다는 한의학 박사 강홍수 씨)의 검진을 받았다. 병명은 늑간 신경통이란다. 지난날 자주 앓았던 병이, 이번에는 가슴으로 올라와서 척추에서 나오는 신경을 압박함으로써 생긴 병이란다.

5월 16일(목)

미국 동부 지방을 관광코자, 12시에 LA를 출발하는 USA 항공기를 탔다. 오후 5시경에 볼티모어(Baltimore) 공항에 도착했는데, 기다리고 있는 안내원의 안내로, 버스를 타고 볼티모어의 항구에 도착하여 야경을 구경했다. (도착은 이곳 시간으로 일몰 후인 저녁 8시에 도착한 셈이다. (LA와는 3시간의 차가 있다고 함) 저녁은 그곳에서 만든 "도시락"으로 차안에서 먹었다. 항구변에 30층의 빌딩이 우뚝 서 있는 것이 매우 이채롭고, 핵잠수함 1척이 정박해 있었는데, 그 옆에서 사진을 찍었지만, 카메라 플래시 조작을 잘못했는지? 야경이 뚜렷하지 않게 찍혔다. 버스 안에서 도시락으로 저녁식사를 한 다음, 공항까지 다시 가서 LA에서 뒤쳐진(좌석이 없어서 다음 편으로 온) 일행 3명과 이곳 시간으로 11시경에 만나서 그 길로 숙박지 Warrenton으로 가서(볼티모어에서 약 1시간 반 소요) 그곳 호텔 Comfort Inn에서 여장을 풀었다.

5월 17일(금)

  LA와는 3시간의 시차가 있었다. 아침 5시 30분경에 울리는 전화 벨소리에 놀라 집합한 다음 우유와 빵 등으로 조식에 가름한 다음, 그곳을 7시 30분에 출발하여 룰레이동굴(Luray Cavern's) 앞에서 내려 지하동굴을 구경했다.

▲ 룰레이 동굴 입구

　지하 30여 m에 펼쳐져 있는 종유 동굴로서, 특히 관광객의 안전과 보행바닥에 투자가 많이 소요된 것으로 보였으며, 안내원의 설명에 의하면, 처음의 동굴을 발견한 자의 매각 요청을 토지 소유자가 강력히 매각을 거절함으로써 주차장 확보가 일대 난관에 봉착했다고 한다.

　그리하여 주민들도 이에 가세한 끈질긴 설득 끝에 주식회사의 한 주주로서 이에 참여시키겠다는, 타협 조치에 동의함으로써 주차장 확보 난은 해소되었다고 했다.

　동굴 안은 상당히 넓었으며, 펼쳐진 종유(석주)가 경이적인 모양을 형성하고 있었는데, 우리 나라 단양에 있는 동굴보다 훨씬 크고, 많은 종류가 달려 있었다. 사람의 손이 닿는 곳에 나있는 종유를 절단해 간 형적이 도처에 보였는데(일본인의 소행이 대부분이라고 한다), 또한 이들 종류는 1년에 3㎜씩 커가고 있다고 했다.

▲ 케네디 묘 사진

　　10시 30분에 룰레이동굴을 출발, 일로 Washington DC에 있는 국립묘지로 향했다. 안내인의 설명에 의하면 이곳의 땅값은 1평에 1,000원 정도라 한다. 오후 1시경에 버지니아 타운에 도착하여 그곳에서 한 식당을 경영하는 우리 교포의 식당에서 한식으로 점심을 먹은 후 "알링턴 국립묘지"를 참배했다. (영원불멸의 불)

▲ 알링턴 국립묘지 앞에서

　　먼저 1925년 출생, 1968년 사망한 전 미대통령 존 F. 케네디 묘와 재클린 여사 묘, 아들 묘를 참배한 후 그 동생인 로버트 케네디(미 대통령의 선거에 미 민주당 후보로 출마했다가 유세 도중, 괴한의 총탄에 맞아 사망했다)의 묘도 참배했다. 그곳을 오후 2시 50분경에 출발하여 미국회의사당(상원 100명, 하원 435명)을 관광했으며, 워싱톤 기념탑(169m이며 상, 중, 하의 색깔이 다르다)을 구경했다. 워싱톤 DC 지역에서는 국회의사당보다 높은 건물은 없었다. (그 이유인즉 정부에서 법적으로

규제하기 때문)

　※워싱턴 DC의 인구 중 약 80%는 흑인이며, 지금의 시장도 흑인 출신이라고 한다.

　※백악관(미국 대통령이 사는 집)을 구경하였는데, 앞길은 차량통행을 통제하고 있었다.

　※박물관을 관광했으며, 세계에서 제일 큰 국회도서관도 구경했으며, 특히 박물관에는 아이들에게 흥미가 있는 자연현상이 많이 전시되어 있었고, 미 제16대 대통령 링컨 기념관과 6·25전쟁 참전기념물 전시장을 관광한 다음 중식을 먹은 한인 경영식당으로 다시 가서 석식까지 한 다음, 힐튼(Hilton) 호텔에서 일박했다.

　거의 모든 나라에서 국회의사당은 위용을 자랑하는 그 나라의 명물이다. 수도의 한복판에 서 있으면서 주변의 다른 건물들을 압도하고 있다. 미국 워싱턴 DC에서는 국회의사당보다 더 높게 다른 건축물을 올릴 수 없다. 영국, 프랑스, 일본의 국회의사당도 그 나라의 상징 노릇을 하고 있고, 헝가리

국회의사당의 우아함은 인도의 "타지마할궁"에 버금갈 만큼 환상적이다. 그리고 의원들의 국사를 토론하는 회의장은 이야기를 나누기에 좋도록 설계되어 있다. 미국의 국회의사당 본회의장에는 의원들의 좌석이 지정되어 있지 않다고 한다. 상하 양원 합동회의가 열릴 때면, 소장의원들은 통로에 보조의자를 갖다놓고 앉기도 한단다.

∿5월 18일(토)

아침 6시에 기침하고 7시에 집합한 다음 아침식사를 밀크와 주스로 때우고 8시에 출발 뉴욕으로 향했는데 소요시간은 5시간 정도였다. (아침 식사는 맥도날드에서)

12시 20분경에 하저 터널을 경유하여, 306-5th 뉴욕 맨하탄의 두리 뷔페(한인 경영)에서 점심을 먹은 다음, 뉴욕 관광길에 올랐다. 첫 번째가 세계에서 세 번째로 크고 높은 엠파이어 스테이트 빌딩(Empire States Building)을 구경했다. 실제로 건물은 86층이고 여기에 TV 안테나 높이 16층 합해서 102층이라고 한다. 건물의 밑 부분은 시가지의 한 개 블록을 점하고 있었으며, 80층까지 엘리베이터를 타고 올라간 다음, 엘리베이터를 바꿔 타고 86층까지 올라갔다. 구름 속에서 보이는 시가지 구경했는데, 마침 날씨가 구름이 덮여 시가지는 겨우 건물 등이 아득히 구별될 정도였다. 이 건물은 1929년에 착공해서 1932년에 준공했다고 한다. (세계에서 제일 큰 도서관은 워싱턴에 있는 국회도서관이고, 두 번째는 뉴욕 시립도서관 ; 도서는 4,300만 권, 세 번째는 하버드 대학의 도서관)

※그 다음에는 유엔 본부를 구경하고 록펠러 재단이 소유하
  고 있는 건물이 집합되어 있는 지역을 둘러보기도 했다.
※그 다음에는 센트럴 파크(Central Park) 안에 들어가서 구
  경하고,
※유엔 본부도 구경했는데 그 창설은 1945년이며 185개국이
  가입되어 있다.
  숙소는 뉴욕시와 좀 거리가 떨어진 힐튼호텔에서 일 박했다.
건물은 4층 규모이자만, 밑바닥의 면적으로 보아 상당히 큰 호
텔이다.

⟋5월 19(일)
  아침 7시에 집합한 다음 뉴욕을 향해 가는 중간지 맥도날드
에서 우유와 빵으로 조식을 마친 다음, 맨하탄으로 되돌아와서
Miss Leverty란 대형의 관광선을 타고 자유의 여신상(섬 안에
서있음)을 구경한 다음, 어제 먹은 바 있는 듀리 뷔페(Dury
Pupe)에서 점심을 먹고 난 다음, 1시에 그곳을 떠나, 필라델피
아 공항으로 향했다.

※이곳에서 오후 3시 40분에 출발, 약 1시간 후인 4시 40분경
  에 보플러 공항에 도착했다. 아마도 이곳에서 안내원의 교대
  가 있는 것 같다 전 전날 볼티모어로부터 이곳까지 안내를
  맡은 이 군은 물러가고, 새로운 박 군이 우리의 안내를 맡았
  다. 이 도시는 미국의 21개 도시 중의 하나로서 120만 인구
  중에 우리 교포는 약 4,000명 정도이며 교육도시라 한다.

　　나이아가라 폭포 마을의 Days Inn 호텔에서 여장을 푼 다음 나이아가라 폭포(미국측)에 있는 관망대를 오르내리면서, 특히 밤 9시에 캐나다쪽에서 조명하는 색색의 조명등에 비추어진 나이아가라 미국측 폭포의 장관을 관광하고 귀로(호텔)에 맥주 한 잔씩을 나누면서 휴식을 취한 후, 11시가 지나서 취침했다.

　　저 멀리 운무가 가득한 곳은 캐나다측 폭포이다.

　　＊캐나다 호수의 크기(폭 300m×200km, 수심 70m)

5월 20일(월)

　　아침 6시에 기침 7시 30분에 간단한 식사를 한 다음 도보로, 나이아가라(미국측) 다리와 캐나다측 다리를 건너 관광을 했으며, (Niagara Falls) 1984년 미국이 다이너마이트 10만 톤을 터뜨려 캐나다측의 폭포와 비슷한 폭포를 만들었다고 한다.

캐나다

※867년 캐나다 연방구성, 10개 州와 2개의 준 州(섬은 1,000개)
  *캐나다의 국기는 단풍
  *수도는 옷다와(처음 수도 킹스톤), 인구는 2,800만
  *295명의 상원위원(의장이 국가 수반), 군인 6만 명
  *110개 주 중 케백주만이 불어를 쓰며 그 외 주는 모두 영어
   를 사용한다고 한다.
  *1608년에 퀴백시 구성(성으로 짜여짐)
  *1628년에 나이아가라 발견
  *1713년 영국군 지배
  *1867년 캐나다 연방 탄생
※캐나다는 사회보장제도가 훌륭하다(치과, 안과는 제외, 의사
  수는 400명 당 1인)
※내수산업이 발달
  *우주, 하이테크 산업이 발달, 와인단자(아디스 와인 최고), 꽃
   재배업이 발달
  *해밀톤 지역＝최고, 최대 제철소
※토론토 시는 호숫가에 세워진 도시로서 시내에 이름난 건물이
  하나 있었는데, 건물명은 "로얄뱅크"로서 600만 $을 들여 유
  리창 전부를 금으로 도금을 했다고 한다. (은행, 보험회사 등)
  또한 세계에서 제일 아름다운 건물로서 토론토 시청사를 손꼽
  고 있다고 한다. 시청 광장에는 맥도날드(1대 총리) 동상이
  있어 이를 구경했으며, 또 이름난 "차이나타운"은 차안에서
  구경을 했고, 마침 이날 12시부터 시가행진이 있어 재미있게
  구경했다.
※교포 수는 75,000명이며 국산자동차는 한 대도 없다고 한다.
  토론토 시에는 6만 명을 수용할 수 있는 "스카이 돔"이 있고,
  나이아가라폭포의 반은 미국측이며, 반은 캐나다측 영토
  (150m)이다.

※미국에서의 우선 순위
1순위 : 어린이(12세 미만은 부모의 의무)
2순위 : 노인
3순위 : 신체 장애자
4순위 : 여자
5순위 : 개, 고양이(동물)
6순위 : 미국 남자 한국 남자

귀로(LA를 향하며)에는 관광버스로 미국측과 캐나다측에서 세운 다리를 건너 버펠로(Buffalo)에서 피츠버그(Pitts Burg)행 항공기를 5시 40분경에 타고 피츠버그에서 내려 LA행 항공기를 갈아탔다. 로스앤젤레스에는 밤 10시 50분경에 당도하여, 공항에서 기다리고 있는 종원·종환이와 동행 귀가했다. (미국 동부관광은 4박 5일 간)

◟5월 21일(화)

한국 시간으로 5월 22일(수)이며 4박 5일간의 동부지방 관광에서 어제저녁 이곳은 밤 11시에 도착하고 보니, 오랜 시간 고정 좌석에서 꼼짝 못하고 무려 7시간을 앉아만 있고 보니, 가슴 통증도 재발해 귀가 후 밤 12시가 넘어서도 좀체 잠이 들지 않고, 가슴 통증에 많은 고통을 겪다가 어떻게 해서 잠이 들었는지 모른다. 애써 아이들이 마련해 주는 이곳 한약으로 쾌차가 있었으면 한다. 그래야만 아이들의 정성에 보람이 될 것으로 본다.

이곳 한방계통의 중국 倫服 교수의 진단 결과는 앓았던 병

증세가 머리를 옮겨가지 않고, 가슴에 붙은 것이 불행중 다행으로 여겨야 한다는 전갈에 가슴이 썰렁했다. 오늘은 왼편 가슴에 甚한 통증이 있었다.

⌇5월 22일(수)

멕시코 관광차 아침 8시 30분에 매일 관광으로 나섰다. 여러 관광회사에서 모집한 관광객 30여 명을 태운 버스가 출발한 것은 9시 30분경이다.

여정은 멕시코 지방의 관광인데, 중간에서 잠깐 쉰 곳은 미국령인 "꼴태부"였고, 저녁은 한국의 집(Korean House)에서 한식으로 맛있게 먹었는데, 1인당 구은 꽁치(우리 나라의 것보다 훨씬 크다)가 1마리씩 배당이 되었으나 맛이 없어 나는 먹다가 놔두었다. 점심을 먹은 다음 멕시코령 가까이 있는 항구 도시 "샌디에고"의 앞에 펼쳐있는 섬 도시(Kolonada)에 내렸는데 약 1㎞가 넘는 4차선의 높은 다리(높이가 약 50m는 됨직함)를 통과했는데 이는 군함, 항공모함 등의 통과를 위해 중간을 높게 만든 볼록 다리였다. 상당히 깨끗한 도시로서 도처에 꽃과 푸른 잔디에 꽉 찬 시가지를 해변까지 걸으면서 돌아보았다.

그 길로 멕시코와의 국경을 넘었는데 차량이 많이 정체된 것 外에는 별 다른 검문이나 통제하는 것은 없었으며 해안 길을 따라 내려 가다가 바다와의 높이가 100여 m나 됨직한 절벽이 있는 곳을 구경하고, 망망한 태평양을 바라보면서 남으로 남으로 관광차를 달렸는데, 멀리 바다 위에 있는 LA에서 출발하여 멕시코 "엔시나다(Ensenada)"까지 왕래하는 호화여객선을 멀리서 바라보면서, 멕시코의 엔시나다 시가를 통과한 다음, 바닷물이 육지에서 흘러내리는 물과의 조화로 바다 물보라가 50여 m 이상 치솟는 곳을 찾아 관광을 하고 다시 일몰경 엔시나다시로 되돌아 와서 Baja Inn호텔에서 여장을 풀었다.

저녁은 멕시코 식단으로 한 다음 이곳에서 1 박 했다.

물보라 치는 곳에서 약 1㎞ 되는 해안가에는 항시 돌고래와 큰 바다고기가 출몰한다고 하는데 실제로 구경을 했다.

멕시코인들은 콩이 주식이라 한다. 우리가 묵은 호텔 식당서도 콩으로 만든 밥 같은 것이 나왔는데 도저히 먹을 수가 없어서 먹는 둥 마는 둥했다.

5월 23일(목)

아침 7시, 전화 벨소리에 놀라 기상을 하고 세면과 짐을 챙긴 다음 8시에 "계란 프라이"와 "커피" 그리고 빵으로 아침 식사를 마친 다음(그 호텔에서), 그 곳을 9시가 조금 지나서 출발하여 "바다루빼"의 성당을 구경했다. 특히 성당 벽에 걸어놓은 "마리아"의 초상화는 600여 년이 지났지만 조금도 변색되지 않고 당시의 색깔 그대로라 한다.

그 다음에는 엔시나다 시립문화원을 관광했는데 넓은 뒤뜰에 각종 꽃과 분수대가 조화를 이루어 가꾸어져 있었고 그 정원의 넓이도 대단했다. 그리고 멕시코의 산에는 나무는 거의 없고, 선인장만이 자라고 있었는데, "데킬라"라는 술이 유명하다는데 이 술은 선인장의 꽃 밑에 있는 열매를 따서 담근 술

이라 한다. (넓은 주차장에 꽃과 분수대로 장식된 문화원 뒤뜰
이 정말 볼 만하다.)

  그리고 멕시코의 독립을 위해 평생 투쟁을 하신 애국지사의
동상(얼굴만 나타냄)이 세워진 곳을 지나서 망망대해인 태평양
을 좌측으로 하면서, 50분 정도의 거리에 있는 "까사피아
(Casafia)"에 당도했다.

  이곳에는 1773년에 세운 교회(聖堂)가 남아 있었는데 그 옆
에는 각종 관광품을 파는 상점도 있었다. 1773년 경 선교를 위
해 멕시코 서해안을 따라 내려가면서 많은 성당을 지은 신부
는 Fronter a Depalou라 하며, 그 당시 타고 다닌 배(이름,
Corona Aurea)가 까사피아 해변가에 전시되어 있었다.

  멕시코의 길을 2일 간 다녀보았지만 특기할 것은 주행 방향
의 길이 각각 다르며 그 사이에는 분리대가 있었고, U턴하는
데는 상당한 거리 나가야만 하고, 교통표시 역시 우리 나라 등
선진국의 예와는 전혀 다르다.

▲Corona Aurea 선상에서

우리 나라는 2㎞ 앞에 또한 1㎞, 500m 등 좌우側으로 교통
표시가 서 있는데, 선진국과는 달리 바로 해당지점에 교통표시
가 서 있기에, 착각해서 지나쳐 버리면, 계속 상당한 거리를
달린 지점에서 U턴하는 수밖에 다른 도리가 없다.

※귀로에는 "티후이나"에서 멕시칸이 경영하는 식당에서 떡
국과 밥으로 점심을 먹은 다음 국경 가까운 지점인 곳에
서 쇼핑도 했는데, 멕시코에 들어갈 때는 무사통과 했는
데, 멕시코에서 미국 땅으로 넘어올 때에는 여권과 비자
(영주권 소유증서)를 일일이, 그리고 모든 휴대품은 엄격한
검색이 있었다. 〔우리 일행 중 비자 없는 자는 6$, 영주권
없는 자는 95$을 치르고(벌금) 풀려 나온 사람도 있다.〕

〜5월 24일(금)
오늘은 쉬었다. 매주 금요일에는 국제전화가 무료라고 해서,

이서방 한방병원에 나가서 오후 2시 반경에는 봉석에게 6시경에는 조형환 씨에게 전화를 걸었다.

봉석에게는 29日에 귀국할 수 있는 항공기 좌석권을 아시아나 항공에 예약해서 LA지사에 통보토록 교섭해달라고 했고, 조형에게는 일전 내 소개장을 가지고 간 진세란 사람과의 가처분 문제가 어떻게 진행되고 있는가를 문의한 것이다.

진세 그 者는 찾아오지 아니했다 하며 기타 문의는 귀국 후 만나서 토론하자고 한다. 相元이는 20일까지 돈을 마련해준다고 해놓고, 그 후에는 일체 소식이 없다고 한다.

5월 25일(토)

아침 8시 10시까지 매일관광사에 집합하라는 전갈이 있었기에 6시경에 기상했다. 여러 여행사에서 각기 모집을 하고 버스 한 대 분의 인원이 되면 출발하는 식으로 되어 있는 것 같은데 인원이 초과하여 다소의 실랑이가 있은 후, LA를 출발한 것이 10시가 훨씬 넘었다.

해안을 따라서 "요새미티(Yosemite) 국립공원 쪽으로 가는 길이 있지만, 오늘은 미국내의 3대 산맥의 하나인 "씨에라 네바다 산맥"의 높은 지대를 뚫어서 만든 길을 택했다 한다.

중간에 "건포도"로 유명한 "베이커스 필드"(세계에서 가장 넓고, 아름다운 농장지대)를 지났는데, 길 중간에는 분리대를 만들어, 이곳에 유두화 나무를 심은 후에는 병충해가 일체 없어졌다 한다. 아름답고 조그만 마을의 공원에 들어가서 미리 LA에서 준비한 도시락으로 중식을 취한 다음(세계적으로 유

명한 건포도 생산지 베이커스 필드에서 휴식과 중식) 그 곳을
1시 10분경에 출발하여 一路 요새미티 공원을 향해 달렸다.

 *캘리포니아주의 5대 농산물(오렌지, 쌀, 건포도, 아몬드, 易草)
 *요새미티란 말은 바로 곰이 있다, 저기에 곰이 있다라는 뜻이
  며, 인디안 人은 몽고에서 배를 타고 건너와서, 이곳에 정착했
  는데 시아럼에 가면 지금도 역에 한글이 보인다고 한다 앞으
  로 이 곳이 바로 우리 나라다 라는 생각으로 관광을 하자고
  한다.

▲요새미티 국립공원에 자라고 있는 세쿼이아 앞에서

    요새미티 국립공원 内에는 1,000여 종의 동식물이 자라고 있
고 "세쿼이아"가 이 공원 안에 군락을 지어 자라고 있는데, 아
마도 200그루가 서식하고 있다고 한다(학명은 *Mariposa*). 원
시임 "세쿼이아" 중 큰 나무 하나를 잘라도 보통 집 70채를
지을 수 있다고 한다.

보통 크기의 세쿼이아(직경 8m, 높이 69m, 수명 2,700년)

요새미(Yosemi)라는 강이 있는데 U字 형의 계곡이 있으며 빙하기를 거치면서 만년설이 녹아서 생성된 것이라 한다.

그리고 세 개의 바위(형제 바위)가 있고 장군 바위(높이가 1 ㎞에 이르며 특이한 것은 바위덩어리가 1개라는 점), 몰쎄드 강, 요새미티 폭포(855m, 3단으로 이루어져 있다)를 구경했다.

日沒이 가까운 시간에 요새미티 폭포에 당도했는데 이 폭포는 3段으로 이루어진 폭포이다. 그 폭포 밑에 다리(橋)가 있는데, 이 다리를 세 번 왕복하면 장수한다는 전설이 있기도 하다는 것이다.

밖에서는 전혀 바람이 불지 않는 날씨에도 불구하고, 그 폭포 근처에는 바람이 부는 것을 느낄 수 있는데 이는 폭포 때문이라고 한다.

마지막으로 요세미티 폭포를 관광하고는 숙박소를 향해 차가 달렸는데, 산록 부락까지는 물경 40여 킬로미터는 됨 직했다.

밤 10시 가까워서 Turlock 시에 있는 우리들이 묵을 호텔 Comfort Inn에 도착, 방을 배정 받은 다음 (소지

품은 각자의 방에 두고), 그 호텔 內에 있는 식당에서 한식 뷔페로 저녁식사를 했다. 잠자리에는 12시가 조금 지나서 드러누웠으나 가슴에 통증이 오기 시작하더니, 점점 고통이 심해 보훈병원 약을 2봉지를 먹었으나 앉아서 왼손으로 가슴 부위를 누르고 있으면 통증이 가시나 드러누우면 아픔이 온다.

5월 26일(일)

어젯밤 안내원의 통보대로 AM 5시 30분에 기상, 세면과 단장을 마친 다음 식당으로 갔으나, 우리보다 먼저 와서 아침을 하고 있는 자들이 있었는데 뒤에 확인한 바로는 식사하고 있는 팀은 우리 팀이 아님을 알았으며 우리 팀은 7시 30분에 집합하여 아침 식사를 마치고 이곳 출발하게 돼 있다.

나는 어젯밤의 가슴 통증 때문에 아마 새벽 3시경에 겨우 잠자리에 든 것 같은데 잠은 겨우 2시간 반 정도에 불과한 셈이다.

이곳 Tourlock을 AM 8시 28분에 출발하여 一路 샌프란시스코를 향해 서쪽으로 달리는데 중간에 이르러 언덕 위에 풍차가 많이 설치되어 있는 곳을 지났다. 이 풍차는 발전용으로 가설 된 것이라 하며 1대 당 약 3억 원을 투자하여 한 풍차가 약 1,200kW의 전력을 생산하며 년간 약 7,000만 원의 수익이 있다고 한다(농업용수로 쓰임).

샌프란시스코는 '안개의 도시, 동성연애의 도시'로 유명하며 유럽인이 인디안인을 축출하기 위해 처음으로 상륙한 곳이기도 하다. 샌프란시스코는 지진대 위에 세워진 도시이기에 지진의 위험은 언제나 잔존하고 있다고 보겠으며 서기 1906년에 대 지진이 있었다. "샌프란시스코" 전체를 조망하기 위해서는 해안가를 따라 일주함으로써 가능하다.

제일 먼저 유람선을 타기 위해 훼리 부두에 당도했다. 매표소(出入門) 외벽에는 VISIT HISTORIC ANGEL ISLAND라 씌여 있으며,

　*승선요금 : 16$
　*훼리名 : BLUE & GOLD FLEET
　*소요시간 : 1시간 15분(오전 11 : 00~오후 12 : 15)

먼저 금문교 밑에까지 가서 회선했으며 船首를 돌려 전에 형무소로 사용했다는 섬(아애파트라스 島)을 오른쪽으로 접근하면서 지나서 베이 브리지(Bay Bridge) 가까이까지 다가간 다음 귀선했다.

베이 브리지는 금문교 보다 훨씬 긴 다리이나 유명하지 못한 것은 교각과 교각 사이가 금문교 보다 짧기 때문이다.

금문교는 중국 사람에 의해 건설되었으며 직경 9㎜ 되는 27,572개의 철사가 들어 있는 철봉이 양측으로 뻗어 있고 다리 길이는 2,737m라 한다.

다음은 중국 타운을 구경한 후 점심도 중국 음식으로 하였다. 시내에는 마차와 버젓한 선술집도 있었으며, 유명한 배우의 두상을 만들어 진열한 곳도 있어 퍽 인상적이었다.

죠셒 빅 하우스란 사람이 1933년 1월에 이곳 저곳을 찾다가 Bank of America에 찾아가서 금문교의 설계도를 제시하면서, 당시 건설에 필요한 돈을 빌려달라고 해서 시작되었다고 한다 (1937년에 완성).

철사의 무게는 24,800톤, 主 철봉은 직경 200피트, 금문교에서 자살한 자는 972명이나 된다고 한다. 입구에 국립묘지가 있고(맥아더 장군 묘) 색칠하는데 일년이 걸린다고 한다.

금문교 自奉의 무게에 통행차량의 무게 등을 어떻게 감당하고 있는지? 금문교를 건너, 그 밑으로 가서 사진도 촬영하기도 했으며, 다시 건너와서는 투윙픽스(서울의 남산과 같은 곳)에 올라가서 "샌프란시스코"의 전경을 돌아보기도 했다. 투윙픽스에는 두 개의 봉우리가 있었는데 하나는 477m 또 하나는 476m란다.

샌프란시스코의 집들은 다닥다닥 붙어 있고, 옆집과의 칠한 색깔이 같은 집은 하나도 없다. (집을 칠한 외부 색깔은 전부 다르다.)

다음에는 실제로 금문교를 차를 타고 건너보았는데 6차선으로 돼 있고 차량이 쉴새 없이 왔다갔다한다.

옛날 미국과 스페인 間에 전쟁이 있었을 때 스페인 군대가 주둔한 곳이라고 했다. (스페인 군인과 인디안 여자와의 사랑의 역사가 있은 곳) 산꼭대기에는 송신탑이 있었는데 48층(처음 설계는 83층)의 높이이며 첫 송신에서 우리 나라 권투 선수 김덕구의 죽음을 세계에 알린 것이 첫 방송이 되었다고 한다.

그 곳 한일관에서 된장찌개와 불고기로 저녁식사를 한 다음 숙소인 Sunnyvale시 소재의 Hilton Inn에 저녁 8시 10분경에 도착하여 여장을 풀었다.

∿5월 27일(월)

아침 5시 30분경에 기침하고 세면과 소지품을 챙긴 후, 6시 50분경에 그곳을 출발, 약 10분 달린 Dennys에서 양식으로 아침 식사를 한 다음, Stanford 대학(전자, 의과 분야가 유명)을 관광했다. 학생들이 타고 다니는 많은 자동차가 교내에 있었고 태권도하는 학생에게는 점수를 많이 준다고 한다. 이는 태권도의 정신을 높이 사는 것으로 여겨지며 공부도 타 대학생보다 열심히 한다고 했다.

지명에 있어 SAN과 SANTA가 붙은 곳이 많이 있는데, SAN은 聖을 뜻하며, SANTA는 여자를 지칭한다고 한다.

오전 11시경에 중도에 Montery City에서 잠깐 휴식을 취한 후, 一路 해안길을 따라 달리는데 중간에 골프장으로 유명한 세븐티 마을에 도착했다. (자연 그대로 만들어진 것이므로 유명함)

숲이 우거진 좁은 왕복선 길인데, 이것은 이곳 법으로 자연 그대로를 전혀 손을 댈 수 없도록 했기 때문에, 설혹 큰 나무가 넘어져도 그대로 놔두며 좁은 왕복 길인데도 전혀 넓힐 조

▲ 스텐포드 대학에서 일행들과 함께

치를 하지 않고 있는 그대로 놔두는 것이 다른 지방과 판이한 일이라 하겠다. 망망대해(태평양 바다)를 오른쪽으로 바라보면서, 왼쪽에는 골프장(사슴이 노니는 곳), 그리고 해안가 바위에 부딪혀 치솟는 파도는 기이한 모양으로 형상화되며, 200여 미터 떨어진 큰 바위(섬)에 수천 마리의 갈매기와 기타 새들이 앉아 있는 광경은 과연 볼 만한 경치라 하겠다.

이곳에 화장실 건물이 하나 있는데 골프장이 일본사람의 소유로 넘어갔을 때 한국의 어느 건설가가 땅 깊숙이 철봉을 박았는데 땅속 깊이 철봉을 박은 것은 그 지맥을 끊고 신장할 수 없도록 일부러 건설하였기 때문에 날로 그 운세가 쇠잔해 갔다고 한다. 이 골프장이 일본인의 소유로 넘어 가면서 무너지고 허물어져 곧 미국 사람의 손으로 넘어갈 형편에 있다고 한다. 또한 시멘트로 지은 것으로써 그 모양은 흡사 옛사람이 머리에 쓰던 것을 상징한 것 같다.

17mile 드라이브 코스를 거치면서 태평양에 연한 해변의 절경이 유명함.

▲ 사람과 사슴이 같이 노니는 자연 그대로의 골프장

　예술계 인사의 별장, 골프장, 수백 마리에 달하는 사슴, 바위 위에서 자라고 있는 소나무와 그 주변의 경치 등을 관광하면서 약 2시간 반을 달린 끝에 겨우 나타난 마을에서 점심(우유와 콜라와 햄버거)을 먹고 고속도로를 찾아 남으로 남으로 약 1시간 반 가량 달린 후 "쏠벤시"에 들어가서 차에서 내리지는 못하고, 시가지만 한 바퀴 돌면서 살펴보았다.

　이 도시는 "덴마크"사람들이 모여 하나의 도시를 이루고 있다고 한다. 소수민족만이 모여 살면서 하나의 도시를 이루고 있는 곳은 "쏠벤" 이곳뿐이라고 하며, 도시의 모든 집이 형태는 "덴마크"식으로 지은 집이었으며 큰 풍차도 있었고 "안데르센"의 동상도 있었다. 약 5분간에 걸쳐 쏠벤시를 돌아본 다음, 다시 차를 고속도로로 진입시켜 一路 LA를 향해 달렸다.

5월 28일(화)

어제까지의 샌프란시스코 여행의 여독을 풀기 위해 오늘 하루를 집에서 쉬었다.

5월 29일(수)

시내 shopping 등으로 하루를 소일하고 목욕도 했다.

5월 30일(목)

시내 소풍 등으로 하루를 보냈다.

5월 31일(금)

아침 10시경에 집을 나서서 104번 고속도로를 달려, 이곳 벨리(Vally) 지역 쪽에서 동쪽 해안에 위치한 롱비치(Long Bea-

▲ 롱비치 해변에서

ch) 관광에 나섰다. 롱비치 지역은 원래 항구와 해수욕장 그리고 무역과 여객터미널 등으로 구성된 지역으로 돼 있고, 여객선(상선과 호화선)운항은 이곳에서 샌프란시스코 방면, 멕시코 방면, 바로 앞에 있는 산타 카타리나(Santa Catarina) 방면으로 운항하는 호화선으로 여러 곳에 선박하고 있었다.

▲ 롱비치 해안에 있는 다과점 옆 정원에서

Traverodge 호텔 로비에서 차 한 잔을 마신 후 마침 Hyatt 호텔에서 "COIN & COLLECTIBLE EXPO IN THE WORLD" 전시회가 열리고 있기에, 두루 살피면서 구경했다. 그리고 남쪽 便에 보면 큰배가 정박해 있는데, 이름은 Hotel Queen Mary라 부르며, 지금은 호텔로 사용되고 있다고 한다. 다음에 다시 한 번 LA 여행 때는 이 배 호텔에서 하룻밤을 지내야겠다.

ᔍ6월 1일(토)
6월 2일에는 귀국하도록 돼 있어 그 준비는 대충 해두었음으로 아침 일찍인 4시경에 일어나서, 종환이는 집에 남겨두고 우리 넷은 노천온천을 하기 위해 一路 차를 몰았다.

　근간에 유명해진 노천온천장은 LA 동북부에 있는 San Gabrei 산맥을 넘어 약 2시간 거리에 있으며 입장료는 1인당 15$이다. (이사벨라 호수에서 약 2㎞ 아래 지점에 있었다.)

　이사벨라 호수에서 내려오는 계곡 물 바로 북쪽 편에 면해 있는 자연석 밑에서 분출되는 온천이었는데 자연 그대로에다 약간의 돌을 정비하여 5~6명의 사람이 들어앉을 수 있도록 2곳을 만들었는데 위의 온천의 온도는 약 50도, 아래 탕은 약 35도 정도의 온천이었는데 남녀가 수영복 차림으로 함께 들어갈 수 있었다. (유황온천이라 10분 이상 들어가 있을 수 없다고 한다.)

　주로 이 온천은 우리 한국 사람들이 많이 오는 것 같다. 바위 저쪽에 제법 큰 탕은 외국인들이 발가벗고 온천을 즐기고 있으나 물의 온도는 미지근한 수준이다. 내 생각에는 여기에 좀 투자를 해서 탈의장이라도 있으면 좋겠다는 생각이지만 연방정부에서 절대로 개발하지 못하도록 한다고 하며 남녀가 같이 온천을 하도록 하는 것은 단속하지 않는다는 말이다.

6월 2일(일)

LA 시간으로 오후 1시 50분발 서울행 아시아나 항공기다. (이륙은 2시 20분경) 한국 시간으로는 6월 3일 오전 5시 50분이다.

　기종은 B747-400, 고도 10,100m(33,000피트), 시속 970㎞, 소

요시간은 11시간이며 김포공항 도착은 오후 6시.
　마침 봉임이가 차를 몰고 공항으로 왔기에 그 편으로 무사
히 귀가했다.

여행을 마치고 귀가했는데 그 소감은?

첫째, 미국사람들은 친절하다. 면식이 있을 리 없지만 쌩긋이 웃으며 고개를 숙이면서 How are you? 한다. 길을 물으면 한국사람은 고개를 끄덕이면서 저리로 가라고 하는 것이 고작이며, 어떤 이는 덮어놓고 귀찮다는 듯 모른다고 한다. 그러나 미국사람들은 자세히 길을 안내하지만 대개는 명백히 구분될 수 있는 거리까지 동행하면서 안내를 한다. 그리고 자기의 언행을 확인하는 데까지 배려를 한다.

둘째, 미국사람들은 질서를 잘 지킨다. 지난해 우리나라의 1인당 국민소득이 1만 달러를 넘어섰다고 한다. 경제면에서는 우리도 이제 선진국 대열에 진입했다고 볼 수 있다. 보릿고개를 잊어버린 지 오래이며, 꿈에 그리던 마이카시대도 현실로 다가왔다. 또한 국민 소득이 증가함에 따라 의무교육이 중학교까지 확대되고, 서울뿐만 아니라 지방도시에도 대학이 많이 설립돼, 교육수준도 크게 향상되었다. 그런데 우리의 질서의식은 어떠한가?

한마디로 내가 초등학교 다니던 60년 전만 못하다. 그 당시에는 윤리도덕을 바탕으로 한 가정교육과 학교교육이 중요한 역할을 했다.

88올림픽을 성공적으로 치르고도 우리의 질서의식은 아무런 변화 없이 올림픽 이전으로 되돌아간 느낌이다.

　자동차의 운행 면을 보면 교통경찰이 있으면 조심하고 안 보이면 난폭 운전도 불사하는 것이 우리의 현실이다. 그리고 또 한 가지는 차 안 재떨이가 있는데도 창문 밖으로 담뱃재나 꽁초를 길바닥에 버리기 예사다. 하차 승객이 내리기도 전에 지하철에 올라타는 사람이 있는가 하면, 복잡한 전동차 내에서 다리를 꼬고 앉아 있거나 신문을 넓게 펼쳐든 사람들도 있다. 노약자, 장애 지정석에 젊은 사람이 앉아 눈을 감고 있는 것은 더욱 보기 민망하다. 공원에 쌓인 쓰레기 문제도 그렇다. 자기가 먹은 쓰레기는 자기가 가져가면 간단하다. 무엇을 단속한다면 안하고, 단속 눈이 뜸하면 잘못도 서슴없이 감행하는 태도가 우리들 주변에 깔려 있다.

　우리도 각종 질서위반 사범과 관련해 일정기간만을 단속할 것이 아니라, 기본적인 몇 가지 질서만이라도 일관성 있게 지속적으로 지도계몽하고 단속해서 준법징신을 생활회하도록 해야 하겠다. 질서의식은 어릴 때부터의 교육과 실천이 가장 중요하므로 부모의 역할, 교사의 역할을 강조하지 않을 수 없다. 질서는 지키면 안전하고 편리하면 아름답다. 법과 질서는 우리 모두의 약속으로 지켜지지 않으면 아무 의미가 없다. 법과 질서를 준수하여 고소득 고학력 시대에 걸맞은 문화국민이 되자.

　셋째, 미국사람들은 조급하게 날뛰지 않는다. 모든 행동에 여유가 있고, 양보성도 있다.

대중 교통인 버스 정류장의 광경을 보면 그렇다. 줄서 있는데 새치기하는 사람은 한국인임을 여러 번 보았다. 미국이란 나라는 그렇게 크고 넓이가 우리 나라의 93배, 남북 합친 땅의 42배 정도가 돼서 그런지 모두가 여유가 있어 보인다. 하등 급히 달려갈 사유도 없는 것 같은데 마구 뛴다. 여러 사람이 왕래하는 곳을 보면, 그 中 한 사람이라도 뛰고 급히 서두는 것을 보면, 다른 사람도 덩달아 조급히 날뛰게 된다. 물론 시간에 쫓기는 도시생활을 하다보면 우선 마음의 안정이란 찾기 힘들며 1분이라도 남보다 앞서 가야 하겠다. 서둘러야 하겠다는 생각이 앞서 있기 때문에 하등 조급히 날뛸 일이 아닌데도 불구하고 여유 있는 그리고 안정성이 충만한 생활이 아니기 때문에 언제나 조급하게 날뛰게 되는 것 같다.

넷째, 미국 사람들은 나보다 남을 생각하고 위하는 양보심이 있다. 양보는 미덕임이 틀림없다. 가는 사람, 오는 사람, 그곳에 있는 사람 모두가 자기만을 위한다면 그곳에는 질서가 존재하지도 않으며 평화란 없다. 금수세계에서만 엿볼 수 있는 다툼과 싸움, 나아가서는 남의 존재마저 부정하는 유아독존의 경지만 되풀이 할 것이다. 개인주의가 충만해 있는 그리고 지향하는 국민임이 틀림없으나 타인들과 자리를 같이 하는 경우에는 언제나 나보다 먼저 남을 위하는 생각이 평소에 체질화되어 있기 때문에 이의 발로가 바로 양보로 이어지며 민주주의가 이룩되는 초석이 된다고 본다.

제 8 장

일기 모음

오늘은 구정인 설날.

오후엔 처조카 사위들, 30여 명이 모여 한때 시간 가는 줄 모르게 담소를 했다. 그러나 문득 문득 조 선생을 생각하면 매우 섭섭하기 짝이 없다. 돈이 무엇이기에 친구간의 신의 마저 저버리는, 해도 너무 한다는 생각이다.

조선생은 50만 원이라도 해 주기로 하고 며칠 전 오후의 약속도 나오지 않고 해서 무슨 연락이라도 올까 조바심하며 3일 전 일요일엔 심택사를 가야 했지만 절에도 가지 못하고 기다렸으나 종내 소식이 없었다. 엊그제에야 12시 경 조선생으로부터 겨우 전화가 와서 1시간 후 다시 전화를 하겠다고 하고 2시가 넘어서야 전화 상으로 성남까지 가서 그 사람을 만난다고 했다. 그리고 또 소식이 없었다.

어제도 종일 기다렸고 오늘 역시 감감 무소식,

연락을 하려면 어디에 있든 전화할 수 있으련만 의도적으로 회피하는 것이다. 이렇게 되면 누구를 믿고 친구라고 사귀겠는가. 이 사람이 돈 빌려쓴 증서가 없으니 딱 잡아떼려는 것은 아닌지 내 나이 60에 이 무슨 무분별한 짓을 했는가 생각해 보지만 돈이 거짓말을 하는 것이지 사람이 거짓말을 하는 것이 아니겠지, 설마 인피수심(人皮獸心)한 망동은 하지 않겠지 하고 12시가 넘어 잠이 들었다.

⌁1985년 3월 24일

밤새 아무런 소식이 없기에 조선생 집으로 찾아갔다.

집에 있으면서도 받지 않나 하는 생각에 조바심 속에 집사람과 같이 갔지만 조선생은 밤새 귀가하지 않았다고 하며 아침 8시경 전화가 와서 아주머니가 전화를 바꾸어 주었다. 흑석동인데 아직 사람을 못 만나 기다리고 있으니 귀가 할 때 전화하겠다고 하여 또 할 수 없이 아주머니에게 자초지종을 애기하고 돌아왔다.

밤 10시 반이 지나서 다방에 와 있다고 하여 집사람과 동행하여 돈은 받지 못하고 현금보관증 320만 원짜리를 보증인 세우고 가지고 왔다. 내일 해지기 전에는 틀림없다고 하기에 다시 한 번 속아 보자고 하고 돌아 왔다.

⌁1985년 6월 19일

고창에 사는 노판수 집에서 아침에 일어나니 5시가 조금 지났다.

서울 귀경 차비를 하고 아침 산책을 하고 7시 버스를 탔다. 노군이 라면상자에 이것저것 잔뜩 넣어 100m도 들고 갈 수 없을 정도로 묵직한 것을 주면서 차비까지 1만 원을 주어 고

마웠고 더욱이 아주머니의 정성어린 식사준비에 더욱 고마운 마음 한량없었다. 가끔 여름 모래찜질차 집사람과 내려갈 때는 좋은 글을 써서 표구해서 갖다 주곤 하였다.

∼1986년 1월 4일

촛불과 향을 올리면서

나무관세음보살(南無觀世音菩薩), 나무관세음보살, 나무관세음보살, 나무관세음보살, 나무관세음보살, 나무관세음보살, 나무관세음보살.

부처님, 부처님, 부처님, 부처님, 부처님, 부처님, 부처님.

지난날의 지은 모든 잘못을, 모든 죄업을 용서 해 주시고 건강을 지켜 주시옵소서! 또한 제가 앞으로 살아가는 데 용기와 지혜를 주어 정의로운 사회를 만드는 데 일익을 담당케 해 주시옵고 온 집안 식구들이 건강하고, 하고자 하는 일이 잘 이루어지도록 보살펴주시옵소서!

우리 집안의 큰자식은 한국중공업 군포 공장에서 일하고 있습니다. 직장에 충실하여 모든 사원들의 귀감이 되는 일꾼으로 보살펴주시옵고 또 한 가지는 봉한이에게는 딸이 둘 있으나 아들이 없습니다. 인간의 가장 큰 욕망의 하나가 종족보존의 본능이 있사온데 하루속히 아들을 점지해 주시기를 간절히 바랍니다, 그리고 큰아이는 술이 좀 과한데 본인의 건강을 생각해서라도 자제할 수 있도록 깨우쳐 주시옵소서! 며느리도 건강하게 이 세상에 둘도 없는 착한 며느리 되도록 인도해 주시옵고, 유경 인정이도 충실하게 잘 자랄 수 있도록 지켜 주시옵소서.

둘째 봉진이는 수원에서 한국농약(주) 수원 연구소에서 근무하고 있습니다. 매우 성실하고 착실하여 인정받는 사람이지만 애비를 닮아 대인관계를 원만히 할 수 있는 지혜를 주시옵고, 박사학위 과정도 무사히 마칠 수 있도록 보살펴 주시기 바랍니다. 그런데 그 아이들도 결혼한 지 4년이 되어 오는데 아이가 없습니다. 원하옵건대 하루 속히 아들 셋과 딸 둘을 생산하여 아이들 키우는 재미를 가질 수 있도록 도와주시옵소서!

그리고 막내 봉석이는 현대건설(주) 새시 사업부에서 근무 잘 하고 있으나 동료 간에 성실하고 인정받는 사원이 되도록 보살펴주시옵소서.

큰딸, 작은딸 역시 건강하고 시집 식구에게 좋은 며느리로서 인정받고 큰딸은 내년부터 학교에 전임으로 봉직할 수 있도록 간절히 원하옵니다. 부디 인도하여 주시옵고 자식들의 건강과 그리고 사위들의 하고자 하는 일 이룰 수 있도록 보살펴 주시옵소서.

➴1986년 1월 24일

막내에게 웬만한 혼처가 있었으나 시간이 없어 틈을 내지 못한다고 한다.
시일도 너무 길어지고 아버지의 체면도 있고 하니 한 번 만나보자고 그렇게 말을 했는데도 봉석이는 8월까지는 도저히 시간을 낼 수 없다고 하니 어쩔 도리가 없다. 애비는 좋은 규수감을 찾겠다고 막내며느리 보는 일에 고심하고 있건만 자식은 품안에 있을 때 자식이지 성장해서 슬하를 벗어나면 부모와 달리 애틋한 마음이 없는 것 같았다. 어디 교제하고 있는 처녀가 있으면 아버지에게 털어놓고 얘기라도 해 주면 좋을 텐데 그렇지도 않은 모양이다.

이제 금년에 회갑이고 보니 회갑 전에 3남 2녀 모두 짝을 지어 안 마시는 술이지만 10명의 아들딸 며느리 사위에게 술잔을 받아 보는 것이 소원이건만 자식놈의 말 대로라면 만나서 적어도 6개월 이상 교제를 해봐야 된다는데 언제 선 보고, 언제 교제해서 결혼할는지.

자식을 키워 성장시켜서 짝을 찾아 주는 일까지는 부모가 보살펴야 하는데…….

지 놈이 먼저 찾아서 부모의 동의를 얻든지, 아니면 부모가 짝 지워 주는 처녀를 선을 보든지 하는 것이 옳은 일인데 여간 마음이 상하지 않는다. 막내까지만 혼사를 치르면 홀가분하게 자식들 커 가는 것을 낙으로 삼고 살아가련만 마지막 할 일이 장벽을 만나고 있으니 정말로 자식은 마음대로 안 되는가보다. 나는 선악을 구별할 수 있는 나이부터 어떻게 하면 부모의 심사를 편하게 해드릴까를 항상 생각하고 살아 왔는데 요새 아이들은 어찌된 셈인지……. 자기의 일이니 제 마음대로 하라고 내버려둘까도 생각했다.

☜1987년 1월 4일

2일 저녁엔 생모의 忌祭일이다.

진해에 내려가려고 백방으로 교통편을 알아보았으나 3일 중엔 올라오는 차편이 없어 만부득 체념하고 진해 봉생이에게는 전화를 했으나 종원이와 유경이를 데리고 가기로 바람을 잔뜩 넣어 놓고 못 가게 되어 걱정이다. 할 수 없이 생각한 것이 전철이나 종일 타보자고 합의를 보고 손자 손녀 4명을 데리고 신대방역을 시발로 상계까지 갔다가 중앙청 구경을 하고 압구정역에 하차, 구경하고 고속버스터미널 근처에서 짜장면을 먹고 귀가했다. 아이들하고 하루종일 다녔지만 피곤치 않고 즐거운 하루였다.

☜1987월 4월 5일

구름 한 점 없이 날씨가 매우 청명하다.

절후상으로 청명이며 식목일이고 일요일이다. 옛날에는 일요일 결혼식은 별로 신경을 쓰지 않았으나 요즈음은 생활방식이 많이 달라져 레저를 즐기기 위해 아예 토요일부터 가족 혹은 친구끼리 어울려 등산이다 낚시다 야외 나들이를 많이 가기 때문에 요즈음의 결혼식은 평일에도 많이 치러지고 있다.

결혼식엔 웅천 고향사람은 한 사람도 보이지 않고 김영애 누님이 윤길중 씨의 글을 표구해서 가져온 것뿐이다. 그리고 재경 동창회에서도 최소한 2,30명쯤 오리라 생각했으나 2,3명에 불과하니, 나는 그래도 초청을 받은 곳은 빠지지 않고 거의 참석을 해 왔는데 서운하기 짝이 없다.

저녁에 식구들끼리 모여 식사를 같이 했는데 대전에서 온 봉주가 와서 온 집안이 떠들썩했다.

못내 서운한 마음 감출 길 없었으나 아무튼 행사를 무사히 마치고 손님 접대도 잘 마쳤으니 다행이다.

～1987년 12월 20일

또 옆구리에 담이 붙어 운신하기도 힘이 든다.

평생의 고질병인지 지난해만 해도 몇 달만에 되돌아오곤 했는데 요즈음은 거의 한두 달만에 붙곤 한다.

약방도 다 문을 닫은 일요일이라 어디 보아도 문을 연 곳이 없다.

～1987년 9월 4일

손님이 들어오면 이야기 도중이라도 자리를 비켜 주어야 하기 때문에 생각한 바 전부를 이야기 못하고 나오는 형편이니 오늘은 집사람과 함께 일부러 인범이 집에까지 찾아갔다.

그리고 인범 사장과 그 동안의 일들을 충분히 이야기했다.

—(중략)—

교육계와 군 생활로 20여 년의 외길 인생을 살아오면서 친구나 이웃이 배고파하고 헐벗어 손을 내밀면 식구들이 양식이 떨어져도 무조건 도와주고 자식들이 결혼하기 전까지는 단 하루도 우리 식구끼리 밥을 먹어본 적이 없을 정도로 항상 친척들이나 친구와 같이 기거해 온 나의 생활이 잘못 살아온 것일까 생각도 해보았다. 그러나 있을 때 같이 나누어 먹고 같은 값이면 형제 친척 도와주고 하는 것이 인간적인 모습이며 사람 사는 모습이라고 생각한다.

아무튼 늦은 나이에 사회생활의 첫발을 내딛으며 냉혹한 현실을 직시하며 받은 마음의 상처는 쉽게 지워지지 않겠지만 경영인으로서의 나름대로 무슨 사정이 있겠지라고 애써 이해하려고 노력했다.

◣1987년 11월 19일

제 10회 한국 문화예술제 미술대전의 개막식이 열렸다.

2층 입구에 심사 결과가 게시되어 있어 보았더니, 한쪽 구석에 이름이 있기에 아마 입선은 겨우 되었나 보다라고 생각하며 전시장을 두루 살펴보았으나 내 작품이 전시되어 있지 않았다. 이상히 여기고 나오려고 하는데 이춘화 씨가 "장려상이다"라고 하는 말을 듣고 순간적으로 형언할 수 없는 실망감을 느꼈다. 본격적인 작품 활동을 한 것은 아니라도 붓을 손에 댄지가 50년이 넘었고 비록 4년 전에 작품활동을 하였지만 년간에 걸쳐 입선은 되었고 제법 자신 있게 썼다고 출품하였는데……. 그 동안 초대전에도 출품한 바도 있는데, 그렇게밖에 평가받을 수 없나 라고 생각하니 착잡한 마음 금할 길 없다.

지금도 반야심경을 매일 2,3매씩 쓰고 있으며 60이 넘은 내 나이를 고려해 보면 타인의 작품을 심사할 나이인데 무엇인가 잘못 처신하는 것이 아닌가 하고 생각했다.

﹏*1987년 12월 28일*

오늘 저녁 9시 30분에 KBS에서 금년의 마지막 가요무대이다.

언제나 그러했듯이 이 시간만큼은 즐거웠고 지나간 옛일을 회상하는 추억의 시간이었다. 오늘따라 사우디아라비아에 수로 사업에 간 아들이 어머님께 보내는 사연과 "불효자는 웁니다"를 부를 때 돌아가신 어머님(계모) 생각에 눈시울을 적시었다.

나는 생모의 얼굴은 전혀 모르고 어머님이 62세에 돌아가실 때까지 수천 형님과 나를 키워주신 그 은혜는 말로는 표현할 수 없을 만큼 태산같고 하혜(河惠)와 같았다. 그 어머니에게 우리는 무엇을 해드렸는가라고 물으면 유구무언이다.

언젠 가부터인지 모르지만 우리의 향리인 죽곡리에 비각을 세워 그 어머님의 자식에 대한 넓고 깊은 사랑을 자손만대에 빛나도록 하고 전 면민을 초청한 자리에서 제를 올려 어머님의 사랑의 정신이 본보기가 되도록 하고 싶지만 세상사가 여의치 못해 마음뿐이지 아직도 실천하지 못하고 있으니 죄스러운 마음 금할 수 없다.

〜1988년 1월 1일

다사다난했던 1987년은 가고 조용한 아침의 나라에 새해가 밝았다.

어느 날 하늘님의 아들 환웅과 땅의 짐승 곰이 혼례를 하여 단군이 이 땅에 태어나셨다. 단군의 태어남은 천상과 지상의 결합이며 화합과 사랑의 상징이기도 하다.

단군 신화 속에서 한국인의 정신적 고향을 찾게 된다.

이제, 새해 새아침에, 단군신화의 정신을 생각해 보며, 샘물같이 솟아오르는 지혜로서 어리석은 듯 하면서도 강한 외유내강의 자세로 미운 마음, 분노하는 마음을 사랑하는 마음으로 승화시켜 살도록 노력해보자!

〜1987년 5월 14일

오늘은 석가 탄일이다.

불기 2541년 서기로는 1997년이므로 석가는 예수보다 544년 먼저 이 땅에 오신 것이다. 이날만은 전 식구가 심택사 예불에 참석해야 되는데 봉석이와 유경, 인정이가 불참했다. 왜 아이들을 데리고 오지 아니 했는지 묻지도 않았지만 왜 두고 왔는지 그 사정을 말하지도 않는다.

1년에 한 번쯤은 늘 다니는 절에 갔다 와야 하는데 불교에 대한 관심이 희박한 자식을 보면 마음 한구석이 편치 않다. 불교가 우리 집안의 종교이므로 집안의 장자가 부모의 뜻을 받들어 집안을 이끌어 가야 하는데 벌써부터 이단자가 나오는 것을 보면 나의 사후에는 어떻게 될지 걱정이 앞선다.

‿1988년 9월 17일

오늘은 제 24회 서울 올림픽이 개최되는 날이다.

전 세계 50억 지구촌 가족이 지켜보는 가운데 잠실 메인 스타디움에서 오전 10시 30분에 개회식을 갖는다. 16일간 26개 종목에 걸쳐 160개국이 참가하여 13,626명의 젊은 스포츠맨들이 펼치는 한마당 잔치이다. 몬트리올 올림픽 이후 탈선을 거듭해 온 올림픽 운동을 실로 12년만에 다시 본 궤도에 올려놓는 "동서 화합의 장"이다.

전두환 대통령 집권 때의 1981년 9월 바덴바덴 IOC 총회에서 대한민국에서 개최키로 결정한 후 7년 동안 온 민족적 역량을 쏟아 오늘 이 결실이, 여기 서울에서 이념과 체제를 초월한 온 세계인들이 서로 손에 손을 마주잡게 된 것이다.

장엄하면서도 축복 어린 분위기 속에 식전행사가 끝나면서 개회식이 시작되자 우렁찬 팡파레와 함께 각 국 선수단들이 속속 입장하며 3시간에 걸쳐 진행되었다. 나라를 되찾은 지 반 세기도 되기 전에 이렇게 큰 세계적인 잔치가 우리 나라에서 개최되는 것을 보니 감개무량했다.

꙳*1988년 11월 23일*

제 5공화국 정치가가 권좌에서 물러난 지 9개월만에 침묵을 깨고 집권 기간 동안의 잘못을 국민에게 사과하는 장면이 TV에서 방영되었다.

국민 여러분께 드리는 말씀을 통해 자신의 재임 중에 일어났던 온갖 비리를 시인, 재산 일절을 국가에 헌납하고 연희동 사저를 떠나 은둔생활에 들어가겠다고 밝혔다. 그것을 청취하는 순간 내 가슴에 와 닿는 충격은 권력무상, 인생무상이라는 단어가 떠올랐다. 무엇을 얼마나 잘못을 했길래 한나라의 대통령을 지냈던 사람이 저렇게 비참하게 전략 될 수 있을까?

사실 권력을 무소불위(無所不爲)로 휘둘러댔던 그의 정치 행위가 일부 국민들의 가슴에 원한을 맺히게 했던 사실이 국민들의 원성과 비난을 받고 있지 않은가.

어쨌든 단임은 실천했지만 이 땅의 정치사에 불행한 장을 기록하게 된 것이 더 없이 가슴 아픈 일이다. 게다가 낙향도 아닌 어느 은둔처로 유배의 길을 떠나는 그의 모습에서 일말의 인간적인 연민의 정을 떨쳐 버릴 수 없다.

꙳*1988년 11월 30일*

지난 23일에 방영되었던 한 정치가의 모습을 보고 문득 사면초가(四面楚歌)라는 글귀가 생각난다.

"사면초가."

秦나라 말기에 정치가 부패하여 민생고가 극도에 달하여 마침내 진나라가 망하고 오직 유방과 항우의 세력만이 강했다. 유방은 漢왕, 항우는 서초패왕(西楚覇王)이라 불렀는데 이들은 중국을 통일하여 황제가 되고자 일년 12달 싸움만을 계속했는데 이것이 저 유명한 초한(楚漢)상쟁이다.

항우는 군사를 일으켜 8년 동안 70여 회에 걸친 싸움을 하였고 유방은 많은 살상을 피하기 위해 강공책을 쓰지 않고 장양의 건의를 받아들여 자기의 漢군에게 초나라 민가(民歌)를 소리 높여 부르게 하여 항우의 군사들이 이 노래를 듣고 고향 생각에 젖게 함으로써 그들의 사기를 떨어뜨리려 하는 목적인 심리전을 편 것이다. 그날 밤 항우는 사면에서 들려오는 초 나라의 노래 소리를 듣고 고향에서 즐겨 듣던 노래를 전쟁터에서 들은 항우는 백성이 모두 한나라에 항복한 줄 알고 깜짝 놀랐다. 이렇듯 유방의 심리전술은 크게 주효했던 것이다. 그 후 항우는 군사 800여 명을 이끌고 밤새 포위망을 뚫고 남으로 도망쳤고, 그 후 조강(鳥江)에서 자결하고 말았다.

이렇듯 인간이 이 세상에 살아가면서 결코 사면초가에 처하는 경우는 없어야 된다고 생각한다. 이 땅의 권력 지향자들에게 좋은 교훈으로 삼고 남은 과제를 조속히 매듭 짖고 국민적 대 화합으로 민주화의 실천과 국가발전에 힘을 모아야 한다.

1988년 12월 26일

내 난생 처음 맞이한 손자를 보러가려 한다.
좋은 일진을 택하여 심택사에 들러 부처님께 고한 후에 과

천으로 갈 심산으로 오전 일찍 목욕을 하고 깨끗한 몸과 마음
으로 경동 시장에 가서 약쑥을 좀 사들고 나와보니 벌써 4시
가 되어 절에 갈 시간이 되지 않아 과천 행 버스를 탔다.

　지난 23일 6시 53분에 태어난 아이 치고는 퍽 똑똑 해 보였
다. 우는 소리도 우렁차며 눈동자도 이쪽 저쪽 돌리면서 힘찬
몸놀림이 건강해 보였다 부처님께 무한한 감사를 드리며 충실
하게 총명하게 자라도록 부처님께 거듭 거듭 소원하면서 가벼
운 발걸음으로 집으로 향했다.

＼1989년 2월 20일

오늘은 정월 대보름날이다.

옛날 생각이 난다.

아침 일찍 일어나서 조래(조리)를 들고 동네 집집을 돌아다
니며 오곡밥을 얻어먹다가 도구통(절구통)에 걸터앉아 맛있게
먹던 생각, 달이 동산에 떠오를 때 제일 먼저 바라보고자 앞동
산에 올라갔던 일, 솔가지와 볏짚, 그리고 기둥나무로 달집을
만들어 놓고 달이 동산에 떠오르기 시작하면 불을 부쳐 놓고
활활 타 올라가는 달집 주위를 뺑뺑 돌면서 징과 꽹과리, 장구
등으로 농악놀이를 하며 한껏 뛰놀던 옛날이 회상된다.

　福泉彈院에서 밤잠을 자는 둥 마는 둥 하다가 보명거사(宝
明居士)가 깨우는 소리에 일어나 보니 새벽 3시가 채 못되었
다. 세면을 하고 올라가니 벌써 부녀자 몇 사람이 와서 예불을
하고 있었다. 아침 공양은 6시에 하고 욕바위골 휴게소까지 산

책을 한 후 10시 10분부터는 천수경 독경으로 사시마지 예불
에 들어갔다. 영가 천도제(靈駕遷度祭)가 아울러 있었으니 12
시가 넘어 끝이 났다. 점심을 하고 법주사 입구에 내려 1986년
10월 19일부터 시작된 호국청동 미륵(彌勒)대불 조성현장을 돌
아보기 위해서이다.

⟋1989년 2월 25일

오늘은 서울대학교 졸업식이 있는 날이다.

봉진이가 式典에서 박사학위를 수여 받는 날이다. 2시부터
식이 거행된다고 하기에 아이들을 데리고 11시가 조금 지나
집을 나섰는데 비가 내리고 있으나 날씨가 매우 포근하였다.

비가 계속 오면 학생들만 강당에서 식을 거행하기로 했으나
식장인 운동장에는 모든 준비가 완료되어 있는 것으로 보아
그대로 실시할 모양이다. 오후가 되니 갑자기 기온이 급하강하
여 먼 산엔 눈이 내리고 손이 시릴 정도로 춥다.

식장에서 꽃다발을 전해 주려고 유경이를 시켜 몇 번씩 앞
으로 내보냈으니 끝내 찾지도 못하고 꽃다발만 잃어버렸다. 式
후 사당동 근처 한식당에서 갈매기 고기로 식사를 하고 칠원
재천 형님과 나는 먼저 나와 재천 형님 아들 집으로 가서 소
주 한잔씩 나누고 헤어졌다.

〜 1989년 3월 2일

재천 형님과 13대조 묘소인 *孝卿* 할아버님 묘소를 찾아보기로 하고 신림 전철역에서 만나 수원행으로 갈아타고 군포에서 하차했다.

소재지는 족보상으로 수원 松羅里라는 것만 알 뿐, 짐작컨대 수원이라고 하지만 그것은 옛날의 소속일 것이고 지금은 화성군일 것이라 생각하고 복덕방을 찾았다. 송라리란 동네는 1리, 2리, 3리로 나누어 있기에 村老에게 물었던 바 북쪽을 가리키며 저 보이는 묘소 골짜기를 타고 가면 동래 정씨 묘소가 있다는 말을 듣고 택시를 타고 내려 현판을 읽어보니 이씨 문중의 사당인 것 같았다.

다시 오던 길로 걸어 내려와 보니 4번째 있는 묘가 13대조이신 *孝*자, *卿*자 할아버지 묘였다. 성묘를 하고 재천 형님을 아들집으로 모셔다 드리고 밤 10시가 넘어 귀가했다.

묘의 위치

그의 妣　　　　오래된 비석

孝卿지묘

그의 妣

仁豪지묘

〜*1989년 9월 10일*

작년 10월 5일에 이 집으로 이사온 후 2층에 살다가 우리가 아래층으로 내려왔다.

내 생각엔 2층이 겨울에 춥고 여름에 덥다고 하지만 햇빛이 방안까지 들어오기 때문에 그대로 있고 싶었지만 큰아들과 며느리의 의견에 따를 수밖에 없다.

가끔 회사 손님도 모시고 와야 하는데 2층에 살면 세입자처럼 보이며, 마루도 좁아 회사 직원이 다 앉을 수가 없기에 내려가는 것이 좋다는 아들 며느리의 뜻에 따른 것이다.

짐을 옮기고 대충 정리를 하다보니 오후 7시가 다 되어 고사상 앞에 꿇어앉았다.

〜*1989년 9월 13일*

짐을 옮긴 지 사흘이 지났는데도 이것저것 정리할 것이 너무 많다.

아들 며느리는 전부 직장에 나가고 보니 집안 뒷정리는 우리 내외의 몫이다. 내일이면 추석인데 추석 전에 절에 다녀와야지 하고 어제 저녁부터 생각했는데 손을 대고 보니 이럭저럭 일몰시간이 되었다.

추석 때가 되면 고향 생각과 지난날 이 세상에 생을 받고 자라온 산천이 그곳이 있기에 유난히 고향이 그리워진다.

내 어릴 적 숲이여, 이제 다시 한 번 너는 나에게 안식을 줄 수 있는가!
　일찍이 날 키워준 산들아! 내 고향 굳고 소중한 국경이여!
　어머니의 집을, 그리운 자매들의 포옹을 이윽고 나는 찾아내리,
　그때 너는 날 껴 앉으리, 내 마음을 밧줄로 붙들어 매리.

독일의 서정시인 F. 횔더린은 고향을 이렇게 노래했다.

중국의 문필가 全聖嘆은 사람이 행복을 느낄 수 있는 33가지의 경우 가운데 고향에 돌아가는 기쁨을 빼놓지 않았다.

강둑에 아낙네들이 고향 사투리로 말을 주고받고, 시냇가에서 어린이들이 물고기를 잡고, 멱감는 아이들을 보면 고향을 찾는 동네 어귀에서부터 마음이 설렌다.

정작 어릴 때 떠난 고향을 철들어 다시 찾으면 모든 것이 어설프기만 하다. 높아만 보이던 산도 나지막하고 그렇게 크게 느껴지던 학교 운동장도 자그맣고, 현실의 고향은 그렇게 아름답지도 공해에 찌들어 황량하기만 하다.

그래도 그곳에는 대자연이 있고 존경했던 어른들이 계시고 정다운 이웃들이 있고 고향 떠난 많은 친구들과는 달리 고향을 지키고자 남아 있는 벗들도 있고, 오늘 내가 있게 해준 어머님의 유택이 그곳에 있기에, 고향은 언제 생각해도 잊혀질 수 없는 것이다. 그래서 나는 고향을 생각하면 가슴이 뭉클하며 눈시울이 나도 모르게 뜨거워진다. 도회지에서 자란 아이들은 자동차의 물결과 북적거리는 백화점 속의 휘황 찬란한 물건들만 보아 오지만 고향의 아이들은 새 둥우리에 손도 넣어보고 냇가에서 물고기도 잡아보고 먼 산과 먼 하늘을 보면서

장래의 꿈을 익히며 고향을 품고 있는 아이들은 따뜻한 마음을 간직할 수 있다.

그 많은 변천을 겪어 날로 달라지는 고향의 모습이 아롱거린다.

〰1989년 9월 17일

大圓一法燈의 야외 법회가 있는 날이다.

덕소 근처에 있는 묘숙사는 약 1,300년 전 신라 문무왕 때 원효대사께서 창건했다고 한다. 중건은 이조 초 세종대왕 때 180間에 달하는 웅장한 불사를 이룩하여 사세를 확장했으며 지금의 7층 석탑 등 많은 사적(寺蹟)을 남겼다고 한다.

이조시대에 산승이 남북한 강변에 병영을 설치하고 무예로 과거를 보게 하던 시대에 당사(當寺)에서 이를 시행했으며 寺 안에 10여 칸의 평단은 당시 승려가 활을 쏘던 장소이며, 사명대사께서 임진왜란 때 승군(僧軍)을 훈련시키던 곳이다.

고종 32년 산신각이 건립되었고 1969년 화재를 만나 현 대웅전은 1971년 새로 중건 된 것이다 대웅전 앞의 8각 7층 석탑은 본래 사원 앞에 위치해 있었으나 1971년 현 위치로 옮겨 온 것이다.

◟1989년 9월 23일

2층의 세입자를 정할 때 전세금 3,000만 원을 내되 추석 전에 기름 보일러로 교체해 달라는 청을 수락한 일로 오늘 보일러 공사를 하게 되었다.

보일러공은 전화상으로 혼자가도 된다는 사장의 말이 있었다고 몇 번이고 되뇌는 것을 보면 이곳에 도와 줄 사람이 있을 것이라는 것을 전제로 한 말이다. 하지만 아이들은 다 출근하고 이곳에는 나 혼자밖에 없지 않은가? 지나치게 무리한 정도의 일은 아니지만 내 나이에 종일 이리가랴 저리가랴 심부름 등 앉을 사이 없이 분주히 드나든 탓도 있고, 며칠 동안 잡다한 집안 일로 특히 어제와 그저께의 "창살문 일"에 몰두한 탓에 발목이 부어 파스를 바르고 주물러 봤지만 발목 놀림이 여간 불편하지 않았다.

◟1989년 10월 13일

족발 집으로 유명하다는 장충동 어귀, 돼지갈비가 유명하다는 태릉 근방 유명하다는 그곳에는 어김없이 원조, 진짜 원조, 참 원조라는 간판이 붙어 있다.

그뿐이라 참기름에도 진짜 참기름, 순 진짜 참기름 등 수식어가 다 동원되는 세상에 교육까지도 "참 교육"이란 말이 나오게 되었으니 입맛이 쓸쓸할 수밖에 없다. 적어도 교육이란 말의 뜻을 정확히 알고 나면 "참"이란 수식어가 붙을 필요가 없다.

敎란 가르친다고 풀이되나 한자 자체가 가지고 있는 복합적인 의미는 그리 간단치 않다. 敎란 "孝"자와 "攵"자의 두 글자가 합하여 된 효도할 "효"와 똑똑 두드릴 "복"을 써서 효도를 잘 하도록 잘 두드린다(잘 지도한다)는 뜻으로 그 진정한 의미를 음미 해볼 필요가 있다.

그럼 "育"이란 무슨 뜻인가? 잘 감싸서 기른다는 윗글과 "月"은 "肉"자로서 인간의 육체를 말하므로 이 두 글자가 합하면 육체가 잘 커갈 수 있도록 잘 양육한다는 말이다. 교육이란 한 단어가 되면 앞의 글자는 인간의 궁극적인 목표인 사랑을 가르친다는 것이오, 뒤의 글자는 그 사랑을 밑바탕으로 인간이 삶을 영위하는 수단을 훈련시키는 것이다.

그러므로 교육은 강압이나 구호나 투쟁으로 이루어지는 것이 아니라 교육 관계자 모두가 소금이 되려고 했을 때에만 진정한 교육이 이루어지지 않을까 생각한다.

하루종일 집사람이 종원이한테 전화해서 먹는 것, 세탁, 집안 청소 등을 걱정하기에 저녁 식사 후 승원이 집으로 가보기로 했다.

승원이가 20여 일 예정으로 체조 국제심판으로 서독행을 하고 난 후인지라 아이들이 어떻게 하고 있는지 가본 것이다. 종원이는 저녁밥도 굶은 채 자고 있고 종환이도 저녁을 굶은 채 혼자서 집 보는 셈으로 있다. 바로 옆 棟이 큰집이고 할아버지 할머니도 계신데 자기들 친손자 저녁 정도는 불러다 챙겨 먹이는 것이 옳은 일인데 도저히 이해가 안 간다.

〜*1989년 10월 30일*

*마침 여의도로 가는 길이기에 이춘화 씨를 63빌딩 커피숍에서 10시 반
에 만나기로 약속했다.*

이 집으로 이사온 후 자질구레한 위생난방 분야의 수리공사
에 있어 남들의 반액에 가까운 임금으로 수고 해준 이춘화 씨
에게 고마운 마음과 오랫동안 격조 해있었기에 만나 식사대접
과 차라도 한잔 나눌까 해서다.

그 길로 교보빌딩까지 동행했고 점심을 참치구이 정식으로
하고 차 한잔하고 헤어졌다.

〜*1989년 11월 1일*

밤새 내린 비가 오늘의 설악산 행을 망치지나 않을까 걱정이다.

아침을 간단히 먹고 버스 정류소에 나가보니 어떠한 버스도
한계령에는 정차하지 않는다는 말을 듣고 보니 아찔하다.

양양에서 택시를 부르면 일만 원, 용케 택시를 만나면 오천
원이면 갈 수 있다는 말에 또 한 번 실색했다. 설마 길이 있겠
지 하고 배낭을 길에 내려놓고 길가에 주저앉아 지나는 차마
다 손을 들었다.

집사람이 자가용을 세웠는데 세 사람이 탔는데 늙은이이기
때문에 봐 준다는 말에 차를 타고 목적지까지 편히 왔다. 담배
값이라도 주려 했지만 한사코 뿌리쳐 고맙다는 인사를 나누고
108계단을 밟기 시작한 시간이 9시가 조금 지나서다 한계령에

서 대청봉까지의 등산길은 한산하기 짝이 없다.

물통에 물을 조금 넣고 오르기 시작했는데 밤새 내린 비로 빙판인 곳도 있고, 넘어지고 바위틈을 건너건너 미끄러지고 걷기를 5시간, 도무지 어느 한사람 오르내리는 사람 없으니 불안하기 짝이 없다.

혹시나 이 길이 아닐까? 요즈음 폐쇄된 길인가? 5시가 넘어해는 서산에 지고 있는데……. 마침 젊은이 한사람이 쿵쿵 발소리를 내면서 내려와 얼마나 반가운지.

얼마간 가다가 해가 저물면 야영이라도 하려는 심산으로 발길을 재촉했다. 조금 전에 지나간 그 젊은이의 발자국을 밟으면서 약 1시간 오르니 해는 서산에 걸쳤다. 어떤 정상에 오르니 사람의 발자국이 수없이 있다.

아마도 대청, 중청을 거쳐 이곳에서 오색으로 내려간 등산객 같다. 이 발자국만 봐도 한결 마음이 놓인다 앞에 서서 집사람을 재촉 또 재촉하면서 걷기를 30분이 지났을 무렵, 중청봉 남쪽 편에 있는 팻말에 당도했다. 오후 5시 45분경에 중청 대피소에 당도하고 한숨을 내 쉬었다.

내일은 아침 일찍 대청봉에 올라 해돋이를 보리라.

1989년 11월 15일

어제 저녁 정판기 씨와의 약속이 있기에 재천 형님을 오시게 한 후 이곳 저곳 구경도 시켜드리고 기다렸다.

판기 씨가 제시하는 자료는 우리 행암파의 사활이 걸린 족보문제가 완전히 해결되고도 남음이 있는 소중한 자료(아마도 160년이 훨씬 넘은)를 직접 보았으니 이 얼마나 기쁜가?

대전에서 곧 있을 대동보 간행 때 이를 제시하면 지난날 기미보의 허위성이 백일하에 드러날 것이다.

—(중략)—

↜ 1989년 11월 16일

의정부 송산동 설학제 효자봉의 할아버지의 묘사 참배를 위해 새벽 5시에 기상했다.

도착하니 간밤에 모인 많은 종인들이 식사 중이었고 11시가 지나서 제가 시작되었다. 고습(古習)대로 집행하느라 무척 까다로웠고 시간이 많이 소요되었다.

—(중략)—

↜ 1989년 11월 20일

오늘은 재천 형님과 같이 양산문화원을 찾았다

김문수 작가로부터 소개받은 문화원 원장, 동석 중인 성병달 씨를 만나뵙고 후한 접대를 받으며 자신의 일과 진배없이 관심을 갖고 조언을 아끼지 않는 그들이 매우 고마웠다. 이내 급히 달려온 황우찬 씨의 증언으로 할아버지 산소가 이곳에 있다는 확신을 갖게 되었다.

—(중략)—

다음날 아침 7시경에 기침을 했는데 재천 형님이 꿈 이야기를 했다 "신발을 잃어버리고 쩔쩔매고 있는데 웬 노인이 나타나 잃은 신발을 돌려주면서 앞으로는 절대로 신발을 잃어버리지 말라는 심심히 당부를 하는 꿈을 꾸었다"고 하였다. 이 말을 듣고 분명히 할아버님의 유택이 이곳에 있다는 심증을 더욱 굳혔다. 관계 주민들을 나오라고 약속을 하였으니 빨리 출발하자는 황우찬 씨의 말이 떨어지기 무섭게 택시에 몸을 싫었다.

—(중략)—

᭶1990년 1월 3일

서울대학교 규장각에 갔었다.

혹시나 경주 이씨 족보에는 있는지 지금의 감토봉이 400여 년 전에는 감동산으로 불렸는지 그 지명과 산명의 내력을 고증하기 위해서다.

—(중략)—

᭶1990년 1월 5일

둘째 사위인 이용수가 지난달 火魔에 공장의 사무실 일부가 불에 탄 곳을 수리를 하고 고사를 지낸다기에 가 보았다.

용수 형님 내외분이 왔었고 우리 식구들은 봉진이만 출장중이라 참석하지 못했고 전부 참석했다.

—(중략)—

告祝文은 즉석에서 내가 써서 읽어주고 "보업수성(保業守成)"의 글귀를 써서 액자로 준비해 와서 걸어 주었다. 융창(隆昌)에 융성(隆盛)을 거듭, 우리 나라에서 가장 탄탄한 기업으로 성장되기를 축원했다.

▲1990년 1월 8일

양산의 일이 궁금했다.

양산에 전화했더니 "좀 더 기다려라 함화동과 지금의 화제리를 연결시키기 위해 고증을 살피고 있다"고 하셨다. 양산의 일은 형님이 맡았는데 진행 사항에 대해 연락을 주셔야 이곳에서도 그에 따라 움직일 텐데 양산을 다녀 온 지도(12월 23일) 10여 일이 지났는데도 그간의 양산 사정에 대해 전화를 해 주시지 않아 꼭 내가 전화를 해야만 한다.

특히 동명과 감동산의 이름에 관해 지금의 명칭이 감토봉으로 변천돼 온 내력을 상당히 캐고 있는 것이 분명하다. 경주 李씨 족보(은자 할아버지와 같은 위치에 있음)에서 이삼득 씨 7대조 묘의 소재가 함화동이라 적혀 있어 이상 없는 고증이 되겠지만 군위 관계도 있고 하니 신중을 기해야 하겠으며, 며칠 전 국립도서관에서 본 1918년도 간행의 경주 李씨 파보(양산군 화제리 감토봉이라 명기되었음) 내용 이상의 것이 나오지 않으면 양산 邑誌나 조선 고지도에서 지명을 찾아봐야겠다.

경주 이씨 족보에 관해서는 1800년대의 구보(舊譜)가 서울대 규장각에서 국립중앙도서관으로 이관했다고 돼 있으나 도서관에는 없었다. 그래서 그들의 중앙화수회(中央花樹會)에 가서 얻어 볼 수밖에 없어 세전에 애써 찾아갔으나 구보(舊譜)는 캐비닛에 들어 있는데 열쇠를 가진 분이 나오지 않아 보지 못하고 그냥 돌아왔다.

그래서 다시 전화를 했더니 그곳의 조직부장이란 사람이 전화를 받고는 "이곳에 와서 직접 물어봐야지 전화로는 말할 수 없다"는 것이다. 일전에 허탕을 쳤으니 캐비닛 열쇠를 가진 분이 나왔는지만 알려 달라고 했는데 역시 이곳에 와서 물어보라는 것이다. 불쾌하기 짝이 없지만 참았다.

그래서 직접 혜화동 소재 중앙화수회에 찾아갔으나 문안에 들어서도 어떻게 왔는지, 누구냐는 말도 없이 자기들 할 일만 하고, 數分 후 일이 끝났음에도 먼 산만 쳐다보고 있기에 내가 먼저 "지난번 舊譜를 보고자 왔는데 열쇠를 가진 분이 안 나와서 못보고 그냥 갔는데 열쇠 가진 분이 나오셨습니까?"라고 공손히 물어본즉 "그분이 집에서 출타했다고 했는데 아직 나오지 않았다. 아무래도 그분이 나와야 한다"고 하기에 "그분의 전화번호라도 알려주면 내일 아침 직접 전화를 걸어 이곳에서 만날 약속을 받겠다"고 한 바, "오는 13일까지는 바빠서 어쩔 수 없으니 그 후에 오시오"라고 한다.

그래도 꾹 참고 "아니 캐비닛 열쇠 가진 분 전화번호만 알려 주시면 이곳에서 만날 약속을 하겠다는데 바쁜 것과 무슨 상관이 있습니까?"라고 되묻자 "그분도 밖에서 일을 보고 있어 바쁘다."고 한다. 사실이 그렇다면 전화했을 때 왜 말해 주지 않고 이 나이 많은 사람이 두 번이나 찾아갔는데도 바쁘다, 열쇠 가진 분의 전화번호도 알려 주지 않고 이렇게 박대를 하다니……. 순간 화가 머리끝까지 올랐지만 애써 참았다. 이렇듯 상식 밖의 행동을 어떻게 이해해야 할지. 내가 찾고자 하는 이일을 위해서 무던히 참고 또 참고 참았다. 시간과 열정을 바치는 것은 고사하고 이렇게 힘들게 하고 있는 것을 종문의 일족들이 알아주지 않더라도 한마음이 되어 관심과 협조만 해주어도 좋겠다.

◟1990년 1월 11일

양산군 함화동과 감동산의 고증을 위한 자료열람 일을 오늘로 마감하기 위해 서울대 규장각으로 아침 8시에 집을 나섰다.

어제 오후부터 작성한 목록을 가지고 자료청구를 했다. 대충 작성된 목록은 일반적인 범위에 속하는 地志 분야이며, 그 다음은 邑誌, 郡邑誌, 산천 분야, 그리고 옛 지도 분야이다.

오늘은 2회에 걸쳐 청구를 하고 다시 청구서를 내 놓으니 담당자가 미리 손을 내젓는다. 이유인즉 하루에 청구서 1장(1장에 欄이 5개 있음)으로 제한 되어 있는데 오늘은 오전에 2장 오후에 1장 해서 이미 많은 자료가 반출되어 안 된다는 것이다. 그리고 열람자가 많아 손이 딸린다는 것이다. 시간을 보니 오후 2시밖에 안 되었고 자료 신청은 국립도서관과 마찬가지로 늦어도 4시까지는 열람할 수 있을 텐데 거부하는 것은 이해가 되지 않아 "그것은 무슨 근거이냐"고 물은 즉 "규장각 내규에 그렇게 되어 있다"고 하여 내가 볼 수 없느냐고 되묻자 묵묵부답에 보여 주지도 않는다.

안 된다는 어린 여직원과 싸울 수도 없고 내일 다시 오면 되지 않나 싶어 씁쓸히 발길을 옮겼다. 이곳이 국립대학 내에 있는 고서(古書)도서관이기 때문에 소중한 자료를 얻기 위해 다소 많은 사람들이 이용할 것으로 생각되는데 단지 고서를 소장하는데 그치지 말고 누구에게라도 필요한곳에 널리 알려야 함에도 안내에 써 놓지도 않고 자체내의 제한된 내규를 자신들만 알고 시행함은 무언가 크게 잘못된 것이다.

～1990년 1월 30일

오전 중에 재천 형님이 셋째 아들집에 왔노라 하시면서 우리 집을 오셨다.

지난 15일에 전화연락을 좀 해 주시지 않느냐 고했을 때 음력 정월 초 3일에 서울에서 양산의 사정을 얘기하시겠노라고 하시더니 아마도 그래서 오신 모양이다.

얘기하는 여러 가지 사정을 보아 무척이나 노력하신 것 같고 경비도 수다히 소비 한 것 같다. 그러나 전화상으로 그때 그때의 상황을 말씀 해 주시면 좋으련만 전화를 거의 안 하시니 항상 내가 먼저 해야 한다.

아무튼 양산 문제는 지금까지의 자료와 문화원장과 향교, 그곳 주민의 확인을 받았는데 "暳"자 할아버지의 묘역 정화 작업을 하는 것과 "師"자 "舜"자 할아버지의 墓城을 정비하는 문제는 소요경비도 문제이려니와 경주 이씨 종친회의 적극적인 동의와 협조가 전제되어야 하기 때문에 할 일이 태산이다.

금년의 청명일까지는 묘의 정비는 끝내야 하고 床石과 碑石 시설 등은 가을의 묘사까지는 끝내야 하는데……. 생각 같아선 재천 형님과 나의 개인 부담으로라도 하고 싶은데 지금의 내 처지로는 감당하기 어려우니 걱정이 아닐 수 없다.

＼1990년 2월 16일

외손자 종원이 초등학교 졸업식이 있는 날이다.

향군회관 대강당에서 한다기에 외손자이지만 나에게 첫손자 이기에 보람도 있었고 사돈댁도 미국에서 와 계시는 터라 만 나 뵐 겸해서 집사람과 동행했다. 초등학생 600명에 한 집에서 평균 3명씩만 와도 2,000여 명이고 보니 발 디딜 틈도 없었다. 오늘의 졸업식에는 다른 학교와 다른 식순이 있었는데 학부모 대표의 謝辭였다. 6년간을 자녀를 위해 교육해 주신 교장 선생 님 이하 여러 선생님들에게 감사하다는 인사말이다.

마지막 졸업식 노래가 울려 퍼지자 나도 저런 시절이 있었 다고 지난 옛일을 회상하면서 눈시울이 뜨거워졌다.

＼1990년 2월 24일

며칠 전에 화선지(반야심경 보시용)를 15매를 접느라 하루종일 앉아 있

은 것도 화근이지만 그 후 반야심경을 쓰느라 책상에 종일 앉은 탓도 있어 어제부터 허리에 담이 붙은 것 같다.

아침엔 기상이 어려워 약을 사 오라 하여 아침 식후 3번을 먹었더니 밤에는 원상태로 회복이 된 것 같다.

오후에는 오덕보람회(五德普覽會) 2월 정기 총회가 있는 날이라 봉원사 가사당에 나가 보았다. 화성군 어느 사찰에 주지스님인 正樂스님의 법문이 매우 유익하여 적어 보면 다음과 같다.

불자로서 평소에 지켜야 할 덕목은
첫째는 언행생활(言行生活),
둘째는 교법이해(敎法理解),
셋째는 지계생활(持戒生活),
넷째는 발심수행(發心修行),
다섯째는 전법실천(傳法實踐)을 들었다.23

다음은 불법에서 나오는 전문용어를 풀이해 보고자 한다.

법문용어		실물공양		우리가 추구하는 행복에 비유
반야	……………	등(燈)공양	……………	지혜(知慧)
해탈	……………	향(香)공양	……………	자유(自由)
열반	……………	차(茶)공양	……………	생명(生命)
보살행(자비)	……………	꽃공양	……………	사랑
보리	……………	과일공양	……………	능력(能力)
선정	……………	쌀 공양	……………	기쁨
보시	……………	불전(돈)	……………	복(福)

우리는 무엇보다도 베푸는 것을 복으로 여기고 또한 남을

해하지 않으려는 의식의 대전환이 있어야 한다. 이 세상 사람
들이 위와 같이 된다면 이 세상은 지상 낙원이 될 것임이 틀
림없다.

～1990년 2월 28일

오늘은 집사람 생일이다.

아침엔 미역국을 먹었다지만 저녁식사는 아이들하고 같이
한다고 부엌을 왔다갔다하며 생일밥상을 자기 손으로 마련하
는 꼴이 보기 싫다.

그래도 과천 막내며느리가 12시경에 먼저 와서 한결 심정이
가라앉는다.

출장을 가서 귀가치 못한 봉진이를 빼고는 모두 모였다. 손
자 손녀 모두 모여 케이크도 자르고 자그마한 선물과 편지를
읽으면서 생일축하 노래도 부르고 사진도 찍었다.

승원(봉순), 봉임, 봉철 내외들은 늦게까지 놀다가 돌아갔다.

～1990년 3월 23일

옆집 공사장을 보니 이씨가 왔다갔다한다.

옆집의 공사로 인해 우리 집에 피해를 입게 되어 어제 오전
에 현장에 상주하다시피 하는 목수에게 집주인과 상의 좀 하
자고 했는데 설마 나를 불러 주겠지 하고 족보 관련 일을 하

고 기다렸으나 종일 연락이 없다.

옆집의 공사로 우리 집 바로 옆을 파편서 우리 집 지하실 문과화장실 문이 전혀 닫히지 않아 2주 전에 알리면서 이씨를 우리 집으로 안내한 후 벽과 바닥에 심한 균열이 있는 것을 확인시켰다.

그 자리에서 이씨는 "조금도 정 선생님께 손해가 되지 않도록 전적으로 책임지고 고쳐 주겠다"고 하기에 여러 가지 심적으로 피해가 되어도 이웃이 될 사람이기에 남아의 말을 믿고 기다려 왔는데도 불구하고 공사장에 왔다갔다하면서 말 한 마디 없으니 이것 그 자를 잘못 본 것이 아닌가. 금이 간 당시 즉각 수리하도록 조치를 하려 했으나 이웃이 될 사람을 믿고 기다려 왔는데…….

담을 경계로 하는 이웃은 유무형으로 손해를 보기 마련인데 제일 먼저 찾아와서 공사 중 불편을 드려 죄송하다는 동의를 구해야 함에도 불구하고 크나큰 피해를 주고도 자기네 지하옹벽을 공사한 지 열흘이 지나 판자를 뜯어내는 공사를 계속하면서도 일언반구 말이 없으니 괘씸하기 짝이 없다.

지금까지 참았으면 지나치진 않았는데 아무리 긍정적으로 생각하려 해도, 좋게 진실한 마음으로 사람을 대하고 살려 해도 이런 사람은 피해만 당하는 세상이 되고 보니 한심하기 짝이 없다.

✎ 1990년 4월 30일

2층 세 들어 사는 아주머니가 전세 자금 마련을 위해 전세금을 담보로 빌린 400만 원을 내가 보증을 선 것이 문제가 된 모양이다.

작년 말인가 싶다. 돈을 빌려준 이에게 내가 확약서를 써준 모양인데 그 여자에게 전화가 와서 "아무런 말이 없이 홀연히 이사를 갔으니 이 일을 어떻게 하느냐?"고 해왔다.

종국엔 나에게 책임을 묻지 않을까 걱정이 돼서 그 여자가 있는 카페까지 찾아갔으나 문이 잠겨 있어 황당했다.

혹시나 해서 우리 집에 있을 당시 전화번호로 몇 번에 걸쳐 전화를 하여 작은아들 녀석이 다행히 전화를 받아 어머니가 안 계시다기에 귀가하면 즉시 전화를 해달라고 해놓고 가슴 조이며 기다렸다 1여 시간 기다리니 전화가 와서 "그 여자에게 송금했으니 안심하라. 그리고 돈 빌렸을 때 써 준 종이는 2,3일 내에 받아서 전해 주겠다"는 말이다.

당시에 자기의 어려운 상황을 도와주기 위해 보증을 서 주었는데 이렇게 피해를 주고 말도 없이 가버렸는데 그 말을 믿어야 할까도 의심할 수밖에 없다.

세상이 하도 험한지라 내가 작성해 준 그 종이를 내 손에 넣을 때까지는 불안하기 짝이 없다.

차후에는 일절 그러한 청에 불용(不容)하리라 마음속에 다짐했다.

⟍1990년 5월 20일

일주일 전부터 각 小宗會 대표에게 서신을 띄워 진해시 행암동 대종회 사무실에 가서 인쇄물을 찾아가라고 했기 때문에 기어코 오늘 오전중에는 진해까지 가야 했다.

몸살 감기에도 불구하고, 더욱이 한약(봉임이가 3첩 지어줌)도 먹다 말고 8개에 달하는 인쇄물 꾸러미를 손수레에, 엘리베이터를 거쳐 승차장까지 큰애가 짐을 챙겨주고 갔지만 몸이 몹시 괴롭다.

마산에 도착하니 재천 형님이 미리 와 계셨고 5,000원을 주고 택시로 행암동까지 운송했다. 약 60명에 달하는 통지서를 내었으나 오후 한시가 다 되어도 회장을 제외하고 단 한사람도 성묵이 집에 와 있는 사람이 없다. 부산에서 인수 대표가 도착했으나 가까운 진해 시내에 거주하는 대표는 한 사람도 보이지 않는다. 기가 막힌 일이다.

집안 일에 어찌 이다지 무심할 수 있는가 모든 것을 회장과 총무 재무한테 일임하고 대기, 집에서 점심을 한 후 인수, 재천 형님과 함께 부산으로 떠났다.

지난 5월 6일에 부산에 갔을 때 경주 이씨 문중(양산군 현지) 문제도 전혀 움직인 흔적이 없다. 귀가 울리고 현기증이 심해 몹시 괴로웠다.

옆 사람들은 먼 산 불 구경하듯 하는데 왜 나와 재천 형님은 이 일을 맡아 고뇌하고 있는지? 이유인즉 시간을 두고 기다려 보자는 것이다.

기다린다고 우리에게 유리한 결론을 받을 수 있겠으며 가만히 앉아서 이 모든 자료들이 얻어질 수 있는가 말이다. 회의감을 느끼게 된다.

내가 아니면 안 된다는 생각은 아니지만 시간과 열정을 바쳐 나서서 할 사람이 보이지 않는다 어차피 내가 나서서 해야 할 일이라 몸이 부서져도 내가 하는 수밖에…….

∼1990년 6월 6일

오늘은 현충일이다.

아침에 손녀들과 함께 반기를 게양하고 둘러보니 이웃에 아무도 弔旗를 단 집이 없다. 세상이 이렇게 메말라 가니 누가 국가 민족을 위해 헌신하겠는가? 자기 이익만을 추구하고 물질만능의 세상이 되어가고 있으니 말이다. 오늘은 공휴일이며 왜 오늘을 공휴일로 정했는지를 한 번쯤 생각해 봐야 한다.

오전에 목욕을 하고 오후에는 깨끗한 몸으로 공양미를 들고 심택사를 찾았다. 매주 꼭 한 번씩 다녀왔었는데 요즈음 문중의 일로 소원했고 특히 오늘은 현충일이고 해서 순국선열의 영혼을 위로하는 예불을 드렸다.

∼1990년 6월 13일

한여름 기온같이 몹시 더운 날이다.

복사해 온 교서랑공파보 내용이 제대로 되었는지 하루종일

대조 해본 결과 많은 부분이 잘못되었다. 그자의 요구대로 복사비는 10만 5,000원을 다 주고 가져 왔는데 이것이 뭐냐 말이다.

잘못된 부분을 찢어내고 제대로 된 곳을 풀칠해 붙이고 해서 일부는 고쳤지만 또 내일 하루종일 해도 일이 끝날까 싶지 않다 돈은 돈대로 들고 이래저래 나는 손해만 보는 꼴이니 나의 이 같은 고생의 대가는 어디 가서 보상받을지…….

오전에는 문갑 족장님에게 전화를 하고 부산의 두조 부회장님에게도 장시간 전화를 하여 주말께 거창, 성주, 밀양을 거쳐 진해까지 가겠으니 당면한 집안 문제에 관해서 뜻 있는 몇몇이 진해에 보여 상의해 보자고 했다.

⬆1990년 7월 1일

인섭이의 조부모 장례식에 참석 차 버스로, 택시로 양원동 회장집에 갔으나 아무도 안 계시는 것 같아 노인정으로 갔다.

노인회 주최 식이 끝날 때까지 참관하고는 회장이 "양원동 고개 마루턱이 올라서면 중앙선이 지나는 터널 근처에 사람이 많이 모인 장지가 보일 것이다"라는 말에 따라 나섰지만 장지 같은 곳은 보이지 않아 밭일하시는 분에게 물은즉 "터널 우측에 있다"고 하여 갔더니 2,30여 명의 사람들이 운집해 있었다. 많은 시간이 걸려 5시가 넘어 이장제(移葬祭)가 거행 되었다.

축문은 당초에 내가 하기로 했는데 뒤늦게 온 일족에게 시키기로 하였다 하기에 그렇게 하라고 하고 제가 끝나고 음복주 몇 잔을 나눈 후 집으로 귀가했다. 집으로 돌아와 생각 해 보니 속이 많이 상한다. 개인적으로 내 돈을 십만 원씩이나 내가면서 하루종일 뙤약볕에서 앉았다 섰다 하며 수 시간을 보내면서 이런 일을 왜 내가 혼자 해야 하는지? 진해 행암의 일족들은 무엇을 하는지? 이 모두가 족보상의 지난날의 잘못을 바로 잡는데 필요한 인간 관계가 아닌가?

✎ *1990년 7월 3일*

마침 재천 형님도 계셨고 오늘 오후에 기철이가 온다고 했다.

기록 등을 정리 해보니 여러 가지 어려운 문제점을 앉고 있었다.

그 애가 가지고 있는 家牒이나 尙州牧使가 1876년에 기명해 준 기록을 보았을 때 우리의 18세 萬자 龍자 후손임이 분명한데 약 3년 전부터 뿌리를 찾기 위해 관계되는 일족을 찾아 다녔고 심지어는 종약소까지 찾아다니며 뿌리를 찾아 달라고 애원한 바 있고 재작년부터는 설학제 할아버지의 후손을 자처하면서 각지의 묘사에 참배하고 다니는 것을 감안할 때 萬자 龍자 할아버지의 후손으로 그 뿌리를 찾아 주어야하겠기에 오라고 하였고 그 문제점을 얘기 해 주니 납득하는 언행이었다.

평소 웃어른들로부터 동래 정씨 문하이고 "만"자, "용"자 할아버지의 후손이란 것만 구전 돼 온 것으로 보인다.

"만"자 "용"자 할아버지가 서기 1530년이고 기철이의 증조할아버지가 1847년이고 보니 그사이 317년 기간을 1대를 30년을 보아도 10대 이상이 되어야 하는데 4대밖에 없으니 이것을 어떻게 해결해야 할지 웃어른들과 상의해 알려주기로 했다.

↘*1990년 7월 10일*

현령공파보 간행을 위한 2차 회의가 11시에 용궁 갈비집에서 있었다.

우리측에서는 硅守, 在千, 나 3인이 참석했고 군위에서도 6,7명이 나온 것 같았다.

회의는 회장의 개회선언으로 시작되었는데 회장단 모임을 먼저 갖자고 한 후, 이윽고 총무 수석 씨의 발표가 있었는데 심의기구를 두기로 했는데 인섭 부회장이 겸직하도록 하는 것과 각파에서 3명씩을 선임하여 波 대표하고 그 사람들이 수단(收單), 교정, 편집 등 일절의 업무를 맡도록 하는 것으로 하고 진해 행암파와 군위파의 문제는 쌍방이 제시하는 자료에 의해 심의하여 결정토록 하겠으며, 곧 편집 지침서를 만들어 각파에 배포하겠다는 내용이었다.

그리고 부회장이신 태열 형님께서 "직장공파에서는 誚자파에서는 太高를, 閻자파에서는 守祚와 極髡을 추천코자 한다"고 하자 극면 씨가 불쑥 일어나 우물쭈물 알아듣지도 못하는 소리로 동의할 수 없고 수원의 之煥 부회장에게 수교한 내용대로 해야 한다는 내용이다.

이어 태열 부회장님이 일어서서 "아까 수교한 내용을 보았는데 1개 파에서 3사람을 내야 하는데 군위파에서만 세 사람이 다 독점하면 큰집인 誚자파와, 행암파는 아무것도 못하는 셈인데 세상에 이런 일이 어디 있느냐?"고 크게 소리를 질렀다.

그러자 군위의 총무 규동이란 자는 태열 형님을 향해 "부회장과 파 대표를 형제가 다 해먹는다"고 소리를 친다.

이어 격노한 형님과 나는 당신들 집안 일도 다스리지 못하는 주제에 왜 남의 집안 일에 관여하느냐고 하며 태열 형님은 격노하여 극면과 규동을 싸잡아 엄청나게 꾸짖고 회장은 일어서서 회장단에서 결정한 일이니 그렇게 시행하겠다고 선언했다.

—(중략)—

➤ 1990년 7월 11일

아침 일찍 수철 회장님으로부터 전화가 왔다.

"진해 행암파와 군위파 관계에 있어 쌍방에서 가지고 있는 자료를 제시하게 한 후 회장단에서 실질적인 심의를 하여 그 관계를 명확히 하려 하는데 군위파에서는 가지고 있다고 할 뿐 자료를 제시하지 않기에 내가 물어 보았지. '당신들 무슨 자료가 있느냐?'고 했더니 '500여 년 전부터 군위 사람들이 養源洞에 왕래했다는 기록이 있습니다'라고 하자 '來往 기록과 족보관계자료와 무슨 상관이 있느냐?'라고 했더니 가지고 왔다는 자료 마저 내놓지 않고 가버렸다"고 했다.

어제 모임 자리에서 여러 가지 이야기가 오고 갔는데 1927년에(그러니까 기미보 파보 8년 후에 펴낸) 간행한 바 있는 교

서랑공파보 내용대로, 그들의 관계와 묘 소재지 등을 수보하는 것이 옳다는 데 의견을 모았다는 것이다

즉 어제의 회장단에서 결정된 것은 교서랑공파보대로 師舜 할아버지는 형이 되고 希洋은 동생으로, 한 묘지도 양산의 문화원장과 유림의 典校 및 지방유지들이 확인 해준 대로 闇자 할아버지의 묘소가 양산에 있음이 틀림없는 사실이니 闇자 할아버지에 관한 한 교서랑공파보대로 수보키로 결정하였는데 다만 그 결의 내용 발표는 다음 모임에서 쌍방의 자료를 형식적이라도 보고 난 후에 발표하겠다고 뜻을 모았다는 것이다.

그 동안 불철주야 전국을 헤매면서 밤낮없이 자료를 수집하고 쓰고 만들고 설명하고 이해시키고 노력한 결실을 드디어 보게 되는구나 하는 안도감과 그 성취감은 이루 말할 수 없다.

밤 10시가 지난 시각에 진해 성묵 총무로부터 전화가 왔다. "아침에 봉생이와 태교가 우기를 찾아와 하는 말이 어제의 회의는 개판이 되었는데 아무 결의도 된 바 없고 현령공파보도 못 만들기 쉽다. 그러니 우리 직장공파보를 만들어야겠다고 하드란다. 봉생이가 무엇이 아쉬워 태교에게 붙어서 철부지 같은 일을 하고 다니는지 아무리 이해하고 잘 봐주려 해도 이해가 안 간다.

1990년 7월 16일

군위파들이 서서히 접근해 오는 움직임이 있는 것 같다.
태교 말인즉 "오늘 아침 군위파의 周鉉 씨로부터 전화가 있

었는데 좀 만나자고 하더라 그래서 오늘 시간이 없어서 다음 날 만나자고 했다"는 것이다.

10시의 모임을 마치고 나오려는데 극면이가 다가오더니 "誼자 큰집에서 조정해 주면 따르겠다"고 했는데 아마도 그 움직임의 一環이 아닌가 싶다.

이것 저것 이야기를 나누다가 군위파 주현 씨를 만나면 "군위파는 우리 입장에서 보면 난데없이 기미보 할 때 뛰어든 가짜 일족임이 분명한데 기미보 후 오늘날까지 끈질기게 "誾"자 할아버지 후예가 되겠다고 애쓰고 있어 이제 와서 완전히 묵살할 수 없으니 우리 행암파로서는 1927년 에 펴낸 교서랑공파보 내용대로 수보하는 데 동의하겠다. 그리고 군위의 假는 초혼묘(招魂墓)라고 명기해 줄 수 있다"고 하고 서로 뜻이 맞으면 주현씨와 一次모임을 갖자 그리하여 이것이 합의되면 파보 편찬 양파의 대표가 합의서를 교환하고 집(誼)자의 회장(파보 편찬 부회장)과 편찬위원 대표(태고) 등이 모인 회의에서 합의서 서명 날인한 후 각각 일부씩 보관하자"고 했다.

⌁1990년 8월 21일

아침에 마산의 태열 형님으로부터 전화가 왔다.

오후 8시경 고속버스터미널 서울 다방에서 만나자는 내용이었다. 즉시 마산의 桂守 아저씨께 전화를 해서 "태열 씨가 올라오신다고 하니 꼭 내일의 회의에 참석해 달라고 했더니 그렇지 않아도 12시 차표를 사 놓았으니 서울에서 만나자"

고 했다.

　그리고 국립 도서관에 갔다. 일통보 중 仁豪파에 관련되는 부분을 복사하여 귀가한 후 諱자 계통과 군위파 계통을 일목요연하게 정비했고 7시경에 집을 나서 태열 형님을 만났다. 용건 내용인즉 "서울 태고와 자주 접촉해서 친하게 지내고 우리들 족보 하는데 만의 하나 태고가 맡은 직분을 성실히 수행 못할 때는 수조가 좀 도와달라"는 부탁의 말씀이었다. 소주한 잔을 나눈 후 꽤 취기가 있어 택시를 잡아서 불광동까지 모시게 한 후 41번 버스를 타고 귀가했다.

～1990년 10월 27일

오늘은 수복 형님의 기제일이다.

　19살 되는 1936년 여름, 창궐했던 장질부사에 걸려 끝내 회복하지 못하고 별세하셨는데 운명하실 때 아버지와 어머니 그리고 내가 옆에 있은 것으로 기억된다. 문제가 되는 것은 돌아가신 日字인데 호적상으로는 7월 28일로 되어 있는데 양력 7월 28일은 음력 6월 10일이 된다.

　당시 공법상으로는 양력으로 기재할 때이고 공공묘지에 이장하려면 면사무소에 사망신고를 해야 하는 점등을 고려할 때 사망일은 음력 6월 10일이 틀림없다고 본다. 이것 저것을 고려해 보아도 사망일이 불명하므로 사망일과는 다르지만 음력 9월 9일은 예부터 좋은 날로 치고 있으니 이날을 기제일로 정하고 형님 형수씨에게도 이렇게 고했다.

～1992년 6월 9일

작은사위(이용수)가 인천 남동 공단에 사둔 공장 기공식을 한다기에 집 사람과 성욱이와 함께 봉임이 집으로 갔다.

공장은 남동쪽으로 향해 있고 약 1,800평이란다

유세차 壬申 5월 9일 丙辰 李龍洙는 인천직할시 남동구 남동공단 단지 103블록 4롯드에 토지신과 천지신명께 삼가 고하나이다. 지금까지 업을 영위해 오던 서울특별시 용산구 문배동 11-6번지 소재에 공장을 다른 곳으로 옮기지 않으면 안 되는 사정에 부딪쳐 그 간 옮길 곳을 백방 찾아보았으나 이곳이 여러모로 보아 가장 좋은 곳이라 생각하여 오늘을 택해 공장건설을 기공하게 되었습니다. 이에 경동(警動)하실까 두려워 모든 사정을 고하오니 아무쪼록 후사가 없도록 굽어 살펴주시옵고 앞으로 공장을 세우는 공사 기간 중에도 아무 탈없이 순조로운 공정을 유지하면서 공장건설이 끝날 수 있도록 도와 주시옵소서. 또한 업을 개시한 후에도 날로 번창과 번창을 거듭하여 일진일장(日進日將)할 수 있도록 지신과 천지신명께서 보호하시고 도와주시기를 간절히 바라면서 간소한 잔을 드리오니 강림하시와 흠양하시옵소서!

～1992년 8월 15일

오늘은 일제의 압제로부터 해방된 지 47년 그리고 정부가 수립 된 지 44주기 되는 날이다.

독립 기념관에는 경축 식전이 있었고 상가는 거의 철시가 되고 일요일의 연휴가 이어져 고속도로를 비롯한 전 국도는 대만원을 이룬 것 같다. 나로서는 남달리 감회가 깊어 아침에 수산시장에 다녀오면서 사온 도미회에 소주 몇 잔을 곁들여 옛 추억을 더듬으며 오랜만에 좋은 기분에 쌓여 지냈다. 해방 후 우리는 남과 북이 분단되어 또 한 번 이산의 아픔을 겪고 있는 현실을 극복해 내기 위해서는 88올림픽에서 보여준 우리 국민의 엄청난 저력을 힘껏 발휘하여 한 단계 높은 대북 정책으로 그들을 감싸 안아야 한다고 본다.

광복 47돌은 해방 후 태어난 세대가 이제 우리 민족을 이끌어 가는 주역이 되었음을 시사한다. 남과 북의 새로운 주역들은 서로의 실상을 이해할 수 있도록 정보를 개방하고 왕래를 촉진해야 할 것이며, 우선 경제 교류와 문화의 교류를 통해 서로를 이해할 수 있는 기회를 만드는 것이 중요하다고 본다.

1992년 12월 11일

여관에 1박 한 후 9시 30분에 우성사료를 찾았다.

지난 묘사 때 각 세대당 30,000원씩 부담하면 나머지 모자라는 소송 비용은 내가 부담하겠다는 말을 한 적이 없다고 한다.

순간 앞이 캄캄해졌다.

처음 이 일을 시작하기 전에 재천 형님이 인범이와 논의한 바 있고 "변호사와 잘 알아보고 승산이 있을 때 시작하시오"라고 했으며, 변호사 선임 후에도 변호사가 형사 고소를 하면

된다고 하여 변호사를 선임하고 계약금 10만 원을 주고 왔다고 하니까 그 돈 10만 원까지 우리에게 건네었고, 묘사 전날 재천 형님께서 어제 고소장을 냈고 변호사 선임비 200만 원도 건네주더라는 말을 들었는데, 내일 묘사 후 총회에서 세대 당 30,000원씩을 걷을 것이며 봉생이도 징계하겠다는 말을 낱낱이 듣고 있었으며, 모든 일족 앞에서 나머지 소송비용은 얼마든지 내가 부담하겠다는 명백한 발언이 있었기에 이 일을 진행하고 있는데 기가 막힐 일이다. 일체의 말은 재천 형님께서 했고 나는 옆에서 지켜보고만 듣기만 했다.

이번 일은 개인의 일이 아닌 종문을 바로 잡아보자고 이 늙은이들이 앞장서서 뛰고 있는데 나는 모르겠다고 하면 이일을 어떻게 하란 말인가?

우리가 이일을 바로 잡지 못하고 서 무슨 낯으로 묘사에 참여하여 할아버지 묘 앞에 엎드릴 수 있느냐 말이냐는 등의 애기를 했지만 귀담아 듣는 것 같지 않고 태교와 군위파와 협상을 시도 해 보겠다고 하여 우리로서는 별도리가 없어 주소와 전화 번호를 적어주고 돌아 올 수밖에 없었다. 협의하고 상의해서 될 일이었으면 진작에 우리도 그 길을 택하였을 것이다.

눈물이 한없이 흐르며 격분한 울분이 온몸을 사로잡았다.

▲*1993년 5월 21일*

오늘은 마산에서 2시에 305호 검사실에 출두하라는 출두명령을 받아 마산으로 내려갔다.

　　마산 고속버스터미널 2층 커피숍에 앞서 와 계신 재천 형님
과 점심을 간단히 하고 검사실에 출두했다.
　　담당서기의 심문이 시작되었는데,

　　봉생 : "우리 조상이 무식해서 제대로 된 족보가 하나도 없고 이
　　　　　것이 대동보(갑무 일통보)인데 여기에 우리가 실려 있지
　　　　　않기 때문에 앞으로 있을 대동보에 연결하기 위해서 이번
　　　　　의 직장공파보라도 실려야 하기 때문에 호구단자와 교지
　　　　　를 제시하면서 직장공파보에 실어 달라고 했다"고 한다
　　수조 : "이 사람이 제시한 호구단자는 봉생이 집안 것이 아니라
　　　　　이 형님(재천) 것이다."
　　서기 : "그러면 절도와 사기죄로 왜 고소하지 않았습니까" 한다.
　　수조 : "그래서 확인 해보고 잘못 되었으면 그 죄상을 물어야 하
　　　　　지 않겠습니까"라고 말했다.

이어 정봉생과 정태교를 번갈아 보면서

　　"정봉생 씨는 직장공파보에 올려 달라고만 했는데 왜 그 자손이
없는 庶子의 집안으로 고소인의 선대조 휘 德允을 이었으며 억신
과 군필은 6촌 형제지간인데 부자간으로 만들었습니까?"
　　봉생 : "구체적인 그러한 것들은 정태교가 작성한 것입니다."

이어 담당계장은 정태교를 보고

　　계장 : "그것이 사실인가요?"
　　태교 : "제가 임의대로 그것을 작성했습니다."
　　계장 : "그러면 정태교 씨는 참고인으로서 내용의 조서를 받아야
　　　　　하겠습니다."

이 심문내용을 듣고 보고 있던 金秀旭 검사는 "모두들 이리로 오시오" 하자, 이때 나는 작성해 간 대비표를 내 놓고 사실과 사실이 아닌 부분을 내놓고 간단히 설명을 했다.

　　　검사 : "그러면 이 분(億信)은 어떻게 되는 분인가요?"
　　　봉생 : "저의 할아버지입니다."
　　　검사 : "그러면 이분(興權)은 어떻게 되는 분인가요?"
　　　봉생 : "우리 할아버지가 아닙니다."
　　　재천 : "검사님 거기에 적혀 있는 분들은 모두가 저의 직계 할아버지입니다."
　　　검사 : "그러면 정봉생 씨! 앞으로의 대동보를 잇기 위한 근거를 마련하기 위함이라면 자신과 정봉생 당신의 직계조상을 등재해야지 남의 직계조상을 당신 마음대로 싫어 달라고 한 것은 무엇 때문인가요?"
　　　수조 : "검사님 족보의 생리상 결코 어느 개인이 요청이 있다고 해서 족보에 수보할 수는 결코 없습니다. 왜냐하면 선대 조상을 거슬러 올라가면 다른 집안의 조상도 되기 때문이기 때문입니다. 따라서 족보는 문중, 또는 집안의 동참 동의와 소정의 단자와 단금을 내지 않으면 안 되는 것입니다. 즉 혼자의 요청만으로 여러 집안이 같이 관련되는 조상을 임의로 등재할 수 없는 것입니다."

　　검사는 정봉생과 정태교를 보면서,

　　　검사 : "사실과 다르게 서자의 집안으로 만들고 6촌 형제지간을 부자지간으로 만들었으니 고소인 입장으로서는 말할 수 없이 기분이 나쁜 것이 당연하다고 봅니다. 당신들이 저질은 이번 일이 잘한 일이라고 보십니까?"

봉생 : "잘못된 일입니다."
검사 : "잘못된 일이라면 바르게 고쳐야 되지 않겠습니까? 어떻
　　　게 하겠습니까?"
태교 : "그렇다면 잘못된 부분을 正誤表르 만들어 배부하겠습니
　　　다."
수조 : "잘못된 곳이 한두 곳이 아닌 무려 4장에 걸쳐 있는데 4
　　　장을 떼어내고 끼워 넣은 족보 책이 이 세상에 어디에
　　　있습니까? 이는 모두 회수하여 다시 인쇄하여 배부해야
　　　할 것이며 신문에 사과문까지 게재해야 합니다."
검사 : "이 사람 말대로 정오표를 내면 되지 않겠습니까? 현실적
　　　으로 이미 배부되어 개인 소유가 되어 있는데 이것을 거
　　　두어들이기엔 실현성이 희박하지 않습니까?"
수조 : "아닙니다. 언제 누구에게 얼마를 받고 배부했다는 명세
　　　서가 있기 때문에 회수하는 데는 조금도 염려가 없습니
　　　다."

　이상의 말이 오고 가다 더 이상의 진전이 없음을 알고 정태
교와 정봉생만 남고 두 사람은 돌아 가시오라고 하여 택시로
마산까지 와서 재천 형님과 헤어진 다음 저녁 대접을 받고 두
조씨 2층에서 하룻밤 신세를 지고 왔다.

꩜1993년 9월 6일

수철 전 회장님이 새벽 12시 25분 타계했다고 한다.
　우리 행암 문중을 무척이나 아껴 주시던 분인데 애절함을
금할 길 없다.

지난 목요일 저녁에 전화가 있었는데 내일 수선 씨를 만나 보고는 그곳에 가겠다고 하고는 금요일 날 시간 약속을 하고자 전화를 했는데 할머니께서 병원에 가셨다고 하여 문섭 씨와 함께 금요일 병 문안 간 것이 마지막이 될 줄이야……. 문중의 족보 문제를 남달리 걱정해 주셨고 지금까지 음과 양으로 힘이 되어 주신 분이었는데 한쪽 날개를 잃은 듯이 허전하고 애통한 마음 금할 길 없다.

개인적으로 약 20일전 에 직접 망우리에 가서 甲山公派譜에서 수철 씨 집 分의 單子를 정해 드리고 왔는데…….

오후에 문상을 하고 밤늦게 귀가했다.

〜1993년 11월 26일

어부골 묘사날이다.

비가 내리기 때문에 判根이 집에서 家祭로 해서 모셨다. 家祭 뒤에 93년도 위 正鏡 宗門會 총회가 개최되었다.

奉生이와 봉주가 참석했고 나는 부회장이기 때문에 내가 회의를 주제하기도 뭣하기 때문에 나는 성욱이를 데리고 밖에 있었다.

회의에 집사람과 봉한, 봉진이가 참여하여 다음과 같이 결의됨을 알려왔다.

첫째, 칠원 묘사와 어부골 묘사는 오전, 오후로 나누어 하루에 치르기로 하고 음 10일의 둘째 일요일로 결정하고,

둘째, 회비는 20,000원으로 만원을 올렸고,

셋째, 복수 집안은 앞으로 족보에서 제외시킨다는 내용.

묘사 제물 차리는 문제는 칠원은 칠원 후손과 인식이가 맡아서 차리기로 하고 어부골은 조를 구성하여 ①대전, ②八文, 판근, 상수가 한 조가 되고 ③수천, 수조집이 한 조 ④원포, 김해 奉浩가 한 조 ⑤鍾德 집이 한 조가 되어 매년 순서대로 제물을 차리기로 했다.

1994년 7월 16일

승원이가 아이들(종원, 종환)을 데리고 미국으로 간다고 하기에 장미 아파트 집을 거쳐 공항으로 나가보았다.

어제 방학이 시작되자마자 떠나는 것인데 다가오는 9월 학기까지 미리 가서 어학공부를 해야 하기에 부랴부랴 서둘러 떠나는 것이란다. 온 집안 식구들이 미국으로 살러 가는 것인데 시집 큰집식구들은 코빼기도 안 보인다. 우리 형제들은 다 나와서 상당한 여비도 보태주며 형제의 정을 나누며 아쉬워하며 전송하였는데 그 집안보다는 몇 갑절 인간다운 정표이다.

1994년 11월 1일

문섭 씨와 의정부 설학제 할아버님의 유택을 찾았다.

오는 3일(음 10월 1일) 시제를 위해 도배를 하고 있었다. 문섭 씨가 찾아주는 옛 기록을 보았는데 군위 사람들이 설학제를 찾은 것은 1961년으로 되어 있다.

참배기록

庚子(1960) 10월 18일 참배록의 맨 끝에 世洛 16대손 辛丑(1961) 정월 18일로 기록이 돼 있었다.

이상의 기록을 참고해보면 1960년 庚子 10월 18일에 거행된 시제에는 참여치 못하고 그 다음해 (辛丑) 정월 18일에 세락(극면 씨의 父) 씨가 유사 이래 처음으로 설학제 할아버님의 유택을 찾은 것이 이제야 밝혀졌다.

1919년 간행된 기미보 대동보에 당시의 편찬위원들과의 모의에 의해 당시까지 그 후손이 나타나지 않음으로 비워 둘 16세 위 "은"의 자리에 군위파의 시조 격인 희양을 계보 하였으나 그 후 빗발치는 비난과 비방을 감내하기 어려워 어찌할 방도를 찾지 못하다가 1960년 대구에 사는 鄭華(蓬川君派) 씨가 간행한 동래 정 씨의 譜에 위 誾의 傍注가 처음으로 기록됨으로써 그 해 時享에는 참배치 못하다가 그 익년 정월 18일에 처음으로 정화 씨의 인도하에 유택으로 찾아와 방명한 것으로 추측된다.

그리고 『헌성록(獻誠錄)』을 보면,

乙巳(1965)년 세락 … 1백 원
               영환 … 1백 원
丙午(1966)년 … 3월 28일 以洛 1백 원

* 참배는 병오(1966)년 10월 18일
               以洛 … 5백 원
               世洛 … 2백 원

丁未(1967)년
　　極淳 … 3백 원
　　煥福 … 2백 원
　　世洛 … 1백 원
　　圭瓚 … 1백 원
戊午(1968)년 4월 20일
　　成律 … 2백 원(창원군 웅천면 죽곡리 467번지)
丁酉(1981)년 3월 26일
　　福守(진해시 경화동 3구 941)
　　守祚(서울 은평구 녹번동 151-53)
乙巳(1989)년
　　在千
　　守祚

　그러나 이제 위의 기록에는 선친께서 1968년 戊申(1968)년 4월 20일에 설학제 할아버님 유택과 묘를 참배한 것으로 되어 있으나 사실은 내가 휴전 다음해 3월 27일에 올라왔고 그 다음해에 아버님께서 올라오신 것을 계기로 늦은봄에 의정부에 찾아가서 교서랑공파보의 기록(묘 楊州 松山面 魚龍洞 孝子峯下 辛坐) 듣고 묻고 물어서 찾아갔던 일도 있고 서울의 아들 집을 찾은 것을 계기로 하여 해마다 참배한 일이 있고 그때마다 할아버지 산소에 가서 밥을 지어먹곤 하였다. 이러한 기록은 1965년 이전의 기록이 없기 때문에 확인할 길은 없지만 나의 기억으로는 뚜렷하다. 그래서 이상의 기록은 군위파가 의정부 설학제 할아버지를 찾은 해는 정화 씨가 동래 정씨 도보(圖譜)를 간행한 1961년 봄(1월 18일) 이후라는 것이 밝혀졌고, 우리는 그보다 5년 앞서 1955년 봄부터이고 또한 아이들과 종친을 모시고 참배를 했지만 1965년 이전의 기록이 없기 때문에 입증하기 어려우나 본인이 행한 역사의 진실을 말하고자 함이다.

✎1994년 12월 30일

인정이와 수연이가 지난 21일부터 펼친 400㎞ 도보 탐험 행사의 끝맺음이 당초 출발지인 우면 초등학교 교정에서 갖는다고 하여 가보았다.

몇몇 부모들은 차를 타고 와 미리 기다리고 있었고 3시 반경에 서초구청 근처에 당도했다는 전갈이 있은 다음 50분경에 경찰차를 선두로 40명의 어린이가 도보로 걸어온다. 기다렸던 학부모들은 교문 안에서 두 줄로 서서 걸어 들어오는 아이들을 환영했고 인정이와 수연이는 중간쯤의 행렬에 끼어 있는데 아직도 여력이 많이 남아 있는 듯 기운차 있는 모습이다. 나는 이를 본 순간 눈시울이 뜨거웠다. 이틀이상 집밖에 나가보지 못한 아이들이 10일간, 그것도 목포에서 서울까지 무려 400㎞를 9일간(첫날 하루는 목포까지 가는 데 소요)에 도보해 온 것에 기특함에 가슴이 벅차 눈물이 글썽이었다. 인정이는 감기에 걸려 기침을 하고 있었으나 수연이는 건강한 모습이었다.

대견하고 자랑스러운 우리 손녀들이 아닌가?

1994년 12월 31일

단기 4327년, 불기 2538년 갑무년의 해는 국내외적으로 어느 해 보다도 다사다난했다.

하늘에서, 땅에서, 물에서, 심지어는 땅 밑에서까지 크나큰 대형 사고가 잇달아 터졌다.

박한상 부모 살인사건, 성수대교 붕괴, 아현동 가스폭발 사건, 충주호 유람선 화재사건 등 모두 허점투성이인 사회를 증명해주는 사건들이다. 또한 자식이 어버이를 죽이고 사병이 장교를 길들이고 죽이고 세금을 깎아주고 봐주는 정도가 아닌 국민이 내는 혈세를 송두리째 꿀꺽하는 양식상 상상조차 할 수 없는 기막힌 사건들도 꼬리를 물고 터져 나왔던 한해이다. 우리 나라 공직사회의 부패는 극에 달하는 망국의 벼랑에 서 있다고 해도 가언이 아니다. 이 같은 현실은 사회전반에 걸친 일대변혁, 개혁을 불가피하게 한다고 하지 않을 수 없다. 사회전반에 걸쳐 조직적으로 기생하는 부정부패 비리를 척결하는 일이 급선무 인 것은 재론할 여지도 없다. 12·12사건의 소송 유예 파동, 전면개각 등 하루도 조용한 날이 없었다

게다가 날씨마저도 하늘이 노했음인지 기상이변까지, 지난여름의 가뭄과 살인적인 폭염은 지금 생각만 해도 끔찍할 정도이다.

그런가 하면 우리가 사는 한반도의 정세와 국제사회의 변화는 얼마나 메가톤 급인가.

김일성의 갑작스런 사망, 북미 핵 협상이 엎치락뒤치락하더니 끝내 수결, 이제 그러한 고난과 공포에 질린 사건 사고들도

막을 내리며 역사의 저편으로 사라지려하고 있다.

이러한 대형사건, 사고를 보면서 외국언론들은 우리들은 과속성장의 대가를 치르고 있다고 평하고 있다. 또한 신문은 만기가 도래하는 미지급의 청구서라고 표현하고 있다. 역사는 비약이 없다고 하는데 인정해야 부분은 인정하고 언젠가는 한번 치러야 할 대가라면 그 요구가 집약적으로 나타난 것이 올해라고 보고 이제부터라도 두들겨 보고 구석구석 재점검하여 더 이상 과속성장의 대가를 치르는 일이 없도록 더 이상의 시행착오는 있어서는 안되겠다.

어느 해라고 해서 고뇌스럽고 복잡한 일이 없을랴마는 올해 1994년을 보내는 마지막 날에 서고 보면 지난 한해는 우리들에게 우리의 기억에 너무나 힘겨운 한해였기에 올해의 모든 일들을 않고 어서 지나갔으면 하고 바랬던 한 해였다.

이제 우리는 눈금이 있을 수 없는 연속적인 시간의 흐름에 인위적으로 눈금을 그어 고난스러웠던 한 해를 보내고 새로운 한해를 맞이하는 것이야말로 우리 인간들만의 슬기이다

1995년 1월 1일

단기 4328년 불기 2539년의 아침이 밝았다.

일본의 압제에서 해방 된지 50년, 분단의 쓰라림을 받고 있는지 50년, 한편 정부수립 47년을 맞고 있는 해이다. 1945년 해방은 대한민국의 건립을 국토분단으로, 6·25전쟁을 민족의 반목과 분열로 그 이후의 역사를 정변과 독재의 연속으로 보

는 시각이 그것이다.

그래서 하나의 정권이 물러나고 새 정권이 들어설 때마다 과거의 단절을 시도했다. 과거의 시대를 단절하는 데 그치지 않고 그 존재 자체를 거부하는 데까지 나아가기도 했다. 마치 자기 태생의 근거 없이 하늘에서 떨어진 독불장군처럼 행세하며 공화체제가 달라진 것도 없는데 숫자만 달리 붙여 새로운 공화국인양 치장해 온 것이 우리의 단절의 역사이다. 다시 말해서 우리에겐 서로가 서로에게 상처를 입히고, 서로를 저주하고 화합할 수 없는 원한의 길로 갈라서기도 했던 버리고 싶었던 유산들이 많았다.

그러나 다시 한 번 생각해 보자.

우리에겐 그런 치욕의 역사만이 있는 것이 아니고 그것과 대응해 용감히 싸워온 의로운 투사들과 오늘을 인도한 강력한 지도자가 있었다. 우리의 서쪽엔 12억의 인구를 가진 중국이 있고 남쪽엔 2억의 일본이 있고 우리의 북쪽엔 광대한 러시아가 펼쳐져 있는 가운데 조그만 땅 우리 나라 대한민국이 그나마 분단된 채로 존재하고 있지만 어느 쪽에도 끌려가지 않고 나라의 명맥을 이을 수 있는 것은 결코 간과해서는 안 된다.

거기엔 대한민국을 탄생시킨 건국의 리더십이 있었고, 산업화의 기틀을 잡게 한 국민들의 역량이 있었고, 민주화의 역정에서 진통한 선진의 혜안이 있었다.

이제 단절의 폐습은 떨어버리자! 우리를 괴롭혔던 갈등, 대립, 원한 저주, 유아독존의 대물림은 단절하고 어두운 과거와 아픈 상처를 수용하는 포용의 대로로 나가자 그래서 "나"가 아닌 "우리"의 세계에서 호흡해야겠다.

～ *1995년 2월 27일*

어머니 입제일이다.

10시 반 항공편으로 김해공항을 거쳐 사상 시외버스 터미널을 거쳐 진해행 버스를 탔다.

도중 龍院을 지날 때 사방을 둘러보니 온통 산들은 허물어져 있고 용원과 가덕도 사이를 매립하고 있다. 상당한 인력과 자금을 들여 하는 공사이나 자연을 훼손하며 이러한 대공사를 감행하는지 이해할 수가 없다. 얻는 것 보다 잃는 것이 더 클 터인데…….

봉균, 봉룡, 봉춘이는 오지 않고 봉기, 봉갑, 봉민, 봉룡이 처만 참여했다 전에는 저녁 8시 반에 제사를 모셨는데 오늘은 밤 11시가 넘어 제사를 모셨다. 제물을 차리는데 상당한 성의가 엿보였으며 특히 어머니 생시에 좋아했던 쑥떡을 준비한 것은 큰 정성으로 여겨진다 기제 후 음복주를 들고 새벽 1시경에 취침했다

～ *1995년 5월 25일*

총회가 있어 진해로 향했다.

아픈 통증이 가시지 않아 밤새 잠을 설치고 우유에 미수가루 한 잔 마시고 5시 30분경에 집을 나섰다.

봉기가 나와 중도에 죽곡을 들렀다. 11시가 조금 지나 총회가 개회되어 회장의 인사말에 이어 모든 일족에게 일족사회의

4가지 의무(숭조, 尙門, 宗財善納, 일족간의 화친)가 있다는 것을 상기시킨 다음 우리 행암파와 군위파와의 문제점을 보기 쉽게 일람표를 만들었으나 全紙 반이 넘기 때문에 복사비만 장당 5,000원이 넘어 원고만 가지고 왔다고 하였으며, 1990년 6월 25일에 발족한 현령공파보 편찬위원회(회장 ; 정수길 씨였는데 1995년 여름에 사망)에서 군위파에게 審議用으로 모든 물증을 내라고 했을 때 군위파 6명이 그 해, 즉 1990년 8월 20일 서울에 와서 圭斌 敎官公派 씨를 찾아가서 옛날 문서를 만들어 달라고 부탁을 함으로써 군위파의 문서는 만들어진 가짜 문서라는 것을 설명하였고 내가 종사에 관여하지 못할 때에, 즉 누가 회장이 되더라도 이것을 가지고 주장을 하면 충분할 것이라고 설명했다.

그 다음 양산의 정화사업을 하는 문제와 기타 토론사항을 넣고 결론을 얻고자 했는데 누구 한 사람 발언하는 자 없었고,

임원선출문제도 성묵이 자신도 총무를 그만두겠다고 했으나 한 사람 대꾸도 없어 1년 더해야 한다는 말만 남기고 참석자는 모두 자리에서 일어설 수밖에 없었다.

1995년 9월 12일

봉진이가 전에 사들인 땅에 집을 짓는다고 한다.

오늘 기공식을 한다고 해서 5시 반경에 기침하여 6시에 큰애 아파트로 가서 차편으로 같이 안양에 갔다.

대지가 68평 정도라고 하지만 지상에 건물이 서 있는 것과

보기엔 달리 보여서 그런지 도무지 그 평수로 보이지 않는다. 돌아오는 길에 삼성의료원에 들러 지난번에 실시한 혈액검사, 심전도 검사, 근전도 검사결과를 훑어보니 별로 지적할 만한 곳이 없다고 한다.

❧ 1995년 11월 30일

69회 생일날이다.

아이들이 어느 호텔에서 식구끼리 모여 식사라도 준비한다기에 이에 不贊했다. 몸이 불편한테 돈 들여 서너 시간 앉아 있기도 곤혹스러우니 집으로 모이라고 했다. 윤철이만 제외하고 모두 모여 식사를 하고 아이들이 휴양비 명목으로 일백 만 원을 준비해 주었다. 고마운 일이다.

❧ 1996년 1월 5일

합정동 치료를 십 수 회 받아 보았으나 차도가 없다.

수기(手氣)도 두 번 받아 보았으나 불친절한 수기사의 치료를 받고 싶지 않았다.

가슴과 등쪽에 몹시 통증이 심하여 집에서 쉬고 있는데 성욱이가 왔다. 점점 성장해 가는 모습을 보니 한층 귀엽고 사랑스럽고 자랑스러웠다.

⟲1996년 1월 8일

지난밤도 심한 고통으로 한잠 자지 못해 보훈병원에 가자고
했으나 시간이 6시 가까이 됐고 통증도 약간 수그러지는 듯해
한잠 자고 아침도 먹고 보훈병원 신경과를 찾았다. 약을 아침
저녁으로 먹은 탓인지 통증은 줄어들었지만 졸음이 많이 온다.

⟲1996년 3월 8일

견딜 수 없는 통증이 엄습해 온다.

지난 5일 아침 일찍 강창순 내과 병원에 들러 필요한 검사
를 마치고 검사비용 250,000원을 지불했다. 중앙병원, 삼성의료
원, 경희의료원, 순천향병원, 그리고 합정동에 있는 한국병원
(한의 종합병원)을 돌면서 그 요구대로 온갖 검사를 다했고 심
지어는 삼성의료원에서는 MRI 검사까지도 다 했기에 웬만한
검사는 다 했다고 말할까 하다가 병원의 요구대로 다시 검사
를 받아 강창순 내과에서 가져온 약을 복용했지만 효과가 없
는지 먹고 나면 견딜 수 없을 정도로 아프다. 오후에 무공 수
훈자 총회에 참석하겠다는 약속을 했는데…….

⟲1996년 6월 13일

오늘은 윤철이 돌이다.

봉진이 집 근처 뷔페에서 수원의 사돈댁도 만났다. 결혼 후 오랫동안 아이가 없어 전전긍긍하다 보경이를 낳고 또 한동안 아이가 생기지 않다가 절에 다니며 불공을 드려 낳은 자식이다. 뜻밖에 딸도 아닌 아들을 낳은 본인들도 기뻤겠지만 이제 3남이 다 아들을 두어 그 기쁨 한량없다. 의술이 발달하지 못했던 옛날에는 어린아이들이 병치레를 하며 돌을 넘기지 못하고 죽는 아이들이 많아 1년을 살았다는 것은 매우 의미 있는 일이다.

1996년 6월 25일

오늘은 6·25전쟁 46주년 되는 날이다.

북한의 남침으로 적화를 예상해 감행했던 전쟁이었으나 유엔 연합군의 지원 아래 4여 년 동족상잔은 1953년 3월 27일의 휴전합의로 일단락 되었으나 이제 상황이 40여 년이 지난 오늘날까지 휴전 상태로 있는 것은 동족이기 때문에 더욱 안타까운 일이다.

우리는 6·25를 잊을 수도 없으며 잊어서도 안 된다. 그런데 6·25에 대한 우리의 생각들이 묘하게 왜곡되어 가고 있다.

6·25는 해방직후부터 있었던 혁명과 반혁명의 갈등의 한 대목이었을 뿐 어느 쪽이 먼저 침략을 했느냐가 중요하지 않으며 적개심을 갖기보다 어떻게 하면 화해할 수 있을 것인지를 생각해야 한다. 이때가 되면 평화를 생각하고 암울했던 그때의 생각을 버려야 한다고 한다.

그렇다면 유태인들은 아우슈비치를 잊어야 하고, 미국인은 진주만을 잊어야 하고, 폴란드인은 카친 숲속의 학살을 잊어야 하고, 우리는 일제의 침략을 잊어야 한다는 소리인가.

물론 평화와 화해는 인류 모두가 지향해야 하고 우리 모두가 그것을 열망한다. 그러나 그것과 "잊어서는 안 될 역사를 잊지 않는 것"은 전혀 별개의 사항이다. 오히려 그 교훈을 가슴 깊이 새겨 다시는 그와 같은 비극을 만들지 않아야 하며, 그리고 인류의 평화를 파괴하려 하는 자는 온 인류의 이름으로 역사의 심판을 받아야 한다.

절대로 그들의 잘못을 역사 속으로 묻어서는 안 되며 가해자의 정직한 반성이 선행될 때 용서하며 관용을 베풀 수 있다.

풀리지 않는 매듭을 풀기 위한 하나의 방법이라면 생각해 볼 가치는 있으리라.

⌁ 1996년 8월 5일

오늘 전·노 두 전직 대통령 외 14명에게 구형을 선고했다.

당시의 우리의 현실은 야당의 정치적 욕구불만 외엔 경제적 사회적으로 국민들의 불평도 거의 없었고 흑자 올림픽을 치러 한국의 위상을 한층 높여 선진국으로 도상할 수 있는 기틀이 마련 된, 역대 어느 대통령보다도 국가 발전에 공헌한 바도 있는데 나라의 경영을 책임지고 있었지만 광주사건과 뇌물에 관한 문제로 사형과 무기징역이라는 형을 내린 것은 아무래도 너무한 것 같다.

～1996년 8월 25일

심택사에 갔었다.

지난 음 7월 7일에 어머님과 수복이 형님 내외분을 입제하고 음 7월 15일 백중에 회향하니까 그전에 전 가족이 모여 종전과 다름없는 제를 올려야 하기 때문이다. 지금 중국에 있는 봉진이를 제외하고는 가족(직계)이 모두 모여 예불을 드렸다.

—(중략)—

～1996년 9월 14일

휘보 씨를 만났다.

점심을 내가 냈으며 오랫동안 환담을 나누었다. 동래 정씨의 종중회가 몇몇 사람들의 손에서 비합리적으로 운영이 되어 이미 상당한 문제점을 안고 있었으며 바른말을 하는 종인은 깡패를 동원해 회의에 참석 못하게 위협하고 밀어내는 실정이지만 아무도 이에 나설 엄두를 못 내고 있었다. 내 개인의 이익이 없는 곳에 자칫 몸만 다치지 않겠는가 하는 것이 일반적인 생각들이었다.

물론 나 역시도 그것을. 모르는바 아니다. 정신적 물질적, 많은 시간과 정열을 바쳐야 함은 물론 적지 않은 심적 고통과 위협이 따른다는 것을, 그렇다고 모든 사람들이 회피해 버린다면 부조리가 만연되는 부분적인 일들이 모여 불합리한 의식이 주도되어 가는 사회 속에 의로운 사람들이 상처받고 좌절된다면 국가가 망할 수밖에 없다.

우리 국민들의 의식의 개혁을 통해 정의로운 사회로 만들어 가기 위해서는 누군가는 나서야 하지 않는가 좋은 사람들이 활개치고 살수 있는 밝은 사회를 위해 나와 같은 희생자가 반드시 역사를 바꾸어 나간다는 신념에 이 한목숨 죽는 날까지 정의 구현을 위해 싸울 것이다. 내 생전에 이 일이 목적한 바까지 일구어 내지 못하더라도 나의 이러한 노력은 밀알이 되어 반드시 언젠가는 바꾸어져 나갈 것이라는 나의 신념은 변함이 없다.

그러나 다행이 종중을 바로 잡자는 몇몇 뜻 있는 사람들에 의해 合法的인 조직인 "종중개혁 추진위원회"가 발족되어 訴를 추진중이며 나의 의견은 "아직껏 활동 중인 개혁위원회가 서울에 있고, 부산에는 정화위원회가 있는데 지금 내가 속해 있는 개혁위원회가 本案訴의 배경이며, 化樹會(서울, 경기, 인천지구)와 부산의 쟁화위원회가 지금 소송중인 가처분 신청의 배후 조직인데 개혁위는 斗祚(마산)씨가 개인적으로 사퇴했으나 경비문제로 총회를 못함으로써 후임 회장을 선출하지 못하고 있다. 그러니 운영위원으로 있는 직을 사퇴하고 우리의 聯合개혁 위원장직을 맡아 달라. 그리고 그쪽의 가처분 신청이 예정대로 진행이 되면 내가 낸 本案訴와 합병이 될 예정인데 그렇게 되면 종중 재건 위원회를 구성한 다음 전국 종인대회를 부산에서 개최함으로써 종중을 재건하는 데 모체가 되어야 하지 않느냐?" 등을 권유했지만 可否를 답하지 않았다.

휘보 씨의 말로는 "왕십리파가 가처분 신청에 대해 다음 공판 때는 기각처리 한다고 공공연히 떠들고 다닌다. 그들이 무엇을 믿고 그러는지 알 수가 없다"고 한다. 나는 그 말을 듣고 직감되는 바 황금만능시대임을 감안할 때 앞으로의 재판진행을 예견함으로써 두조 씨의 마음을 읽을 수 있겠다.

천지 신명이시여 수몰직전에 있는 동래 鄭씨 문중을 살릴 수 있도록 도와 주시옵소서!

～ 1996년 9월 8일

집에 있으니 집안, 문중의 온갖 일들이 걱정 되어 소화도 잘 안 된다.

오늘은 일요일이므로 고수부지에 제법 많은 사람이 자리를 잡고 있었고 낚시하는 사람도 많았다. 아무래도 운동량이 적어서 요즈음은 자주 한강변을 나가곤 한다.

양력으로는 9월 15일에는 어부골 선산과 칠원(漆原) 선산 벌초 겸 성묘 일이다. 웬만하면 내려가 보는 건데, 특히 고방산의 벌초와 성묘 그리고 양산의 闓자 할아버지 묘의 성묘가 어떻게 되는 건지……. 내가 말하지 아니해도 盛默 총무가 알아서 하겠지만 그래도 걱정이 안될 수 없다.

양산 선산에 정화 작업도 해야 하는데, 내 몸이 이 모양이니 앞장서서 하자고 선창할 수도 없고 그렇다고 종인 어느 한 분인들 생각마저 있어 보이지 않으니 안타까울 따름이다. 양산의 유림의 어르신들이 생존해 계실 때 완결해야 하는데……. 이 모든 안타까운 생각들이 내 건강에는 결코 좋지 않을 진데 누가 나서서 이 일을 알아서 해주겠는가? 어쨌든 회장인 내가 앞장서야 되지 않겠습니까?

적지 않은 경비도 들기 때문에 몇몇 종인 들을 별도로 조직하여 전국을 돌며 성금을 모금해야 하는데 이 거창한 일을 누가 앞장서서 하겠습니까? 참으로 야속도 하시지요. 어찌하여 나의 건강을 보살펴 주시지 않으시는지요. 아직도 해야할 많은 일들이 있는데……. 작년부터는 때와 장소를 가릴 수 없이 적잖은 통증을 주고 있으니 아무리 의욕은 있어도 건강이 뒷받침되지 않아 마음뿐 실천이 수반되지 않아 정말 상심만 할 뿐입니다. 집안을 바로 세우고 튼튼히 하는 일이 아직도 남아 있음을 아시지 않습니까? 조상님들께 죄송할 뿐 유구무언의 처지입니다.

모쪼록 하고자 하는 일 다 할 수 있는 건강을 회복할 수 있도록 도와주시옵소서!!

1996년 11월 8일

오늘 오후 6~9시까지 압구정동에 있는 경복궁 뷔페에서 칠순과 결혼 50주년을 기념하는 잔치를 했다.

당초 150여 명이 오기로 했는데 280여 명이 참석하여 다소 혼잡했으나 꽃도 많이 진열되고 분위기가 좋았다.

명동분교장으로 있을 때 제자들이 많이 와서 행운의 열쇠와 티켓, 현금도 곁들여 선물을 받고 보니, 선물도 좋았지만 제자들이 이렇게 많이 와서 참석해 줘서 고맙기 한량없었다.

한편 죽곡 형수와 조카가 여섯 명이나 있는데 한 사람도 오지 않은 것이 못내 서운했다.

❧1996년 12월 1일

준비서면을 일요일 가져간다고 했으니 오늘밤을 세워도 마무리를 지어야 한다.

종중에 폭력배가 판을 치고 있으니 공연히 달려들었다가는 내 몸을 다치고 말 것이므로 모두 외면만 할 뿐이다.

천지신명이시여! 동래 정씨 문중에 날뛰는 폭력배를 단 한 사람도 없게끔 해 주시고 1994년 5월 30,31일의 이사회와 총회 그리고 1996년 3월 5일의 소위 말하는 화합총회와 8월 26일에 개최한 그들끼리의 임시총회 등을 무효화 해 주셔서 1994년 5월 30일 이전의 원상으로 돌아가서 제도적인 개혁으로 일인체제가 아닌 집단지도 체제로서 그야말로 민주적인 종중이 되게끔 보살펴주시기를 두 손 모아 기원합니다. 준비서면의 작성이 새벽 3시가 되어 끝을 맺었다.

❧1997년 6월 3일

진세의 연락을 받고 장미 C상가 2층 다방에서 약속을 했다. 12시 30분경인데 종약소 은영이가 왔다.

차 한 잔을 마신 후 택시를 타고 동부지원으로 가 소취하장을 제출했다. 가슴이 아픈 늑간 신경통 외에 약 보름 전부터 계단을 밟고 올라가면 숨결이 가빠 몹시 고통스러웠는데 요즈음 수삼일 전부터는 평지를 걸어도 숨이 가쁘다. 큰일이 생긴 것 같다. 이러한 판국에 내가 제소한 民事訴가 승소를 한다 해도 2심, 3심 상소를 할 것이 불 보듯 뻔한 일인데, 그렇게 되면 이삼 년은 더 걸릴 텐데 이 訴를 혼자서 감당하기엔 건강이 뒷받침 안 된다는 판단과 승소를 한다 해도 나만큼 애착 가지며 발 벗고 나설 사람도 없기에 취하를 할 수밖에 없었다.

ᐠ1997년 6월 10일

며칠 전부터 평지를 걸어도 숨이 차 보훈병원을 찾았다. 소변검사, X-RAY 검사, 핵의학검사, 혈액검사, 심전도 검사, 초음파검사, CT 촬영을 이틀에 걸쳐 받았다.

ᐠ1997년 6월 27일

요즈음은 집안에서 이곳 저곳을 걸어도 호흡이 곤란하다. 가만히 앉아 있으면 괜찮으나 몸을 움직이면 즉각 호흡이 곤란하기에 하루속히 입원을 하여 정밀진단을 받아서 그 결과에 따라 주사와 약을 쓰면 염려가 없을 텐데……. 입원할 방이 나오지 않으니 심적 불안마저 가중되어 고통이 더한 것인지…….

ᐠ1997년 6월 29일

서울대병원, 보훈병원의 입원관계가 종일 기다려도 아무런 소식이 없다.

봉임이가 아버지를 위해 맛있는 저녁을 사준다고 하기에 봉석이 식구만 오지 못하고 다 모였다. 메뉴는 추어탕으로 하자고 뜻을 모아 석촌호수 근처에서 식사를 하였다.

오랜만에 입맛에 맞는 식사를 하게 되었다. 그런데 너무 비싸다. 한 그릇에 7,000원이란다.

☙1997년 6월 30일

서울대 병원에 입원하다.

☙마지막 병상일기

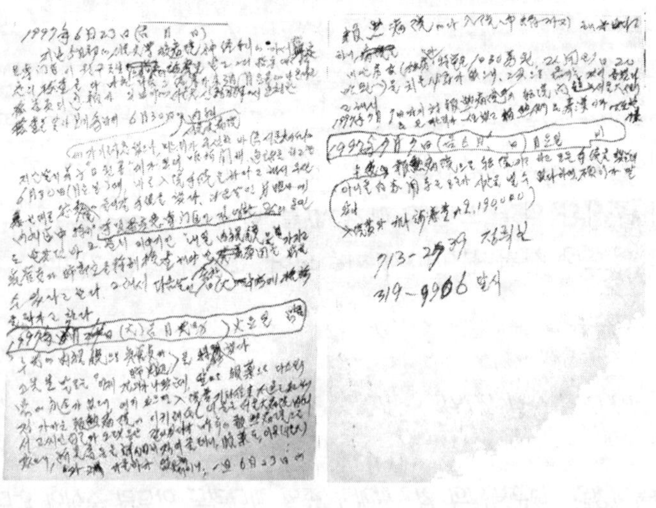

부 록

편집 후기

살아 생전에 돌아가신 아버님이 종중사 또는 송사에 애를 쓰고 계시는 것을 옆에서 바라보면서 나는 앞으로 저런 일에 절대로 매달리지 않겠다고 다짐했었다. 어느덧 돌아가신 지 4년이 지나간 지금, 그 동안 모아 놓았던 자료를 하나둘씩 정리하면서 나도 모르게 종중 사의 내막과 왜 그토록 그 일에 아버지께서 집착하여 매달리게 되었던가를 이해하게 되었다. 자료 하나하나, 사진 하나 하나를 읽어보고 들여다보면서 지난 날 아버지와 나와의 사이에 일어났던 일들이 주마등처럼 나의 뇌리를 스쳐지나가고 있었다.

아! 이런 것들이 모든 일을 기록을 남기고 이름 석자를 남기고자 많은 사람들이 애를 쓰고 있다는 사실을 새삼 깨닫게 되었다. 아버지 자신과 같은 성격을 닮아있다고 판단하셨던 나를 자식 대에서 절대로 아버지의 전철을 밟지 않기를 행동으로 보여주고 마음속으로 무던히 애쓰고 있었다는 글을 접하고는 가슴이 아팠다. 이 책이 우리 자식들과 일가 친척 및 후손들까지 연연히 읽혀지고 기억되도록 진심으로 기원한다.

―진―

컴퓨터도 제대로 배우지 않은 상태에서 아버지의 자서전을 내 손으로 만들겠다고 생각하며 아버지의 생전에 써 놓으신 글과 유품을 정리하면서 너무나 엄청난 분량에 앞이 아득했습니다. 그러나 아버지께서 문중을 바로 세우고자 고통받고 아파하신 그 노력에 비하랴 생각하며 생전에 불효했던 만 분의 일이라도 용서받는 심정으로 정리하며 아버지와의 약속을 꼭 지키려 했습니다. 어눌하게 한자 한자 쳐내려 가면서 살신성인하신 흔적들에 너무나 가슴 아팠습니다.

아버지의 유품 어느 것 하나 소중하지 않은 것이 없어 낱낱이 신지 못한 것이 아쉬웠고 더욱이 20여 년에 걸쳐 써오신 일기들을 읽어 내는데도 상당한 시간을 요해 거의 무작위로 추출하여 실을 수밖에 없었습니다.

자신의 몸을 불태워 세상을 밝게 해주는 촛불과도 같은 인생을 사신 아버지, 망망대해를 떠도는 길 잃은 뱃길을 인도 해주는 등대와 같은 인생을 사신 아버지, 구구 절절한 사연들에 나도 모르게 흐르는 눈물 감당키 어려워 덮어버리기도 몇 번, 이제 마무리를 하려고 합니다. 아버지의 사상과 인생관을 존경하는 큰딸이 부족하고 서툰 솜씨로 편집한 이 한 권의 책을 아버님 영전에 바칩니다.

―순―

나는 새도 발자국을 남기는데…….

처음박은날 · 2001년 11월 10일
처음펴낸날 · 2001년 11월 20일

지은이 · 高芳 정수조
엮은이 · 정봉한 정봉진 정봉석
        정봉순 정봉임
펴낸이 · 김영식
펴낸곳 · 들꽃누리

서울시 광진구 자양2동 638-10
전화 · 455-6365/팩스 · 455-6366
등록 · 1999년 6월 5일(제1-2508호)

ⓒ 정봉한 외, 2001

ISBN 89-950593-6-2   값 15,000원

*본서는 자식들에 의해서 간행됨.